灯下黑 2

羊行屮 著

SPM南方出版传媒 广东人民出版社
·广 州·

图书在版编目（CIP）数据

灯下黑 . 2 / 羊行中著 . —广州 : 广东人民出版社 , 2016.4
ISBN 978-7-218-10791-2

Ⅰ . ①灯… Ⅱ . ①羊… Ⅲ . ①长篇小说—中国—当代
Ⅳ . ① I247.5

中国版本图书馆 CIP 数据核字 (2016) 第 060981 号

DENGXIA HEI ER
灯下黑 2　　羊行中　著

出 版 人：肖风华

特约编辑：后　超
责任编辑：钱飞遥
责任技编：周　杰　易志华

出版发行：广东人民出版社
地　　址：广州市大沙头四马路 10 号（邮政编码：510102）
电　　话：（020）83798714（总编室）
传　　真：（020）83780199
网　　址：http://www.gdpph.com.
印　　刷：三河市金泰源印务有限公司
开　　本：690 毫米 ×980 毫米　1/16
印　　张：17.5　　　**字　　数**：300 千
版　　次：2016 年 4 月第 1 版　2019 年 5 月第 3 次印刷
定　　价：38.00 元

如发现印装质量问题，影响阅读，请与出版社（020-83795749）联系调换。
售书热线：（020）83790604　　83791487　邮　购：（020）83781421

目　录

第一章 异徒行者

嫁娶禁忌：

一、脸色苍白、四颗犬牙的男子，慎嫁！

二、容貌艳丽、颧骨高耸的女子，慎娶！

一

东越飞回古城要三个多小时，我们出了机场已经是凌晨三点。古城咸阳机场距离市区40多公里，这个点儿机场也没几辆大巴。月饼拦了辆出租车说了目的地，却是古城西南角的老城墙。

我忍不住问道："萍姐怎么会在那儿？"

月饼皱眉看着窗外："有一种用飞蛾磨粉做成的'应蛊'，降在两人身上，其中一人遇到生命危险，另一个人能感应到他在什么地方。使用蛊术的人有许多蛊族秘密，如果死在外地，别有用心的人会通过尸体研究出破解蛊术的方法。一般下这种蛊，是为了让另一人方便收尸，保住秘密。"

这三四天就没有歇过，我脑子有些迟钝，没琢磨明白月饼这句话的另外一层意思。反而想到在日本，月野说过伊贺忍者家族有一个独特的流派——"暗之忍者"，专门负责回收在外战死忍者的尸体，确保本流派的秘密不泄露，至于使用的方式，着实血腥变态。"应蛊"也差不多这个意思。难怪前几年有专家发表"日本许多风俗习惯与广西十万大山某些少数民族惊人相似"的声明，进一步证实日本文化源自中国。

抽了两口烟，脑子稍微兴奋，我才缓过劲："月饼！你能感应到萍姐，也就是说……"

月饼铁青着脸："闭嘴！"

"会不会感应错了？"

月饼吼了一句："怎么可能！"

我生气了："谁知道应蛊使用期限多少年？你很希望萍姐死吗？"

月饼狠狠抽了口烟："萍姐不会无缘无故来古城！"

司机师傅听见我们俩吵得厉害，透过反光镜偷瞄。我也不好再争论，心里越来越烦躁，索性闷着气不再搭理月饼，闭目养神。

"但愿不是我想的那样。"月饼从背包里摸出几根桃木钉，在腰带上别了一排，"我睡会儿，到了叫我。"

看月饼这阵势是要大干一场，我心里一动，忽然想起老城墙西南角的传说。

二

老城墙重修于明朝初年，以唐朝皇城为基础重新加固，围绕古城一圈13.74公里，在当时是个大工程。据说重修的时候，朱元璋为了确保坚固程度，立下了一套异常残忍的“死循环”检验方式：城墙交工时，用竹杠敲进去一寸，修城墙的监工要被杀头，全敲进去诛九族；竹杠敲不进去，检验城墙的监工要杀头。“上有政策，下有对策”，修墙、验墙的监工借此相互索要贿赂，这份钱自然摊到老百姓头上，百姓们苦不堪言，俗语“敲竹杠”也由此而来。

天底下没有不透风的墙，这事儿被举报到朝廷，朱元璋大怒，派人用竹杠把监工脑壳敲个洞，灌进热油，一勺勺舀出分给新委派的监工分食。

如此一来，监工们自然不敢再搞小动作，修筑的城墙异常坚固，经历六百多年不倒。

我这人天生好奇心重，知道这个典故后，专门拿着竹杠围着老城墙敲了一圈，反而发现了一件更奇怪的事情——城墙西南角是圆形，其他三个城角是方形。

我大感兴趣，查了不少资料权当收集素材。

古城始建于汉朝，从“龙砂穴水”来看，取“九山八水十二门，九宫八卦十二神”的格局。“九山”为终南、翠华、骊、关、玉华、梁、岐、天华、太白；“八水”是泾、渭、沛、涝、潏、滈、浐、灞。

最初的古城由汉朝风水大师萧何负责营造，根据“九、八”格局，以九宫八卦为基，十二生肖为础。城门、街道、宫殿、市场依照《考工记》“巨人营国、方九里、旁三门、国中九经九纬，经涂九轨，左祖右社，面朝后市”设计，依次建了十二道城门，暗合十二生肖，也就是“十二神”。

位于古城西南角的宫殿之所以取名“未央宫”，是因为西南角按照十二生肖排序，是未位属羊，故名“未央”。

老城墙加固的时候，城角向外扩张三分之一，唯独西南角保留原貌。我琢磨着，古城自古王气十足，人杰地灵，朱元璋建都南京，可能担心古城出现颠覆天下之人，故意缺一角损其王气。

西南城墙为圆形，状如羊圈，正好对应未央宫的羊位。“羊喜同圈相斗”，如果古城的王气真的养成，坏了大明江山的话，枭雄也会应气而生争霸天下，必然会出现类似“玄武门之变”的惨剧，还可给明朝朱氏后裔的机会。

二百多年后，“闯王”李自成崛起陕西，攻入北京，眼看天下可得，义军突然内乱纷争，几大领袖相互猜忌，李自成实力大损，最终兵败如山倒，留下“闯王宝藏”这个数百年的谜团，倒也应了“羊喜同圈相斗”的征兆。

只不过朱元璋怎么也想不到，吴三桂“冲冠一怒为红颜”，开关降清，反倒成就爱新觉罗数百年基业。朱家后裔虽然建立南明政权，也不过苟延残喘几十年，终究亡了。

套用现在比较流行的一句话：“朱元璋猜到了开始，却没猜到结局。”

我以为这个推断不错，和李奉先唠嗑的时候，却听了一段更离奇的异闻。

三

明朝初年，古城搬来一对年轻夫妇，在城西南买了个小院。丈夫李岩峰白白胖胖的，天生一副笑模样，左腿微瘸，右手食指中指齐根断掉。妻子李氏是个实打实的美人，美中不足的是颧骨高耸，就这，也引得哈怂（古城方言，“坏蛋”的意思）们垂涎三尺。好在明初律法极为严格，犯了淫秽之罪，男剥皮女木驴，哈怂们也就起个念想，不敢做越格的事情。

夫妻俩平时“大门不出，二门不迈”，每隔十天半个月，李岩峰出门买些生活用品，出手大方，久而久之引来了邻里的闲话，说他是“阴犬”，花钱买了个“四阳媳妇”，在家日夜行夫妻之事，祛体内的阴尸之气。

“四阳媳妇”是指阳年阳月阳日阳时生的女人，未出嫁时称为“阳女”，大多容貌艳丽，衰老极慢，最明显的特点是颧骨高。俗话说“女人颧骨高，杀夫不用刀”，阳女体内阳气太盛，与男子体内阳气相冲后，男子会血气逆行，脉热而亡。倒是得了体虚阴痨之症的男子，家人会寻找年满十六岁的阳女娶进门，以阳克阴治病。

这个偏方出自于盗墓贼。古城作为数朝古都，陵墓多不胜举，单是秦岭就有“百丈一墓，千丈一陵”的说法，成了盗墓贼大展身手的宝地。为了防盗墓贼，陵墓建得越来越隐蔽，布下重重机关，最凶狠的防御措施当属“阴尸煞地”，又称“血墓”。

血墓起源于夏朝，兴盛于商周二朝。汉朝有一本奇书《方物志》，对血墓有详细描述：“封匠、仆、活牲于墓，众皆争相吞食，哀嚎声怖，十里可闻。十日墓成，阴煞二气成形，或厉鬼、或戾虐，是为‘血墓’。入墓贼中气立毙，有八字偶合者逃之，阴驻阳走，面白如丧，咳血三月必亡。唯寻阳女，交合可治，生子似犬，满九岁至亲，食之可制。”

由此看来，古代的人殉是为了防盗墓贼而设的机关，从血墓逃出来的盗墓贼只能寻找阳女活命，至于阴犬娶阳女祛尸气的说法，却不知道从何而来。

元朝末年，战火纷飞，古城作为军事重镇，更是城池残破，百姓遭殃。老百姓们眼看着日子没盼头，拖家带口往昆仑山逃命。据来古城贩卖牛马羊的牧民描述，昆仑山水草丰盛，土地肥沃，只要舍得力气自然有吃有喝，说不定还能遇到仙人点化，脱离凡胎肉体。

“理想很丰满，现实很骨感”，且不说昆仑山隔着十万八千里，单单流寇就是躲不过的黑白无常。流寇沿途逢人就杀，抢夺财物女人，一时间尸横遍野，满地荒骨。流寇虽说异常残忍，却有个不成文的规矩——“不杀七岁以下的孩子”。

至于原因，说来好笑！流寇自知一生杀孽太多，算是提前预定了死后下地狱的VIP专享门票。留下孩子，一是能多少赎点罪孽，起码十八层地狱少下几层；二是孩子长大报了仇，也算是遭了现世报赎罪，给自家的后人消了阴灾。

李奉先讲到这儿的时候，我很不以为然：“不到七岁的孩子，荒郊野地，饿都饿死了。坏人做恶事，还找个堂而皇之的理由，从古至今没什么两样，心理安慰而已。”

李奉先眨着小眼睛：“南爷，满地食物，怎么会饿死？”

我愣了一下，琢磨出奉先这句话的意思，顿时觉得毛骨悚然，汗毛一根根竖了起来。

“老百姓不是傻子，兵荒马乱的露了财那不是死路一条？逃荒前，很多人把钱财藏在……”李奉先左手做了个剪刀形状，对着大腿虚剪了几下，再摆个缝合的手势，“阴犬是那些为了活命，像野狗一样吃死人肉长大的孩子。那个年头，什么都缺，就是不缺死人。肉吃完了，钱也有了，人长大了，如果寻不到阳女，身体里那么多尸气，相貌身材迟早会异化，月圆时分变成怪物。”

我忽然想起唐代杜牧写的《阿房宫赋》：“六王毕，四海一。蜀山兀，阿房出……楚人一炬，可怜焦土。”

秦始皇于公元前212年建造阿房宫，穷尽天下人力物力，就连小孩子都被拉了壮丁。庞大的工程，繁重的劳动，每天都有大批饿死病死的工人，尸体捣碎混着泥石当了建筑材料。公元前210年，秦始皇月圆之夜兴致大发，夜巡阿房宫染了风寒，没几日再次东巡，七月死在沙丘（今河北广宗西北），所有工人调派到骊山陵，这才暂时停工。

骊山陵完工后，右丞相冯去疾、左丞相李斯、将军冯劫极力劝阻秦二世胡亥继续修建阿房宫。胡亥大怒，三人被送交司法官署问罪处死。

西楚霸王项羽一生豪杰，被后世史学家最为诟病的错误就是“火烧阿房宫”，史学家一直口诛笔伐这种莽夫之举。我也一直纳闷，项羽绝不是没脑子的人，天下都打下来了，干吗要一把火烧了阿房宫？

我乱七八糟想了这么多，是因为民间流传着另一个说法：为了保证食物供应，修阿房宫死去的工匠，被偷偷制成肉羹当了工人的口粮。

由此推断，工人中的小孩子们吃多了死人肉，尸气造成形貌变化，成了阴犬。秦始皇大半夜在阿房宫转悠，搞不好遇到这么一只两只，吓出毛病，急忙东巡求仙药续命也是大有可能。李斯等人是秦始皇的亲信，知道阿房宫出了怪物，又不能明着对胡亥说“您家闹鬼”，只好找个“各地叛军势大，阿房宫耗尽国力，当停建”的借口。

项羽攻进咸阳，大肆掠夺囤积在阿房宫的财宝，遇到了阴犬。自古以来，就有“火克妖孽”的说法，项羽为了杜绝后患，放火把阿房宫烧了。

李奉先哪里知道我一瞬间联想了这么多事情，还以为我被“阴犬”的来历吓着了，有些得意地舔了舔嘴唇，接着讲述——

四

药铺老板包好草药，用手掂量着：“岩峰，怎么样了？”

李岩峰“嘿嘿”一笑，摸出几枚铜板：“谢谢徐大夫，好多了。”

“钱就算了，都不容易。”徐大夫从药柜取出一颗黑红色的药丸，“血灵子，取五步蛇的血熬成，有奇效。”

“您的大恩大德，我一辈子都报不了，这钱您一定收下!”李岩峰把钱往药台一放，揣起药包急匆匆走了。

“狗崽子，又来买药？”几个醉醺醺的哈怂敞着怀迎面走来，“你家婆姨嫩得能掐出水，啥时候让大爷们尝尝鲜？”

李岩峰递上一小块碎银子：“爷爷们，这点……银……银子，您拿去买酒。”

“下次叫她陪大爷喝酒，”领头哈怂打了个酒嗝，“这几天城里二半夜经常有狼叫，丢了几个小孩，是不是你又想吃人肉了偷偷摸摸造的孽？”

李岩峰低头哈腰：“爷，我是本分人，您说笑了。”

哈怂掂量着银子，甩手给了李岩峰一个耳光，一摇二摆地走了。李岩峰被扇了个踉跄，药包飞出，草药撒了一地，围观的旁人们嘻嘻哈哈议论着——

“看不出李胖子还挺有钱。”

“阴犬能没钱吗？”

“呵呵！伤阴德的事儿还是少干，迟早遭报应。”

“老天没眼啊！”

李岩峰仿佛没听见，一点点捡起草药，抖掉土灰重新包好，踉踉跄跄往家中走去。

“爷爷，什么是阴犬？”徐大夫的孙子躲在门后探头看着，小声嘟囔，“是因为他的影子像一条狗吗？”

徐大夫正在配药，听到这话手一哆嗦：“你说什么？”

孙子看到爷爷凶神恶煞的模样，撇撇嘴“哇哇”哭了起来。徐大夫跑出铺子，此时天色已暗，夕阳余晖拖着李岩峰的影子，越看越像一条直立行走的狗。

徐大夫右手缩进袖子，手指飞速掐算：“是时候了。”

“爷爷，我肚子饿了，”孙子眼巴巴瞅着爷爷，“想喝肉汤。”

五

李岩峰推开院门，空气中弥漫着木屑粉末。他打了个喷嚏，舌尖舔着胡须，走到茅厕边上的老树跟前，摩挲着粗糙的树皮。老树早已枯死，树皮龟裂，树身糊着两尺长短的红黑色阴泥，白蛆钻进钻出，乍一看倒像是泥巴在蠕动。

李岩峰探手插进阴泥，取下一块木头，露出漆黑的树洞，一根形似架在井口的摇橹横贯树身。

他抬头望着月亮，咧嘴一笑，露出四颗尖锐的犬牙，在树旁支起锅，舀了一桶茅厕的秽水，倒进草药熬着。不多时，院子里满是恶臭和草药混合的怪味儿，令人欲呕。

李岩峰凑到锅前深深吸了几口，眼睛变得幽蓝，脖子和脸上长出乱蓬蓬红毛，耳朵从头发里钻出，骨骼“咯咯”作响，犬牙露出唇外，嘴巴向前凸起，活脱脱一只巨大的人狼模样。

人狼伸出满是涎水的舌头，探着脑袋对着树洞哀嚎。

洞里污水中慢慢浮出一张苍白的女人脸，高耸的颧骨爬满芝麻大小的水虫，睁开糜烂的眼皮，眼球早已不见，眼窝里漂浮着几根肉丝。

“岩峰……岩峰……不要再管我了。”

人狼眼神变得温柔，“呜呜”哼唧，张嘴咬住棕绳，爪子深深陷进泥里，绷直身体向后拽着，棕绳磨烂了嘴角，鲜血滴滴掉落。

“轰！”几声巨响，乌云遮月，天边划过数道闪电，如同巨大的蛛网遍布夜空，漆黑的院子瞬间变得雪亮！人狼用力咬着棕绳拖拽，从树洞中拽出一个泡得肿胀肥大的女人。

“吧嗒”，女人像摊烂泥糊在地上，颤抖着伸出手，摸着人狼粗糙的毛发：“我拖累你了。”

人狼轻轻舔舐着女人的胳膊，泡烂的碎肉块块脱落，露出森森白骨。人狼歪头怔住，像个做错事的小孩。

黄豆大小的雨滴砸落，似乎是老天不忍再看这个景象滴下的泪水。女人眼窝漾满雨水，顺着脸侧流进耳窝：“岩峰，我不觉得疼。这种人不人鬼不鬼的日子，我早想结束了。阳女，命该如此。”

人狼这才想起什么，拱着鼻子把药锅推到女人身边，含了满嘴滚烫的药汁，全身战栗着，强忍着疼痛，直到药汁温了，才小心地喂给女人。

六

第二天清晨，古城百姓们谈论着三件奇怪的事情——

一是开了四十多年的“徐记药铺”突然关门，只留下了“咸阳省亲 七月必回”的字条。

二是城里几个有名的哈怂去逛窑子，结果变成几具只剩人皮包裹的骷髅架子，窑姐们不知去向。倒是领头的哈怂，喝醉了醉卧街头逃过一劫，再不敢留在古城，不知所终。

第三件事情更是诡异，林家丫头起夜如厕，觉得有什么东西伸着黏糊糊的舌头舔她屁股，吓得跑回屋里昏了过去。醒来后神志不清地重复着同一句话：“茅厕里有一只长着人脸的狗，叼着一颗女人脑袋。”

城南算命的半瞎子说，那几个窑姐是狐仙变化人形，专吸男人精血渡劫，昨晚劈雷正是征兆。林家丫头中了狐仙应劫的邪气，出现臆想。

家里人按照半瞎子教的法子，子夜时分趁着女儿熟睡，用缝衣针挑着纸钱烧成灰，拿了几件女儿小时候常穿的小袄站在门口喊了三声“回来吧”，把袄盖在女儿身上，清早灌了一碗掺着纸灰的水，依然不见好转。

一时间古城人心惶惶，过了晌午就关门闭户，连更夫都两人结伴，请了符贴在额头，喝了雄黄艾草酒才敢巡夜，乍一看倒像是两只被茅山道士封符夜游的僵尸。

“徐志，你说那几个窑姐儿是不是狐仙？”张凯敲着梆子，总觉得身后有人往脖颈吹凉风，偏偏不敢回头看。

徐志灌了口酒，大着舌头道：“二半夜别乱说话，当心招来不干净的东西。”

张凯缩缩脖子，再没言语，敲着梆子有气无力地吆喝：“天干物燥，小心火烛。”

三更时分，两人走到古城西北角附近，蹲在墙角闷头抽旱烟。徐志打了个激灵：“老张，那是什么？”

张凯吓得一哆嗦，顺着徐志指的方向看去，隐约看到一个人半弯着腿，双手垂过膝盖，腰部长出一条毛蓬蓬的尾巴。

张凯“啊”了一声，这哪里是个人，分明是只人狼！

人狼耳朵摆动，听到了张凯的呼声，冷森森地看着两个更夫，嘴里喷着雾气，一步步走近。徐志和张凯哪还迈得动腿，缩在墙角筛糠似的哆嗦，梆子、更锣掉到地上，“咣咣”直响。

人狼似乎受不了尖锐的金属声，转身夹着尾巴跃进一户院落。

徐志和张凯大口喘着粗气，不约而同地说道：“李……李岩峰，阴……阴犬！”

七

李岩峰靠着灶台伸了个懒腰，热乎隔夜剩饭。清晨的阳光温暖和煦，他哼着乡下小曲，铁勺敲着锅台打拍子，边唱边瞄着老树，新糊的泥已经干透，爬满苍蝇。他拾起一截柴火扔了过去，苍蝇“嗡”地飞散，盘旋着落回。

李岩峰嘴角挂着一丝笑：“委屈你了，还有六服药，一定能治好。”

“李胖子，开门！”门外有人吆喝。

李岩峰推开门，还没看清门口站的是谁，一盆黑狗血劈头盖脸泼了过来。

“干……干什么！”话音刚落，一根绳子套住他的脖子。李岩峰只觉得嗓子一紧，喉咙被紧紧箍住喘不过气，一直被拖到院子外面。棍棒雨点般落下，砸着他肥胖的身体，“噗噗”作响。几个披头散发的女人哭号：“你还我孩子！天杀的阴犬，不得好死！”

绳子越勒越紧，李岩峰根本说不出话，只能双手护着脑袋，双腿踢蹬挣扎。人群中冲出两个壮汉，举着钉耙扎透他的双腿，生生钉在地上。

“啊！”李岩峰剧痛之下竟然拽断了绳索，奋身而起，却忘了双腿不听使唤，又重重摔倒，鼻梁砸在坚硬的地面，顿时血流满面，昏了过去。

“他要异化了！打死他！”

“钉住他！”

壮汉们举起钢钎，对着李岩峰的手掌、肩膀、腰部钉下，血水四溅。李岩峰疼醒，勉强抬起血肉模糊的脸，扫视着众人扭曲变形的脸，低声哀求：“放过我吧，求求你们，求……求……”

“放过你？”为首乡绅冷笑，“这些年淘来的死人家当拿出来，也许还有条活路。”

“对！把钱分了大家过好日子！”

“这间房子也分了！”

“人人有份。”

“还有他的婆姨。”

“阳女，你消受得起吗？”

“哈哈……老子身体结实得很！”

众人见李岩峰出气比进气多，心说阴犬也不过如此。胆气壮了，你一言我一语上演着众生相。那几个丢了孩子，刚才还坐在地上哭天抢地的女人立刻换了一副市侩嘴脸：“我们几家要多分一些。”

李岩峰咳着血沫：“我没钱，放过我吧。”

“砰！”一根铁棍击中他的脑袋，脑壳凹进一个血洞，红的血、白的脑浆，“汩汩”向外冒着。

“再有六服药，六……”李岩峰手脚抽搐，手指颤抖指着老树方向，眼中流出两行血泪，头一歪，死了。渐渐上翻的瞳孔映着老树残影，终于被布满血丝的眼白替代。

众人或多或少沾着血，像一群狼围着猎物，眼里透着贪婪凶残的目光。

“抢！”

这群真正的狼，踩着李岩峰的尸体，争先恐后地冲进院子。

八

时间很快，三年过去了。

古城百姓们早已忘记曾经有个叫“李岩峰”的阴犬，路过古城的人都记住了一件耸人听闻的异事——

城西南住着一户王氏妇人，丈夫早死，只留下一个儿子。王家多年从商，家底殷实，孤儿寡母不愁生活。有人看中王家财产，托媒婆上门提亲，都被拒之门外。乡亲们竖着大拇指佩服王氏的贞洁。

王氏平日乐善好施，没留下多少家底，儿子和儿媳早对母亲救济穷人心生怨恨，眼看日子过得一天不如一天，想出一条毒计。

夫妻俩把母亲绑在床上，手足钉入木钉，灌了哑药，对左邻右坊称“母亲得了重病”。平日得到恩惠的百姓们知恩图报，酒肉财物往王家送。王家夫妇天天有吃有喝，哪还管老母亲的死活？可怜王老太太当了一辈子好人，却被亲生儿子活活害死。

日子久了，邻居们起疑心报了官。差役们闯入王家，砸开锁着王老太太的柴房，只剩一具爬满蛆虫、臭气熏天的腐尸。唯独一双眼睛完好如初，不停地涌着泪水。仵作验尸时，王老太太的眼睛骨碌碌滚落，眼仁儿不偏不倚盯着搁在柴房角落的木偶，那是王家儿子小时候的玩具。

官府把王家夫妇押至城墙西南角台吊死，为了警示后人孝敬老人，重修时保持了原貌，故此另外三角为方，唯独西南角为圆。

夫妇俩的尸体在一个风雨交加的夜晚莫名其妙不见了。自此之后，每逢月圆，守夜士兵就能听到妇人“呜呜”哭泣；还有人在月圆之夜看到一个披头散发的女人沿着城墙“窸窸窣窣”地爬着。天亮时几个胆气壮的士兵凑过去一看，城墙上面满是指甲抓出的痕迹，距地面三尺三寸三分的位置印着几排牙印，地上残留着一摊黏液。更恐怖的是，每隔三个月的月圆之夜，古城人家必丢一个未满七岁的小孩；每年秋天，古城会爆发一次瘟疫，多亏了徐大夫妙手回春。

百姓们都说这是王老太太对儿子的一股怨气不散，化成厉鬼索债。有人念着老太太平时为人偷偷祭拜，城角经常摆放着祭品。

传说口口相传，久而久之，城墙西南角成了古城百姓谈之色变的禁地。

春来秋往，又是一年过去，古城来了两名风尘仆仆的老者。圆脸老人走街串巷打听些奇闻异事，捎带手给百姓治病；黄衫老人每天拎着酒囊满城溜达，偶尔买些稀奇古怪的玩意儿。

过了半个多月，两人出了城，三天后背着包回来，直奔西南城墙。

九

圆脸老人从包里拿出罗盘对着城墙，眼神越来越诧异，思索了半炷香时间，沿着城墙钉了七七四十九根桃木钉，用红绳连接，绳头系了铃铛，无风自动，响个不停。黄衫老人脸色一变，从护城河里抓了只蛤蟆，喂了几条红色怪虫放回河里。

忙活停当，两人从腰间取下酒囊，就着干馍边吃边喝。零星的路人见两人行为怪异，远远张望不敢靠近。过了一个多时辰，正是晌午时分，城墙里传出蛤蟆“咕咕”叫声，墙砖渐渐向外膨胀，聚成一尺见方的圆包，鼓成一张人脸。

黄衫老人冷哼一声，拿着造型怪异的匕首刺入城墙。只听见几声凄厉惨叫，人脸尖叫着正要缩回去，黄衫老人一拳砸开墙砖，活生生拖出了一个遍体绿毛、手掌长着鸭蹼、双脚粘连成一根肉条的怪物。遇到阳光，怪物“嘶嘶”惨叫，冒着淡蓝色的腥臭烟雾，挣扎着往阴影里爬。

“水猴子？”圆脸老人问道。

黄衫老人扬扬眉毛：“阴尸成煞，遇水成蛹。”

“说人话！”

“尸蛹。”

“当年萧何建古城布下了‘九阳封阴阵’，这么强的气场怎么还会有尸蛹？”

“怨气不散啊！”黄衫老人摸了摸鼻子，“看来那个哈怂说得没错。”

尸蛹强撑着脑袋，可怜巴巴地望着两个老人，蓝烟越来越浓，身子渐渐萎缩，蜷成一个肉团，“呜呜”哀鸣，两行白色的脓汁从眼窝滑落。

圆脸老人抽了抽鼻子欲言又止，扭过头假装看风景。黄衫老人摸出一枚桃木钉，蹲在尸蛹面前：“冤冤相报何时了？这一切该结束了。”

尸蛹眨了眨眼睛，指着护城河，嘴里发出“咿咿呀呀”的怪声。

“放过他吧，够可怜了。”圆脸老人灌了口酒，“不是他的错，干吗要他承担？”

“善恶，一念之间。”黄衫老人把玩着桃木钉，既像是对圆脸老人说，又像是对尸蛹说，“已成妖孽，迟早迷失本性，与其等到那时，何不现在解脱？你说的话我听懂了，会替你解开这段冤孽。”

“真正的妖孽，不是他！”圆脸老人吼道。

“放心吧，我的朋友会寻找一处佳地，把你安葬，来世不用受苦。”黄衫老人摸着尸蛹脑袋，桃木钉对准天灵盖。

尸蛹似乎听懂了黄衫老人的话，微微点头，闭上了眼睛。

桃木钉，一点一点，刺了进去。

一道淡灰色的气体冒出，化成半人半狗的形态，飘过城墙，停在护城河边。

“我说话算话！”黄衫老人喊道，“走吧！”

灰气犹豫片刻，向两名老者作揖鞠躬，“砰”地散了。

圆脸老人用粗布包住尸蛹，扛在肩上，随着黄衫老人来到护城河边。黄衫老人深深吸了口气跳进河里，不多时水花翻腾，黄衫老人冒出水面，拖出一具容貌艳丽、颧骨高耸、头发长到脚踝、手脚指甲仍在生长的女尸。

那几个围观的路人疯了似的跑回城里。

“他们发现了。”圆脸老人伸了个懒腰。

黄衫老人冷笑着：“也好，省得今晚解释太多。”

"但愿他们能相信。"圆脸老人说道。

"这座城，已经被邪恶笼罩。"黄衫老人抱起女尸，"真正邪恶的是人心。"

十

夜晚，子时，月圆。

两个人翻入徐记药铺后院，躲在墙角阴影里。厨房亮着微弱的光芒，传出阵阵肉香。圆脸老人咽了口吐沫，肚子"咕噜咕噜"直响。

"噤声！"黄衫老人瞪了一眼。

"肚子饿了，我有什么办法？"圆脸老人紧了紧扎腰的布带，"大半夜的居然煮肉当宵夜，大夫果然有钱。"

厨房门"吱呀"开了，徐大夫捧着一碗肉汤，吹着香喷喷的热气，四颗犬牙分外明显，小心翼翼走向卧房。

圆脸老人刚要起身，被黄衫老人一把摁住："等他异化再动手。"

"既然来了，就出来吧。"徐大夫慢悠悠地说道，"有朋自远方来，不亦乐乎？可惜只有肉汤，没有佳茗。"

黄衫老人从阴影中闪身而出，指尖夹着几根桃木钉："还是自己留着喝吧。"

圆脸老人紧跟着走出来，手里拎着一块板砖，很有些狐假虎威的架势："你的时辰到了。"

卧房响起一阵小孩的剧咳："爷爷，我好难受。"

徐大夫示意两人不要说话，高声说道："宝蛋儿，肉汤熬好了，爷爷这就给你端来。"

"爷爷真好。"

"给孙子喂了药，我任你们处置。"徐大夫压低声音，深深鞠了一躬。

两个老人愣了一下，有些犹豫地互相看着。黄衫老人挥了挥手，示意徐大夫进屋。徐大夫感激地点点头，闪身进了屋。

卧房灯光亮起，一老一幼的身影映在窗上。孙子依偎在爷爷怀里，一口口喝着肉汤，时不时伸手揪着爷爷的胡子。爷爷刮着孙子小鼻子，两人哈哈笑着，很温馨。

“他真的是？”圆脸老人挠着头，“不太像啊。”

黄衫老人眯着眼盯着窗户：“你再看看。”

圆脸老人仔细一看窗户里的影子，徐大夫轻轻摁着孙子的后脖颈，孙子昏倒在他的怀里。他的嘴巴从面部凸起，长长的舌头耷拉在上下两排獠牙中间。

灯灭，门开。雪白毛发的人狼站在门口，怀里抱着熟睡的小狼。

“我的父母，逃荒时被流寇杀了。我从小吃死人肉长大，成了阴犬。”

“你的孙子，怎……怎么会？”圆脸老人突然明白了，“你这个畜生！偷城里的小孩子熬人肉汤喂给孙子，把他也变成了阴犬！”

人狼摇摇头：“不是你想的那样。”

“让他说完吧。”黄衫老人打了个哈欠，“困了，早处理完早睡觉。”

人狼摸着小狼额头，缓缓讲述……

十一

十岁出头的徐友贤靠着从死人身上淘来的钱财，一路辗转回到古城。吃死人肉长大这件事，深深地隐藏在心里，他绝不敢对外人提起。身体发育的时候，他发现新长出的体毛不是别的孩子那样的一层绒毛，更像是狗毛。

每隔三个月的月圆之夜，他醒来时明显感觉到喉咙向外凸起，声音沙哑，全身骨骼膨胀得疼痛。盖的被子也扯了几条口子，像是野兽爪子抓出的裂痕。

他越来越怕，到药铺求医。大夫把了脉，长叹一声“天意啊”，就把徐友贤引进后院。直到那时，徐友贤才知道什么是“阴犬”，也明白了身体出现异化，这是变成阴犬的前兆。

大夫的女儿偏巧是阳女，“女人颧骨高，杀夫不用刀”这句老话在古城百姓心里根深蒂固，自然没人敢娶。女儿体内阳气过盛，随着年龄增长，血热体燥的病症越发严重，大夫虽精通岐黄之术也无可奈何，眼睁睁看着女儿身子骨一天不如一天，活不了多少日子。

徐友贤阴差阳错当了上门女婿，夫妻俩阴阳调和，再配上大夫的草药，就这么活了下来。过了几年，岳父去世，夫妻俩打理着药铺，日子也过得有滋有味。

“天有不测风云”，妻子难产死了。徐友贤拉扯着儿子长大，儿子也没有异化迹象，这才放心张罗亲事，娶了普通人家的媳妇，准备安度晚年。

没承想小两口婚后身体一天不如一天，撇下遗腹子双双命丧黄泉。徐友贤这才意识到，儿子虽然没有变成阴犬，体内还是有遗传的阴气，等于是他间接害死了儿子儿媳。

徐友贤悔恨莫及，要不是孙子，早就没有活下去的念想。宝蛋儿更是从小喜欢乱咬东西，毛发、牙齿长得比同龄孩子都快，三岁时就有了异化的征兆，睡觉时变成了半人半犬的怪物。

徐友贤为了救孙子，用上了岳父传的秘方。他的血经过阳女交合，再辅以七岁以下男孩的血肉，用肉苁蓉、菟丝子、芡实、冬虫夏草、枸杞子、杜仲、何首乌做药引熬制肉羹，可延缓变异的时间，等到孙子成人后再娶阳女化解尸气。

可是光天化日朗朗乾坤，到哪里找小男孩做药引？徐友贤只得用体血和那几味药材熬汤喂孙子。在一个月圆之夜，孙子还是变成了阴犬！徐友贤血气损耗过多，体内尸气不受压制，也成了阴犬。

阴犬身体机能远胜于常人，反倒成了入户偷小孩的有利条件。他在月圆之夜偷了几次小孩熬药，总算压制了孙子的病情，却也终日担惊受怕，一旦被别人发现，自己这条半人半犬的破命倒也罢了，可是孙子一定要活下去。

李岩峰第一次来抓药，方子里的草药居然和岳父传给他的秘方一模一样，重量都分毫不差。徐友贤大吃一惊，找了个借口给李岩峰把脉，阴气虽重，却不是阴犬的脉象。

李岩峰走后，他有意无意从病人那里打探，得知李岩峰的老婆也是高颧骨的漂亮女人，夫妻俩平日从不出门，分明是阴犬阳女。

当天夜晚，他跑到李岩峰家偷窥，看到一件恐怖的事情。李岩峰竟然从老树里捞起一具溃烂的女人，喂食用血熬制的草药。他心里明白了八九分，这是“以阴养身，阳血去阴”的秘术。

回药铺的路上，一条毒计在他心头慢慢成形——李岩峰耗损体血，迟早变成阴犬，他先制造几个恐怖事件（哈怂被吸成人皮骷髅，林家女儿中邪），故意暴露行踪让人看到，李岩峰必然会被除掉。这样一来，就可以把前段时间丢失小孩这件事嫁祸给李岩峰，往后再有类似事情，百姓们也会认为是阴犬鬼魂作祟，怎么也想不到是他。

十二

“李岩峰被活活打死，女人从树洞拖出当成妖孽暴尸，”黄衫老人打断徐友贤的讲述，“可怜夫妻俩，就这么冤死了。”

圆脸老人神色激动：“你他妈的有良心吗？”

“我害死了所有亲人，只有这个孙子了。换作是你，会怎么做？”

圆脸老人一时间不知该怎么回答。

“这几年，我经常带着祭品祭拜他们夫妻，希望地下有知，灵魂安息。”

“可是你没想到李岩峰变成了尸蛹，仍然守护着他的母亲。”黄衫老人摸了摸鼻子，“你祭拜他们，无非是不想让厉鬼妨了你，假慈悲而已。”

徐友贤全身一震：“你说什么？那个女子，是他的母亲，不是妻子？”

“难道你不知道？呵呵……”黄衫老人厌恶地皱着眉头，“别装了，你让我觉得恶心。”

“真难为你在这么短的时间把故事编得这么好，当然咯，大部分是真的自然也好编。”圆脸老人把板砖搁在地上，一屁股坐下，“听了这么久，站得腿发麻。”

徐友贤沉默不语，突然把怀里孙子往空中一扔，几步跑到墙边，前爪扒着墙壁纵身跃上墙头。圆脸老人急忙接住宝蛋儿：“虎毒不食子，你这个畜生！”

徐友贤正要跳墙逃离，墙外忽然火光大亮，整条街挤着上百个举着火把的古城百姓，眼神或愧疚，或痛恨，或愤怒，或鄙夷。

两道黑影直奔徐友贤，板砖砸在墙头，桃木钉正中徐友贤后脑。一团血雾蓬出，散落在火把上，“嗞嗞”作响，化成淡淡的烟雾。

徐友贤摇晃着身体，“扑通”落下，百姓们纷纷避让，任由徐友贤抽搐着死去。

黄衫老人走出院落：“他是罪魁祸首。”

圆脸老人抱着宝蛋儿，神色黯然道：“完全异化。”

黄衫老人高声喝道：“他是关西最有名的盗墓家族后代。他的长辈们误入血墓，只有他的父亲逃了出来，娶了阳女生下这个畜生。

“那李岩峰的母亲是富家女儿，因为是阳女无人敢娶，只得贴了丰厚嫁妆嫁了一户普通人家。李岩峰三岁时，父亲得血热病死了。家人认定是‘阳女克夫’，把母子俩赶出家门。还好母亲有些积蓄，拉扯着儿子长大，但不幸也得了重病。

“李岩峰带着母亲来古城求医，徐友贤传授了‘以阴养身，阳血去阴’方子，又用自己的血炼药让李岩峰异化，暗中散布‘阴犬阳女’的谣言。他的孙子也是治病的药材，只不过要养到九岁……剩下的事情和他说的差不多，我不想再解释了。”

“你们怎么知道这么多？”人群里冒出一句。

“我看见他们在城西南抓了两个妖孽，他们会妖术！”

“呵呵，说不定是看上了徐家财产，用了障眼法糊弄咱们。”

“贼喊捉贼！”

火把烈烈燃烧，火光映着百姓们血红的眼睛，隐藏着最深刻的邪恶。

黄衫老人摸了摸鼻子：“我知道会是这种结果。”

圆脸老人摸着宝蛋儿长满犬毛的脸：“还好你没看到这一幕，我一定会把你治好。”

“不能放过他们！一起上！”众人嘴里嚷嚷，没人敢往前走一步。

黄衫老人扬扬眉毛：“走吧。”

圆脸老人犹豫：“我不甘心。”

“有什么不甘心的？”黄衫老人轻蔑地扫视众人，“如果咱们没有进那座墓，就不会发现盗墓徐家的尸体，也不会顺藤摸瓜找到古城，更不会排查到这个惊天冤情。”

“他们是盗墓贼！杀了他们！”人群里有人喊道。

“你们这些混蛋！李家那棵树连着城里的地下水源，喝井水必中阴气，你们没发现井水里有许多灰色的东西吗？我这段时间给你们治病去阴气，都忘记了？”圆脸老人越说越激动，指着黄衫老人，“他用了半个多月，满城寻找阴气重的家宅下蛊导出，耗了多少元气，你们知道吗？”

“谁知道是不是用了妖术，又冒充好人？”

“你们就没注意到吗？有些人的影子没了，那就是阴气……”

“解释这些有什么用？”黄衫老人轻咳一声，“这些人眼里只有这座院子的财产，就像当年对待李岩峰母子。为了掩饰对李家母子的恶行，他们还编了王家老太太受虐而死，儿子儿媳吊死城西南的谣言。时间久了，连他们自己都相信了谎话。最后谣言成了真实，真实却被遗忘。呵呵……他们还不如那个逃走的哈怂，一直欺辱李岩峰，心中有愧，偷跑回来把尸体葬在护城河边。虽然养成尸蛹僵女，却也让我们知道来龙去脉。”

“人，怎么能这样？”

“人，就是这样！有欲望就有贪婪，有贪婪就有邪恶。比鬼神更可怕的，永远是人心。”

圆脸老人沉默片刻：“嗯，我懂了，走吧。”

“人不是菩萨，也不是禽兽。但不幸就在于想表现为菩萨的人却表现为禽兽。”黄衫老人哈哈一笑，“走吧，咱们还有更重要的事情。”

十三

“咚！”

我的额头撞到硬物，猛然惊醒，原来是撞到座椅靠背。

“到了。”司机师傅指着计价器，“你们俩睡得真踏实。”

我揉着脑袋，心说这一觉舒服啊，居然把李奉先讲的异闻都回忆了一遍，这么好的素材不写进小说可惜了。

“车费你的。”月饼先一步下了车。

我本来还要争两句，一想萍姐的事儿大，也就不情不愿结账了。

此时天色微亮，寥寥几个晨起老者，有的慢悠悠打着太极，有的吼起秦腔，有的甩动鞭子，抽着巨型陀螺，击打声如同霹雳，震得耳膜生疼。

我四处瞅着，哪里有萍姐的身影？

月饼显然也有些意外，摸着鼻子："难道感应错了？"

"阿华，晓楼，你们过来。"

我顺着声音寻去，护城河边的长凳坐着一个白头发脱落大半，脸皱得像核桃的老太太，正在向我们招手。

我的脑子"嗡"的一声，分明是萍姐的声音，可是这个行将就木的老太太，怎么可能是萍姐？我立刻意识到，萍姐通过蛊术改变模样来古城，一定遇到了极度危险的人，说不定那个人就在附近。

想到这一层，我暗中观察晨练的老者里有没有形迹可疑的人，一旦他露出蛛丝马迹，立马做了他。月饼或许是关心则乱，根本没往这方面想，抿着嘴唇直勾勾地望着萍姐，双手在胸前合成坛子形状。

"阿华，不用怀疑，确实是我。"老太太回了个同样的手势，眼皮耷拉着，"我没有易容。"

我的心脏仿佛被重重打了一锤，胸闷地喘不过气："萍姐，你……"

"她只不过老了。"月饼扬扬眉毛，笑了。

我没想到月饼居然没事儿人一样，心里头一股邪火蹭蹭上蹿："月无华！你这是什么态度！"

月饼点了根烟，深深吸了一口："从南平回来，我一直在想一个问题。古城、南平，老馆长、陈永泰、明博之间到底是什么关系？他们这么痴迷所谓的'窥得天机'，怎么可能隐忍这么多年？"

我脑子完全混乱了，理不出一点头绪："他们……他们的终极任务失败，摁上手印，出现名册，重选异徒行者。"

"你写的书里有一句话，'你能确定你看到的世界就是真实的世界吗？'"月饼伸了个懒腰，"'可是，你能确定吗？我不确定'。"

古城深秋的空气冰冷透骨，我打了个寒战："所有的一切……假的？"

"有真有假，直到我在精神病院看到阿娜，"月饼摸出一枚桃木钉把玩着，"她画的也是《远山夕阳图》。"

月饼探望阿娜时，我懒得做电灯泡，只是远远看到墙上的简图，经月饼这么一提醒，我才猛地想起来！

难怪月饼拉着我站在山头遥望故乡的时候，我觉得这么熟悉。

最近发生的所有事情如同图像碎片，终于在脑子里拼成一幅完整的拼图！

南平的经历，精神病院的阿娜，偶遇的胖子万莫，萍姐饭店的阴气，“不挽奶茶”的传说，萍姐向我讲述传说时月饼一脸紧张地推门进来……原来不是担心我和萍姐发生什么，而是担心萍姐会对我做什么！

这一切太过可怕！如果真是这样，阿娜早就发现了这些秘密，只能装疯躲进精神病院，万莫在精神病院监视她，当我们探望阿娜的时候，万莫会装疯卖傻地出现。阿娜只能通过那幅画给月饼暗示，难怪阿娜当时那么激动。

那些阴气并不是什么比目鱼的，绝对是人的。明博需要用蛊族的血祭祀《远山夕阳图》，除了南平的别墅，还有另一个蛊族肯定会去的地方——萍姐的餐馆！

我想到在饭店某个地方堆满腐尸，顾客们却吃得很高兴，还有人拍几张美食图发朋友圈，恶心得不敢再想下去了。

“当年那个决定，真不知是对是错，”这么几分钟的时间，萍姐好像又老了几岁，脸上长出好几块暗褐色的老人斑，“阿华，你确实很聪明。”

十四

清晨的太阳终于从地平线喷薄而出，把月饼的影子映得很长很长，笼住了萍姐。

阴影中，我再看不清萍姐的模样。

月饼迎着阳光笑道：“有阳光的地方，就有黑暗；有人心的地方，就有欲望。如果你不来古城，我会当作什么事情都没有发生。姐，你是上一代异徒行者，我说得对吗？”

我突然转过劲儿来，暗骂自己没长脑子，也是太相信萍姐，就没往这方面想。萍姐打电话说了我丢的手机是她放进去的，肯定不是旅游观景顺手扔进大佛耳洞，能干这事儿的只有异徒行者。我又想到了更深一层，我和月饼从十年前至今一直被暗中监视，或许这个时间更久，难道从我们出生就被动地承受这一切?

这种感觉让我觉得很恐怖，就像电影《楚门的世界》里的男主角，突然知道他的命运其实是被安排好了，有无数个人偷窥、掌控、监视、安排他一生，那种滋味只有亲身体会才能明白。

“西山大佛，我们参透了如何开启水晶墙，在人蝠那里失了手。在你们执行任务前，我把晓楼的手机放进大佛耳洞。生死关头‘应蛊’会发出感应，我发了提示短信，算是救了你们。”

除了手机的神秘短信，另一个疑惑也终于解释通了。我把“西山大佛”的经历写出来发到网上，有网友问过：“人蝠虽然能学人话，可是千年之前说的是古语，怎么可能一开始就用现代语言和南晓楼有问有答？”

我看到这条留言也琢磨不出所以然，想当然地认为人蝠天生脑子好使学得快，根本没想过有人曾经进过大佛内部，人蝠通过他们的交谈学会了白话。

“姐，那个人是谁？”

我第一反应和萍姐搭档的异徒行者肯定是阿普，转念一想，按照时间推算，阿普那时候已经被炼成活尸囚禁在别墅里，自然另有其人。我忽然想到一个人，脱口而出：“万莫！”

“狐族蛊女，生生世世，相互吸引，不死不休。”萍姐的脑袋越垂越低，声音含糊不清，“直到遇见他，我才知道世间真有宿命。为了我，他装疯这么多年，暗中陪我执行异徒行者的任务，真是难为他了。”

我回想着萍姐讲的“不换奶茶”传说，再脑补两人的关系，眼前一黑，本来挺灵异的事儿，居然整出了多角恋!

“姐，你自始至终都在骗我哥，对吗？”月饼掰断了桃木钉，木茬扎进手指，血涌了出来。

“呵呵……他永远不知道，是我把他制成活尸的。”萍姐嘴角带着一丝很干净的笑容，缓缓闭上眼睛，“异徒行者……异徒行者……”

我，从未，像现在，这么，愤怒!

可是，我，不知道，应该，做什么！

因为，萍姐，留下一堆谜团，就这么死了！

十五

月饼吮着手指流出的血，走到萍姐身旁，慢慢地蹲下，握着萍姐渐渐冷却的手。

“姐，你可以什么都不告诉我。这样，你还是我姐姐。”

“月饼……”我不知道该说什么好。

月饼像是察觉到什么，扒开萍姐稀疏的白发。我看得真切，萍姐后脑鼓胀着一条暗青色的血管，形成“控”的字样。月饼摸出军刀，挑开一块头皮，捏着血管向外拽着。一条筷子长短，香烟粗细，沾满鲜血的“蚯蚓”被拖了出来。那东西“咿咿呀呀”怪叫，满是须毛的身体悬在半空扭动，忽然挣起缠住月饼手掌，搭在月饼手指伤口上，使劲吸着血。

月饼任由“蚯蚓”吸血，鼓胀得如同一段新鲜大肠。我心里着急，正要把“蚯蚓”拽下来，月饼摆了个阻止的手势：“控蛊，在宿主七岁前种入脑部，以血液为生。宿主平时是正常人，在下蛊人需要的时候受到控制。控蛊吸食不同的血，等于喝毒药。”

话音刚落，那“蚯蚓”脱离月饼的手指，喷着像是搅拌了辣椒油的豆腐脑的红白黏液，瘪成了一截灰白色肉皮，“吧嗒”一声落在地上。

月饼拾起肉皮对着阳光观察，用军刀豁开顶端，抽出一簇火红色的长毛。

“这是什么？”

“狐毛。”月饼双膝跪地，端端正正地磕了几个响头，“姐，我错怪你了。”

我心说萍姐自小就被万莫用狐毛降了蛊，可是狐族怎么会蛊术？难道万莫跟明博暗中勾结？他们控制萍姐当异徒行者，到底为了什么？我理不出头绪，隐隐觉得异徒行者这件事情越来越不真实。

我们只是局中棋子，任由摆弄。

月饼如同中了魔怔，对着萍姐絮絮说着往事。前几天萍姐还有说有笑，今天却是死去的老妇人。我鼻子一酸，突然觉得生命很没有意义。

活着，就是为了死去，只不过时间早晚罢了，根本没有区别。

“月饼，我累了。”

“我知道。”

“咱们到底在做什么？”

“我不知道。”

“我不想继续了。”

“随便你。”

之后，我们许久没有说话。

“南瓜，”月饼深深吸了口气，“我处理姐姐的后事，蛊族的事情你跟着不方便。先不要回图书馆，也不要跟任何人说行踪，随便找个宾馆住下，等我回来。”

东越博物馆的千年老怪物胡晓飞，收到一张我们在图书馆吃饭的照片，至今没弄清楚谁拍的。我们通过胡晓飞的反应，判断出韩立一家子没问题，月饼才把后续事情交给他们。

最大的嫌疑自然是李奉先，月饼知道我的性格，对朋友狠不下心，所以等他回来。至于我刚才说的“不想继续”这句话，他根本没当回事儿。

月饼望着东南方向：“希望她没有事情。”

我心说等月饼忙活完萍姐后事，少不了陪他去南平解决万莫。但愿月饼能控制住火气留个活口，把一切事情整清楚，目前最担心是阿娜的安危。

“万莫不会对阿娜怎么样吧？”

月饼嗓子沙哑：“如果……”

月饼不说我也明白，既然万莫明目张胆这么做不怕暴露身份，阿娜可能已经凶多吉少。

“不要为已经发生的事情纠结。”月饼拍了拍我的肩膀，“住进宾馆，微信发个位置给我，我最多一天就回来。”

“我又不是小孩，还能让中年妇女拐跑了不成？”我心里难受不愿多说，“你丫手上还带着血，刚淘的牌子货就这么糟蹋了，二百多块钱呢。”

“这时候你还有心思想这些。”月饼抱着萍姐的尸体，沿着护城河边远远走了，“这个世界，有欲望就有贪婪，有贪婪就有邪恶。比鬼神更可怕的，永远是人心。”

我望着月饼背影，想到一件事，冷汗滴滴落下。

怎么会这么巧？

难道？不，绝不可能！

十六

回了古城，我进家面馆子就着二锅头吃了碗臊子面，就近找个干净宾馆开好房间，给月饼发了微信定位，躺在床上望着天花板发呆。

不知道为什么，我始终有种奇怪的感觉，这种感觉说不上来，就像随手丢了什么东西，却又想不起来那种难受劲儿。

我摸了摸手机钱包这些零碎，什么都没少，纠结了半天索性闷头睡觉。

不知睡了多久，我渴醒了。房灯刺得眼睛生疼，我拿起手机看看时间，居然晚上十一点多。QQ、微信除了编辑关于封面设计的留言和样图，再就是读者提的问题，几个朋友和微信群的日常聊天，月饼还没联系我。

我拿起床头柜的矿泉水，灌了一整瓶觉得不过瘾，又开了瓶啤酒喝了大半瓶，心里才觉得不那么渴了。那种少了什么东西的感觉更加明显，我下意识地抬手，往床下看了看，终于知道少了什么东西！

灯下，会有什么？

古城老城墙西南角浮尸之谜

民国十二年（1923年），古城发生一件轰动一时的奇事。女校学生刘克清夜晚回家失踪，三天后在城墙西南角护城河边发现刘克清生前所穿的红色绣花鞋，除此之外再无线索，最终不了了之。

三个月后，正值夏季，天降暴雨。古城民众趁着雨汛在护城河结网捕鱼，看到河里浮起一具裸体女尸。容貌艳丽，栩栩如生，头发、手脚指甲仍在生长，身体完好无损，正是失踪的刘克清，唯独一双眼睛不见了。

经过验尸，确定刘克清生前被强奸后杀害，抛尸护城河。至于尸体为何完好无损，却没有明确解释。

一时间古城人心惶惶。有人说刘克清含冤而死，一口怨气不散，故形体不灭；也有人说古城西南角为方形，状如棺材，前有河水环绕，是“尸变”之地。

家人给刘克清守灵时，灵堂蜡烛忽然冒出绿色火焰，灵帐无风自动，香炉冒出的烟雾聚成一张模糊的男人相貌。

家人按照形状画出肖像，正是刘克清的表哥张意映。几乎同时，张家传来噩耗，张意映脚穿红色绣花鞋，身着女人衣服，在卧室上吊自杀。

验尸过程中，法医发现张意映的眼睛形状极不协调，像是女人的眼睛……

这件事越传越广，造成极大影响，被民国政府勒令禁止传播才渐渐平息。

自此之后，诸多小说、影视作品中经常出现“一双绣花鞋”这个恐怖素材，灵感是否来自“古城老城墙西南角浮尸之谜”，不得而知。

异闻：

明朝修建老城墙之前，古城有位王老太太，遭受儿子和儿媳折磨，最终饿死街头。当地父母官得知此事，在城墙西南角台附近，将老太太的儿子和儿媳问斩。百姓们认为二人无德不孝，而方形代表着堂堂正正做人，因此在重修时保留了西南城墙原貌。

第二章 红尘宾馆

酒店禁忌：

一、不要入住尾房、正对楼梯或逃生通道的房间。

二、开房门前先按门铃，没有门铃敲门三下，进门之前要侧身。

三、进入房间立即打开电视看看屏幕有无雪花、奇怪的条纹。

四、点烟观察烟雾上升还是下降，把烟头丢进马桶，看冲水后烟头是否冲下去。如果烟雾下降，烟头没有冲走，立即换房！

五、衣柜门第一时间打开，切勿把衣服悬挂在衣柜里。

六、被子是否有人形印子，把枕头用力拍打放回原位。如果单人睡大床房，两个枕头叠起睡在床中央，切勿只睡床铺一侧。

七、鞋子不要整齐摆在床边，应摆乱或者一正一反成阴阳鱼形状。更不要把衣服叠齐摆放成方形！

八、切勿半夜在房间里自拍，尤其不要以挂画做背景照相。

九、床铺正对镜子，用红布遮住或立即换房。

十、切勿夜间九点至十二点剪指甲、削苹果。

十一、睡前最少留一盏灯，床头柜准备几枚五毛铜币。入睡后听到卫生间滴水声、天花板弹珠声、脚步声、床板摩擦声，切勿睁眼，立即将铜币丢到床下，天亮退房！

十二、在房间内接到亲朋好友电话，要称呼“酒店”“饭店”，不要称呼“宾馆”“旅馆”，最好不要入住有“宾馆”“旅馆”名称的酒店。

至于原因，自行揣摩……

一

有光的地方就有影子。

房灯映射，屋内的东西或大或小都有一团影子，唯独少了我的影子！更让我感到恐怖的是，我压根不知道影子在什么时候没有了。转念想想，平时谁会在意自己的影子呢？

据说，午夜时分，阳气最弱阴气最强，不干净的东西会在这个时候四处飘荡，遇到阳气弱的人就会趴到背上，吹着肩膀左右的“阳灯”。哪怕是三伏天，走夜路的人也经常感到背后凉飕飕的有人吹气，就是这个原因。

遇到这种情况，千万不要低头看自己的影子，否则会看到影子外廓有一圈虚影，阴气特别重的人还能看到肩膀上面多了一个人头形状的阴影。

还有一种说法，影子是人的灵魂，由脚底涌泉穴飘出，人死脱离，只有僵尸、活尸没有影子。

人就怕联想，我越想越觉得心里发毛，衣服瞬间被冷汗浸透，贴着身体又黏又凉。我下意识摸了摸肩膀，有一抹淡淡的血迹，是月饼临别前拍了我的肩膀，印了手指的血。

难道？

我想到一个网上流传很久的恐怖推理段子——

登山社组织登山爱好者攀登雪山，其中有一对情侣。当他们准备登顶时天降大雪，队长出于安全考虑，留下女孩看营地，队员们继续前进。

过了三天登山队还没有回来，女孩开始担心，可是天气恶劣，通信设备根本无法使用。等到第七天，登山队终于回来了，唯独少了她的男友。

队长告诉她，男友掉进冰缝摔死了，临死前一直喊着女友名字。

登山队赶在头七回来，担心"男友"会回来找她。队员们对着篝火围成圈，让她坐在中间，也就是篝火旁。到了即将十二点的时候，男友突然浑身是血冲进帐篷，拽着她就往外跑。

女友吓得极力挣扎，男友告诉她，他们第一天就发生了山难，全部的人都死了，只有他还活着，好不容易回到营地……

如果你是女友，会相信谁？

这个段子细思恐极。我曾试着分析，换做是我会相信谁？想来想去只能相信自己。

月饼有个很奇怪的观点：登山队怎么可能留下一个女人在雪山帐篷独守七天？又怎么会那么巧，唯独她的男友死了？所以，队员们和男友都没有死，真正死的人是女友。

我觉得月饼脑洞太大纯属扯淡，月饼也没争论，进行了场景还原。

登山队在登山第一天，女友就发生意外死了。队员们害怕女友横死，阴魂不散缠上他们，设了个局中局，把尸体摆在篝火旁为她守灵。

"头七"夜晚，女友果然回来了。队员们编造了"男友摔死"的谎言，让女友消了怨念安心去那一边，可是女友迟迟不走，早在外面做好准备的男友冲进帐篷，把女友假装救了出来……

我提出一个疑点：男友反过来编造队员们都死了的谎言是为什么？

月饼指出段子中我没有注意到的一件东西——篝火。

尸体下葬前，灵堂彻夜烛火不灭，明着是为了祭祀亡故之人，其实是因为“头七夜，亡魂回”。尸体如若诈尸，见到自己没有影子，明白已经死了，在红尘再无眷恋，安心而去。怨气重的亡魂，会附身到亲朋身上，在灵堂来回游走，守灵的亲人发现谁没有影子，就是被附身之人。把被附之人拖出灵堂，用香灰迷住眼睛，纸钱蘸灵台的素酒贴住脑门，再沾上活人鲜血，编个诸如“人都走了，你还活着”的谎话才能化解。

我和月饼讨论这个段子的时候，我脑补一群大老爷们守着一具女尸七天七夜，心里瘆得慌。月饼吐了个烟圈慢悠悠地说：“南少侠，万一哪天您老人家光荣诈尸，也不知道我的血好使不？”

“做鬼我也不会放过你！”我恨恨道。

二

回想早晨在老城墙，月饼不让我陪着安葬萍姐，也不让我回图书馆而是找个宾馆住下，难道不是担心李奉先有问题，而是准备提前回图书馆布下灵堂为我招魂？

我已经死了？在东越博物馆死了？或者……

我计算时间，今天正好是萍姐在南平市讲述“不挽奶茶”的第七天！

死去的人回魂，会忘记自己是怎么死的。当我发现了萍姐饭店的阴气，破门而入撞破了萍姐秘密，就已经死了？

今天，是我的回魂夜？

我低头看着手心，那块淡淡的血痕如同一张符咒渗进掌纹，仿佛越变越大，占据了整个手掌。

我脑子一晕险些摔倒，急忙扶住镜前柜，正对着床的镜子晃了几晃。镜中人面色苍白，头发凌乱，额头满是黄豆大小的汗珠，陌生得仿佛不是自己模样。

我浑身发麻，双手摁着柜子勉强支撑身体，甚至不敢抬头再看镜子一眼。

我生怕从镜子里发现那张床上还躺着另一个我！

慌乱间，我的手碰到一样东西——手机！

我仿佛溺水者抓到一根救命稻草，急忙调出自拍模式，自拍了一张照片，确定自己到底是不是实体。

闪光灯亮起，照片定格，我的脸赫然出现在屏幕里。被闪光灯照到的东西，都出现或深或浅的影子，唯独没有我的。

我仔细看着照片，发现照片里的双人床没有躺人那一侧，床单的阴影恰巧凹成侧卧人形，枕头陷进一小半。原本端正摆放在床边的鞋子少了一只，另一只从床底露出半截。

我深深吸了口气，心里隐约明白几分，点了根烟深深吸了一口，把烟雾喷向镜面，淡淡的雾气扑散，没有飘起，反而缓缓下落。

我苦笑着摇摇头，心说只恨不知道自己生辰八字，到哪儿都命犯阴祟，居然住进了“纳阴地”。

宾馆每天来来往往住着不同的人，门一关，吸毒、一夜情、赌博、酗酒，什么事情都有可能发生。花洒、马桶、洗手盆、床单、枕头、遥控器看似干净，谁能知道上一任住客在房间里做了什么？如果遇到住客自杀或他杀事件，离世后怨气难消，更是成为阴灵留在死亡地，也就是常说的“阴魂不散”。

所以，宾馆最是藏污纳秽之地。

大多数宾馆为了让住客有安宁舒适的感觉，都是灯光幽暗，环境安静，房间标着号码分布走廊两侧，倒像是放大了许多倍盛放骨灰的灵馆。

这种格局极易驻留阴气，称为“纳阴地”。

体阴之人来到墓地、灵馆、宾馆，会感觉浑身发冷、身体不舒服，也是因为阴气入体形成“祟”导致。

讲究的宾馆会暗中请高人布置“煞阴旺阳”的格局，比如侧墙安置鱼缸“活物惊阴”，阴眼位置摆放假山“镇气压阴”，厅门口竖起屏风“正位断阴”。有些缺德商人为了敛财，暗中在宾馆东南西北中五个方位埋下死人的四肢和头骨，布成“五鬼运财”之局敛财。马来西亚云顶高原一间著名酒店，多年来怪事不断，就是最好的例子。

有些房间因为物品的偶然摆放（比如玄武位有电源插头，形成水克火）造成阴阳混乱，也会形成纳阴地格局。

想通了这一切，我松了口气，透过镜子查看物品摆设，心里演算着房间布置，准备破了这个局。

“簌”！床下好像冒出一只手又飞快地缩了回去。我以为精神紧张看花眼了，仔细一看，露在床外的一只鞋不见了！

我心里一紧，阴气封在屋中郁结不散，聚在床底成了喜好搜集秽物的“形祟”。

很多人大扫除时能从床底收拾出许多乱七八糟的脏东西，还有丝丝缕缕的絮状物。这些絮状物就是阴气聚成的“祟”，一旦成形会变成居住者模样，夜间挨着床板与睡在床上的人保持同样姿势，等到熟睡后爬上床，紧贴着熟睡者的身体吸取阳气。

阳气多从手脚心、汗液流出体外，这也是有些人经常鬼压身，心悸盗汗，手脚冰凉的原因。

这玩意儿虽然邪劲，却惧怕阳光、明火、烟熏。我打定主意，偷偷摸出Zippo火机，准备把宾馆服务介绍单一把火点了扔到床下，来个“火烧形祟”。

就在这时，卫生间的门轴“吱呀”响起，闪出缝隙，灯光斜斜照出，花洒滴着水，落在地面发出“滴答、滴答”的声音。

我吓得差点叫出声，心脏猛地跳动几下，扯得太阳穴生疼。忽然，我清晰地听见身后响起“窸窸窣窣”的爬动声，一双冰凉的手轻轻握住我的脚踝，拽着裤腿，沿着膝盖、大腿、腰部一点点向上爬……

我如同坠入冰窟，身体僵直根本无法活动，耳膜震荡着血液快速流淌的“簌簌”声，任由“那个人”贴着身体爬上了后背。

镜子里，一双干瘦的手搭在我的肩头，左侧肩膀慢慢探出乌黑的头发，露出一张苍白的女人脸，乌黑瞳孔覆盖了整个眼球，眼角挂着两丝血痕，嘴角几乎咧到耳边。

那一刻，我的心脏几乎炸裂！

她轻轻吹着我的耳朵：“终于有人陪我了……”

我的脖子激起了一片鸡皮疙瘩，偏偏身体不能动，这种既恐惧又什么都不能做的滋味儿，如同眼睁睁看着烧红的铁丝从鼻孔捅进脑子，搅动脑浆的绝望感觉。

我再没有勇气看那个女人，眼睛盯着桌面，瞥到服务介绍单印刻的宾馆LOGO（标志），脑子里隐隐有个模糊概念。我默念着宾馆名字，突然明白了！

这个宾馆，是阴栈！

我遇到了诈尸的“魅”！

也就是说，床下，藏着一具女尸！

三

阴栈源于东汉末年，当时连年战火，士兵死亡无数。古人讲究“尸归故里，入土为安”，可是送尸归乡谈何容易，且不说一路耗费大量人力物力，单是尸体保存就是个难题。

吴国有一个道士于吉，以符水治病，药到病除，深得百姓和官员拥戴，引得孙策猜忌，下令让他求雨，否则杀之。于吉设坛求雨，片刻时间，天降倾盆大雨，众人更是信服。

孙策妒火中烧，假装敬佩，宴请于吉。席间，孙策询问于吉：“尸，能归否？”于吉长叹一声：“余命不久矣，且为百姓做最后一件事吧。”

孙策举杯一饮而尽，向于吉长揖道：“若成，当以国士之礼。”

于吉“呵呵”冷笑，让孙策在吴地每隔百里建造驿站，随即来到军中挑选了百名形象猥琐、身材矮小干瘦、目中无光的士兵，带至湘西传授秘术。

三个月后，这些士兵穿着黑衣，戴着黑笠帽，腰间束着麻绳，别一铜铃来到军中。入夜后，士兵在尸体额头贴上黄符，灌进生米水，嘴里念念有词。一炷香工夫，尸体居然站了起来，士兵摇响铜铃，尸体跟着士兵排成一排，消失在夜色中，天亮前住进驿站，天黑出发。

孙策听闻此事，以“此子妖妄，能幻惑众”将于吉杀死，又派兵捕杀赶尸兵。

赶尸兵被杀了大半，极少数逃回湘西，这也是湘西“赶尸术”的由来。

赶尸居住的客栈，又称“阴栈”，直到现在，每个城市仍然有阴栈存在，最明显的特征是门前刻着铃铛。而我住的这家宾馆的LOGO，正是一个铃铛！赶尸工常年接触尸气，寿命极短，往往暴毙在阴栈，赶的尸体也就留下，无人敢动。

于吉著有《妖物志》一书，第九章“尸说”里有关于诈尸的记载：“诈尸，男魁女魅。遇魁心神恍惚，神志不清；碰魅身不能动，形似木人。唯口内阳气不泄，取舌血可破。”

说了这么多，其实就是一眨眼的工夫。

魅的双手从我腋下穿过，手掌摁在心脏和肺的位置，嘴里重复着“终于有人陪我了”。

我感到一股滚烫的气流从胸口流出，身体冰凉，心里叫苦不迭：“难不成真像电影里面道士捉鬼那样咬破舌尖？然后该怎么做？一口喷出去？”

就这么一晃神，上半身像是冻僵了，血液好像在血管里结成冰碴子，扎得生疼。我试着咬了一下舌尖，舌头都木了，疼出一身冷汗。

“南晓楼，他妈的死到临头了还怕什么疼？男人就要对自己狠一点！”我心里暗骂。

我狠了狠心，牙齿用力一合，一股剧痛如同闪电窜至全身，嘴里又咸又苦。

“终于有人陪我了。”魅的头发扫过脖子，那张恐怖的脸伸到我面前，对着我的鼻子微微张开嘴。

我一口鲜血喷出，血点溅了魅满脸，如同滚烫的红油洒进奶酪，冒着白烟“嗞嗞”作响，生生烫了进去，泛起星星点点的燎泡。魅尖叫一声仰倒在床上翻滚挣扎。

我骂了一句“陪你妹”，抱着被子把魅罩在里面，用身体死死压住，胸口还挨了几记闷拳，憋得一口气喘不上来。

我来了火气，转身坐在魅的胸口，扳着她的脚底板，摸出瑞士军刀刺她右脚涌泉穴的位子。

道家有“阴阳二气，精泥成丸，黄泉涌水”的说法。指的是阳气原本混沌，在泥丸宫练成精元即可肉身成仙；阴气为黄泉之水，从涌泉穴进出身体。

遇到阴气成形的东西，男左女右，刺破涌泉穴就像拔掉了充气人偶气门芯，泄了阴气，再凶也就这么交代了。

果然，灰气“哧哧”地冒着，身下的魅越来越扁，慢慢停止挣扎，终于没了动静。

我又用膝盖顶了几下，确定这玩意儿“死”透了，才滚下床靠着墙大口喘气。刚才情急之下忘了疼，这会儿才觉得舌头像是含了块烙铁，疼得眼泪都出来了。

我看着乱七八糟的被褥，心说还好没有咬大劲，要不然把舌头咬去半截，以后说话都不利索。

我不敢掀开被子，生怕里面有张长着头发的人皮，只好用力蹬了床架一脚泄愤。

没成想床板不结实，让我踹了个窟窿，一股浓郁的臭气飘了出来，熏得我差点背过气儿。一只爬满蛆的手从破洞里耷拉出来，蛆挂着黏液丝儿落下，爬上我的脚底。

我“啊”了一声，满屋跳大神蹦来蹦去，脚下“咕叽咕叽”把蛆踩了个干净，跑到洗手间就着水险些把脚皮搓烂了，才用浴巾包住脚，搬把椅子坐在门口，望着那张床，抽烟压着胃里的恶心。

幽暗的床顶灯并排亮着，在墙壁映出椭圆形的光圈，左右两盏床头灯像是两只蜡烛。光影交错中，这张铺着白色床单、长方形的大床宛如一口摆在灵堂的棺材。

我打了个冷战！我在尸体上面睡了半晚上？

除了魅，难道床里面还有一具女尸？

我意识到，住进这家客栈，绝不是什么走背字的偶然！

四

连抽了五六根烟，我心里犹豫着“走还是不走”，最后一咬牙，又撕了一块浴巾包住双手当手套，推开了这张老式木床。

木板衔接处发出让人牙酸的摩擦声，臭味儿越来越浓，熏得眼睛剧痛。床板里的景象，一点一点映入眼帘，挑战着我视觉恐惧的底线。

一具女尸浸在半床黏稠的液体里，早已泡得如同融化的白蜡，脑门贴的黄符残破不全。成堆的蛆在尸体里钻进钻出，床板密密麻麻挂着尸蛆结成的蛹。

要是换成头几年，估计我早就眼前一黑，一脑袋扎进尸液昏了过去。这几年经历的事情实在太多，别得没练出来，好歹是胆子大了一两圈。

我憋气琢磨着下一步该怎么办，忽然觉得有些不对劲，尸体好像多了什么东西。再仔细看，才发现了蹊跷。

女尸的身体比正常人体宽了两圈，胳膊、腿虽然融进身体，却像是竖着从中间劈开，多了那么一截。

我恍然大悟，这是两具女尸上下叠放融在一起形成尸中尸！

阴栈、魅、尸中尸……

所有的线索串在一起，我终于明白了！

我点了三根烟当作香，并排放在床边，默念《往生咒》对着床中尸拜了三拜，从床底掏出鞋穿好，出了房间。

我不知道这两个女的是怎么死的，但是我明白了这间阴栈布成了最凶煞的“尸鬼增运”局。这种格局煞气极重，就像是一块巨大的磁铁，吸引过往行人入住，增财添运。这也是许多城市不起眼的小宾馆反而客源兴旺的原因。

我接触萍姐尸体沾了阴气，两阴相融，引出了误以为是同类的魅。难怪魅一直在说：“终于有人陪我了。”

我站在幽暗的走廊里，长长的走廊延伸至逃生通道，并排的房门紧闭，传出嘈杂的电视声、鼾声、呻吟声……

所有住客，除了我，没有人知道床下到底藏了什么东西。

我摸出手机拨通月饼电话，关机。布这种损德雄局的人，自然是宾馆老板。既然月饼联系不上，就让我自己解决吧。

我演算着宾馆的格局，只要找到“局眼”，就能破了这个凶局。

危险？当然有。可是人的一生，总要有几次面对不敢面对的事情，不是吗？

我戳在走廊给自己做了半天思想工作打气，刚下定决心“做人不能怂”，宾馆外传来缓慢的刹车声。

我回屋从窗户往下看去，一辆卧式大巴停在门口，游客们戴着统一的旅游帽，低头鱼贯下车。一个手拿喇叭、身材矮小、戴着黑棒球帽的中年男子，轻轻摇着系在喇叭尾端的铃铛。

“叮！”一声脆响，男子嗓音低沉沙哑：“到家了，都进来吧。”

游客们默不作声，双腿直挺挺走进宾馆。这种气氛异常诡异，我心里发毛很不舒服，直到大巴最后下来的两个人，我浑身一哆嗦，一脑袋撞到玻璃上面。

那是我再熟悉不过的两个人——月饼和萍姐！

我和月饼在日本曾上过一辆在夜间接送横死鬼魂的鬼车。

长途巴士分为两种，坐式和卧式。坐过长途巴士的人不知道有没有观察过，卧式大巴内部是一排排窄小的床位，乘客躺在上面熟睡时，看上去就像是躺在小棺材里的尸体。长方形的大巴，更像一具会行走的大棺材。

至于原因，夜间是鬼出没的时候，阳气重的人如果在夜间行动，很容易招致恶鬼上身。所以走夜路的长途大巴，一律是卧铺大巴。整个大巴由内自外的设计，包括躺着的乘客，极像是棺材和尸体。这样可以使恶鬼误以为是阴物。当然，大巴夹缝里也会放上诸如死蝙蝠、死老鼠、经血、头发这些阴气重的东西，来阻住车内的阳气外泄。

还有一种巴士叫“鬼车”，确确实实是拉载恶鬼奔赴黄泉转世托生的。鬼车一般会在天地阴阳互换的午夜十二点出现，将鬼魂拉上车。烧纸的时候，如果遇见一辆巴士飘然而过，那就是亲人亡魂上了鬼车。

如果亲人七日内没有给鬼魂烧纸做买路钱，鬼魂上不了“鬼车”，变成在野地里飘荡的孤魂野鬼，就永世不得投胎。

月饼明明去安葬萍姐，怎么会在这辆大巴出现？这些人的走路姿势，中年男子的身材打扮，分明是……

我不敢再想下去，要不是窗户有防盗栏，就直接跳下去问个明白。

突然，月饼抬头往上看了一眼，见到我好大一张脸贴在玻璃上，满脸讶异，憋着笑扬了扬眉毛，那意思似乎是“南瓜，你丫怎么也在这里？就不能让我省省心”。

一瞬间，我百感交集，更忍俊不禁的是，月饼额头居然贴着一张画着歪七扭八红字的黄符。

月饼飞速摆了个“OK”的手势，立刻又做僵尸状，左右摇晃着进了宾馆。

我信心爆棚地往楼下跑去！

有月饼在，我怕个鸟！

五

这间宾馆三层楼，自然没有电梯。我在楼梯口想了想，那个冒充导游的中年男子应该是赶尸人，这么多尸体肯定不会戳在大厅里摆造型，自然有个隐秘地方安放，如果像那两具女尸叠在床里，肯定会从楼梯上来。瞧着月饼的意思是胸有成竹，我这么冒冒失失冲下去说不定坏了事儿。

这么一琢磨，我默默为自己的临危不乱点个赞，跑到走廊尽头，推开安全通道的门，准备下楼和月饼来个“明修栈道，暗度陈仓”。

安全通道漆黑一片，或许是许久没人打扫，满是呛鼻的灰尘味儿。我搓搓鼻子止痒，摸黑找着楼梯扶手。按照消防常识，安全通道的门正对着下楼梯口，发生火灾方便住客逃生。

我计算距离往前走了两步向左侧摸索，指尖触到一截冰凉的圆柱体。我以为是摸到铁制扶栏，顺手抓住带着身体往前走。稍微用了力气握紧扶栏，我感觉手感不对，冰冷黏腻略微有弹性，这分明是一只人手。

黑暗中什么也看不见，我急忙甩手向后退，准备撞开门跑出去。没想到那只手反过来用力箍住我的手腕一拽，我重心不稳向前扑倒，撞进一个人怀里。我清晰地感觉到鼻子顶着他的鼻子，瘆得我连声都发不出，慌乱间脚底踩空了台阶，压着他倒了下去。

只听见一阵“扑通扑通”的声音，楼梯里似乎有许多人跟着摔倒，把我和那个人重重压在身下。我的脸紧贴着那个人的脸，只觉得一片冰凉，没有丝毫人气，心里明白了怎么回事，暗骂自己没脑子。

那么一大堆行尸，肯定不能走电梯，这条八辈子用不上的安全通道自然是专用的尸道。

想到身下压着一具尸体，身上还堆着好几个，我使劲撑着胳膊想顶出个空，又有几具行尸摔倒砸下。

我被压得肺里都快没气了，也顾不得暴露踪迹，玩了命地喊了一句：“月饼！”

“成事不足，败事有余。我在楼下，自己下来！”月饼在楼下叹了口气，“徐老，海涵。”

“魂归来兮，安得居所。”赶尸人沙哑的声音在通道里响起。

我脑子彻底糊涂了。

这时，廊灯亮了。我眼睛一花，视线再次聚焦时，看到面前是一张贴着黄符、灰白色的死人脸，突然睁开死鱼般的眼睛，关节“吱吱嘎嘎”挪动着要站起来。

我“嗷”的一声怪叫，也不知道哪来的力气，顶开压在身上的行尸爬了起来。

眼前景象让我头皮发麻，全身如同通了电流，簌簌发抖。整条楼梯并排站着戴着旅行帽、贴着黄符的行尸，默不作声往楼上走去。那几个摔倒的行尸，扒着楼梯，一阶一阶向上爬着。被我压的那只估计折了关节，右手猛一用力直接断成了90度，依然坚持着向上爬。

我背靠着墙壁，心脏几乎蹦到喉咙眼，一动不动注视着这群行尸。每个行尸的死状都不一样，有的舌头垂到下巴；有的半边头皮耷拉着……

短短几分钟时间，尸群总算走完了，我却觉得像一个世纪那么漫长，软着腿跌跌撞撞的，几乎是滚着下了楼梯。

我推开安全通道的门，女服务员靠着椅子打瞌睡，对面的会客区，月饼和那个中年男子居然在喝茶。

“南瓜，你好路不走，吃饱了撑的走安全通道。”月饼撩开贴在脑门的黄符，“你怎么跑到阴栈来了？”

“呵呵……阴气互循，怪不得小友。”赶尸人抬头笑道。

刚才从上往下看，没有看清楚男子相貌，这会儿看了个清楚，我又差点吓蒙过去。

那顶黑棒球帽子下面，是一张狗脸！

六

“小兄弟，过来坐吧。”赶尸人狗嘴一咧，挤出比哭还难看的笑容，“相貌丑陋，唐突你了。”

我装作“小爷什么大风大浪没见过”的架势，大刀金马往月饼身边一坐，正想回两句场面话，月饼扬手往我额头贴了张黄符。我哭笑不得：“月公公，咱这是在玩僵尸cosplay（角色扮演）？”

“阴行符，阻断阳气。”月饼摸了摸鼻子，慢悠悠呷了口茶，“阴尸遇阳气诈尸，要不我才懒得贴这玩意儿，影响颜值。”

“颜值是什么？”赶尸人眨巴着溜圆的狗眼，毛茸茸的脸满是好奇。

月饼再傲娇也不好意思直接解释“颜值”是啥意思，我轻咳一声：“值是分值，颜是容貌。颜值说白话就是长得好看不好看。”

赶尸人脖子微微后仰，恍然大悟地“哦”了一声：“世间词汇博大精深，有趣有趣！”

再吓人的东西看久了也就那么回事，我直勾勾瞅着赶尸人，心说看模样不是畸形，实打实是一只穿着人衣的狗，看品种应该属于“中华田园犬”。

赶尸人哪里想到我在琢磨这个，给我添了杯茶：“小友，品茗。”

月饼扬扬眉毛：“徐老，天色已晚，可否为晚辈解惑？”

要不是萍姐的尸体也从旅游大巴下来，单听两人对话，我还真以为是某个三流剧组在拍中国版《行尸走肉》，只好硬着头皮跟着应景儿：“好茗，好茗！”

“呵呵，小友谬赞了。”徐老伸出舌头舔舔嘴角绒毛，“高末而已，街道办夏天发的防暑降温福利。”

“噗！”月饼一口茶喷了出来。我臊得满脸通红。

“异徒行者对老夫有恩，”徐老忽然正色道（虽然那张狗脸看不出什么表情），“您交代的事情，我一定做好。”

我心里一动，隐约想到徐老是谁，随即又否定了这个想法。

“我还有许多想知道的事情。”月饼又撩开黄符，很认真地盯着徐老说道。

徐老很奇怪地看着我们，欲言又止。

“我不认为在野外遇到尸车是个巧合，”月饼摸出桃木钉轻轻弹着，“所以，我不会对不是巧合的人有好感。”

虽然楼上有尸中尸布的“尸鬼增运”局，徐老又长着恐怖的狗脸，但是我能感觉出他没有恶意，对我们甚至还有种奇怪的尊重。月饼这句话显然说得有些过分，我忍不住回了句：“月饼，你丫心理能正常点不？”

徐老怔了片刻，眯着眼睛笑道：“你们俩真像他们。”

我和月饼面面相觑，“他们”是谁？

“太多年了，也许你们就是。”徐老走到柜台，摸着服务员的头发。

我早晨开房的时候有些迷糊，压根没注意她长什么模样。这会儿一看，居然颇有几分姿色，忍不住多看了几眼，脑补徐老和她到底是什么关系。

徐老突然抓着服务员的头发生生拎出柜台，双手插进头皮。月饼扬手甩出桃木钉：“你干什么！”

徐老举起服务员挡住桃木钉。“噗噗”两声闷响，桃木钉没入服务员身体，冒出了几蓬木粉。

“小友莫慌，人偶而已。”徐老抓着头皮左右撕开，一阵皮肉撕裂特有的怪声，服务员被活活剥下了人皮，一个惟妙惟肖的木人落在地上。

徐老把人皮卷巴卷巴夹在腋下，扛起木人：“跟我来吧。”

虽然明知服务员是木人，但是想到皮是货真价实的人皮，说不定就是楼上某具尸体的，我心里就很不舒服，多了几分厌恶。

我用唇语说道：“月饼，刚才我在房间的床下……”

“一会儿再说。”月饼回道。

阴栈、尸中尸、赶尸人、狗脸人、人皮木偶，短短一小时发生了太多事情，我脑子乱得要炸，索性什么都不想。

徐老摸着柜台转角的腾龙壁画，在龙爪位置按了下去，墙壁里响起酸涩的齿轮咬合声，壁画升起，露出两米见方的暗门，竟然是一座电梯！

徐老先一步进了电梯，我犹豫了一下，月饼拍了拍我肩膀：“一切小心。”

七

电梯比一般的电梯小了两圈，我们三个并排站着很是拥挤，偏偏人偶脑袋正好对着我，木刻眼睛死气沉沉，我心里别提有多别扭。月饼倒是有闲情雅致，摸着木人轮廓："好手艺。"

电梯抖动了一下，梯门打开，居然还是宾馆大厅。我心说这是唱哪出？月饼显然也有些意外，徐老在"①"那个按钮上又按了几下："刚才忘记按楼层了。"

电梯门又关上，我感觉重心下坠，连番稀奇古怪的遭遇，这会儿电梯就是变成飞船直奔火星我也不觉得意外。

"叮！"随着提示音响起，电梯门再次打开。门外是一条潮湿泥泞的土路，满是青苔的墙上插着烛台，潮湿凉气浸体微寒。

徐老先走出电梯，我默默地站在月饼前面走在最安全的中间位置。

土路泥泞得很，踩上去就像是踩进一堆腐肉，心里感觉怪怪的。我注意到地上还有不属于我们的几排脚印，其中有四个脚印，是并排走出来的。

顺着土道曲曲折折走了许久，前面出现一段木梯。木头已经被潮气沤得残缺不堪，顶端有个突出两米多的夯土台，距离我们十多米。我就着烛光隐约看到两扇木门紧闭着，从门缝中透出些许光亮。

月饼双手抓着一截木梯，用力一撑，已经上去了两三米，几个起落，就到了门口。徐老又嘟囔一句"真像"，蹬上梯子。我紧跟着向上爬，徐老踩落的泥巴时不时落在脸上，让我很不开心。

"梯子不结实，小心。"徐老一边给我脸上撒着灰一边叮嘱。

我吐了口泥巴，心里愤愤不平：要不是小爷没月饼的功夫，怎么能在你脚底下吃灰！

我好不容易爬到夯土台，徐老正要推门，月饼抢先推开门，屋顶悬的长明灯因为空气对流，忽明忽暗。

"咦？"月饼显得有些意外，"这是什么？"

我侧头往屋里看，西北角有一架小炉，瓷胚砂锅"咕嘟咕嘟"冒着热气，烘得整间屋子温度湿热，雾气缭绕，像间桑拿房。屋子两侧，许多双手放在膝盖上的木人并排坐着，脊梁挺得笔直，脑袋九十度直角垂落。

屋子中间摆着一张桌子，两个没有面容的木人，一个圆脸，一个黄衫，端坐着拿笔摆出画画的姿势。

“叔叔，我来看你们了。”徐老恭恭敬敬鞠着躬。

这一切，实在太熟悉了，我突然意识到徐老到底是谁了！

月饼眯起眼睛：“你是宝蛋儿？”

“是的，我是徐友贤的孙子，”徐老双目含泪，把人偶往木人群里摆好，人皮放进砂锅熬煮，“小友们，坐吧。愿意听‘阴犬阳女’的后人讲一段往事吗？”

八

以下是徐老的讲述，为了方便记录，我进行了文字整理——

两个老人带着宝蛋儿离开古城，四处寻找能够化解的办法，可是正如圆脸老人所说，宝蛋儿已经完全异化，就算是大罗金仙也束手无策。

就这样，宝蛋儿在十八岁那年彻底变成阴犬，随着两个老人东躲西藏。黄衫老人性格深沉，平时不怎么说话，圆脸老人倒是健谈，闲着没事儿就给宝蛋儿讲一些奇闻异事。两个老人虽然待他如亲生孩子，但是行踪飘忽不定，经常一出去就半个多月，每次回来或多或少带着伤。宝蛋儿每次问起，两人都摇头不语。

宝蛋儿虽然形貌丑陋，心地却好，知道自己迟早是个拖累，趁着两人又一次出行，半夜偷偷摸摸跑上山自生自灭。

宝蛋儿上了荒山，漫无目的地四处游荡，想到身世凄苦，忍不住蹲在树下放声哀号。哭声越来越响，在山谷间回荡，仿佛无数人同时哭泣。

宝蛋儿哭了一阵才觉得不对劲，这哭声根本不是回声，确确实实有许多人在哭。他猫着腰循着哭声望去，只见山间密林中若隐若现一群人排成一队走着，周围冒着绿色的火，“呜呜”哭着。排头的人身材矮小，戴着黑色斗笠，摇着铜铃，每走十步就低声喊道：“魂归魂，土归土，安得归故里，夜行无人扰。”

宝蛋儿记得圆脸老人曾经跟他说过，这几年大旱，庄稼地颗粒无收，许多灾民饿得实在受不了，只能交换孩子吃人肉，实在没东西吃，就上山抠“观音土”充饥，最终腹胀而死，留下满山的死人。倒是满山草木，吸饱了人油长得格外茂盛。

去年有个宁书生，进京赶考，抄近道进山走野路。当晚山里火光大作，还夹杂着忽男忽女的厉号，直到天色微亮，火光、怪叫才停歇。宁书生浑身是血，怀里抱着一个坛子下了山，身边多了个虬须道士。

道士自称姓“燕”，临走前叮嘱山民，此山前高后凹，东边形似女人脑袋，西边横突状如棺材，山腹有座荒废的古寺，正好形成了“媚煞地”的格局，阴气极重。生长在山上的草木，常年吸足阴气，化成美丽女子形态，勾引过往行人，吸食精血修炼。他昨夜破了“媚煞地”，但是此山格局无法改变，十年之内如果阴气暴涨，很快就能重新形成阴局。

山民们听得懵懵懂懂，半信半疑。那几年兵荒马乱，许多人家为了生计，当了盗墓贼，用各种身份掩饰，进山寻找古墓发死人财。山民反倒认为这两人是盗墓贼，故意造些障眼法吓唬人，趁机盗墓，宁书生怀里的坛子，肯定装着下地带出来的明器。何况山民天天上山砍柴捕猎，哪见过什么古寺？

书生和道士走后，几个猎户结伴进山，指望着能捡点零落儿发笔小财。结果再没音讯，过了七八天，村边昏迷着一个人，眼睛被挖了出来，手脚指甲磨得稀烂，正是进山几人中的王猎户。

山民把王猎户救回家，当天晚上，昏迷的王猎户忽然从床上跳下，嘴里喊着“鬼……阴……府”，手指插进喉咙，抠着舌头拽了出来，从舌根活活拽断，喷血身亡。

碰巧两个老人上山给宝蛋儿寻药，听说此事，觉得事情蹊跷，暗中上山查探。后面的事情圆脸老人没有详细说，只说“媚煞地”阴气极重，让一个养尸炼尸的人占了，利用山间死尸炼邪术，被他们发现除了这个祸害。

宝蛋儿当时缠着圆脸老人多讲一些，圆脸老人实在拗不过，刚说了一个“魇”字，就被黄衫老人喝止了。

而宝蛋儿现在眼前的这一切，分明是又有人炼邪术。

九

“止！”排头人低喝一声。

那群人围成一个圈低头坐着，排头人从包裹里取出香烛摆在每个人面前，那群人拿起香烛就吃，绿火越冒越旺盛，映出一张张恐怖的死人脸。

宝蛋儿看得毛骨悚然，心里打定主意，准备溜回去把这事儿告诉两个老人。

就在这时，排头人抬头闻了闻，对着宝蛋儿藏身处“嗬嗬”笑着：“阴犬？也罢，乱世当头，活人无依，就当多了一个孤魂野鬼吧。”

不知道为什么，宝蛋儿心里犯了糊涂，不自觉地站了起来，迷迷糊糊地走了过去，盘腿坐在人群中，拿起香烛吃了起来。

“宝蛋儿，别吃！”圆脸老人远远一声暴喝。

黄衫老人几个起落跑了过来，扬手甩出几枚桃木钉，在夜色中划出几道黑影，没入排头人胸口。

排头人喷出一口鲜血，含糊说道：“异……异……你们……误会了。”

围成一圈的尸体“扑通扑通”地倒下了，宝蛋儿突然神志清明，见到身边全是死尸，手里又拿着半截啃咬的香烛，忍不住吐了起来。

黄衫老人见到排头人吐出鲜血死去，顿住身形愣住了。圆脸老人此时才气喘吁吁跑过来：“你这人，怎么这么冒失！能吐血肯定不是魇……”

说到这儿，圆脸老人把下半句话生生咽了回去，满脸埋怨地嘟囔：“造孽！”

黄衫老人摸了摸鼻子，掀开排头人的斗笠，眼中满是讶异。

“狗脸？”圆脸老人问道。

黄衫老人摇了摇头。

圆脸一把推开黄衫，晃亮火折子俯身仔细看着，“啊”了一声，撕开尸体的衣服，掉落了几根竹简。

圆脸捡起竹简读完，愤怒地丢给黄衫，对着尸体双手合十，恭恭敬敌地念着什么。黄衫看了竹简，身体一震，压着嗓子说道：“宝蛋儿，你过来。”

宝蛋儿从未见过黄衫表情这么愧疚，慢慢走了过去，黄衫摸着他的脑袋：“你看。”

宝蛋儿看得真切，排头人居然是左边人体，右边狗体的怪物。更诡异的是，整张脸也是从额头沿着鼻子到下巴，半边狗脸半边人脸。

“我错了。”黄衫从尸体身上拔出桃木钉，就着衣衫擦掉血迹，默默走了。

圆脸望着黄衫叹了口气：“宝蛋儿，冥冥之中自有天意。我们发现你走了，知道你没了生念，一路追来误杀了好人，却也得到了治愈你的办法。今天，你一定要答应我，学会之后千万别做坏事，要做个好人。”

宝蛋儿哪里明白圆脸这句话的含义，懵懵懂懂地点点头。圆脸把竹简交到他的手中：“这是《西夏死书》残卷，写着‘阴犬赶尸’的秘密。你靠体内阴气寻找荒尸，让他们入土为安，一来积攒功德，二来尸阴二气互冲，反倒成了阴阴得阳。我真是猪脑子，只想着如何用阳气化解你的阴气，却没有想到以毒攻毒这个办法。”

“叔叔，我能变成正常人？”宝蛋儿摸着自己丑陋的狗脸，有些不太相信。

“一定可以。”圆脸揉着眼睛，“宝蛋儿，教会你之后，咱们就要分别啦，我们还有更重要的事情去做。”

这些年的朝夕相处，两个老人父亲般的呵护，宝蛋儿心中不舍：“叔叔，你们要走了吗？”

“没办法，”圆脸眼中含着泪花，“这几张西夏残卷也许就是破解真相的关键，我们要去西夏旧址啦。”

“你学会‘阴犬赶尸’，无生无死，直到彻底恢复人貌，才拥有唯一一次生命。好好珍惜！记住哟，要做个好人！”

“我还会见到你和黄衫叔叔吗？”

“会的！我保证。不过不知道是什么时候了。”圆脸望着黄衫远去的方向，“我们是没有完成任务的人。这是我们的命，下次我们找你的时候，可别不认识啊。”

徐老讲到这里已经声音哽咽，许久没有说话。

我看着这个狗脸怪物，心中有种很奇妙的感觉。如果这都是真的，那么他从明朝活到现在，经历了几百年历史变迁，知道无数历史真相，这是一件多么神奇的事情！

可是我坚信，他在说谎！

“这么多年，我牢记叔叔的话，搜寻荒尸下葬，身体慢慢发生了变化。”徐老起身解开衣服，“你们看，除了脑袋，我的身体已经恢复成人体了。”

月饼微微一笑，笑容里已经没有了警惕：“所以我带着萍姐遗体被你发现了？”

“对的。我还知道你是异徒行者。”徐老的眼神又变得很奇怪，在小屋里来回踱着步，似乎准备做一个重要决定。

我对月饼使了个眼色：“徐老，按您所说，这么多年从未做过坏事，一直做个好人？”

徐老有些疲惫，靠着门说道：“叔叔的嘱咐我谨记在心。民国十二年，有个女娃被她表哥糟蹋了抛尸护城河，还是被我发现保存尸体，趁着雨天把尸体送出，最终……”

我心里冒出一股无明业火，打断了徐老：“房间床铺里面的尸中尸是怎么回事？为什么要布尸鬼增运局？我差点死在里面的，你知道不？”

“你说什么？”月饼和徐老同时问道。

突然，徐老身后的门板响起破裂声，我看到了恐怖的一幕。

一只血手从徐老的胸前探出，手里抓着仍在蹦跳的心脏，轻轻一攥。

心脏爆裂，鲜血烂肉从指缝间迸出，溅了徐老一身。

“咳……咳……”徐老不可置信地低头看着，又缓缓抬头，手臂慢慢抬起，指指我们又指着那两个木人，“嗒”地垂落。

“月无华，南晓楼，好久不见。”

门外有个不男不女的声音幽幽说道。

十

这一切实在太突然，我根本没有反应过来，眼睛里看到的事物如同慢动作——血手缩回，徐老胸口豁着血洞，鲜血如同掺着红色染料的糨糊，从糜烂的碎肉中向外涌。他两个膝盖极慢地弯曲，终于撑不住身体，扑倒在地！

木门“吱呀”推开，一个身形巨大的人堵在门口。

那个人轻轻咀嚼着手里的碎肉，陶醉地咂巴着嘴，又伸出舌头把指缝间的残血舔舐干净，才长长出了口气：“南平一别，两位安好？”

“万莫！”我握着拳头，每说一个字，几乎咬裂牙齿，“你这个畜生，自己送上门找死！”

“狐族本来就是畜生。”万莫早已没有在精神病院初遇时的呆滞，满脸肥肉挤出一丝狡狯，“所以，你的判断很正确。”

“楼上的尸中尸是你布的尸蛊？”月饼嘴角扬起一丝微笑，“可是，你是什么时候对南瓜下的蛊？让他受到蛊引来到这里？”

“知道我最讨厌你们人类什么？”万莫踩过徐老，又是一堆血肉从尸体豁口涌出，“临死前任何事情都要问个明白，太无聊了。这又不是演电影。”

月饼走到我身旁，半边身体挡在我前面：“是啊，实在太无聊了。不过呢，我只是想让你临死前有个倾诉的过程。这样心里也痛快些，你说呢？”

我心里一冷，我居然中了蛊？一瞬间，我迅速回忆了认识万莫的过程，突然想到了一件事！

我和月饼在泰国留学的时候，接触过泰国的蛊术（降头术），其中有一种叫作“飞降”的降头术异常邪门。泰国称为“礼仪之邦”，人与人见面都要双手合十低头行礼，掌握“飞降”的草鬼会趁机把手举过对方头顶下降头，所以泰国禁忌之一就是“行礼时切勿头顶低于对方双手”。

我在南平精神病院遇到万莫，他捧着一团空气举到我面前：“你吃鱼吗？我给你鱼吃。”

我当时以为他是个普通精神病人，礼节性地略微低头回绝，根本没在意他的手举过了我的头顶！

“中了尸蛊的人，没有影子。”月饼摸了摸鼻子，“南瓜，我大意了。以为你受到这间阴栈和纳阴地的格局影响，没有往尸蛊这方面想。”

“还算是聪明。”万莫拍着肚子上的肥肉，“如果不这样，他怎么会找到这个地方？”

我正准备骂两句，忽然看到月饼对我使了个眼色，立刻明白了他在想什么。

月饼要通过貌似漫不经心的闲聊从万莫嘴里套出真相！

我立刻改口：“您老人家难道要在这儿渡劫？这间阴栈聚着这么多尸体，还真是居家旅行渡劫的好地方。”

“对啊，地下十几米深，天雷劈不到。”月饼伸了个懒腰，“不过你这只死狐狸这么胖，这地儿塞不下吧？”

我注意到月饼一个细微的动作，顿时心里有数。

“渡劫？”万莫显然动了怒气，“这里是……”

说到这里，万莫意识到险些上我们当：“小兔崽子，我没空跟你们啰唆，准备死吧。”

“死？”我一脚踹断根凳子腿，拎着棒子轻轻敲着手掌，“你是准备被我活活打死，还是自己一头碰死省得遭罪？”

“月无华，你刚才假装伸懒腰，有两只虫子从袖子顺着衣服掉到地上，已经爬到我的脚上对吗？”万莫舔着嘴唇歪头瞥着我们，“木蛊、僵蛊、痛蛊？”

“不管是什么蛊，你既然中了，就逃不掉！”我前冲两步，一棍子抡了上去。

万莫肥胖的身体异常灵活，像个泥鳅侧身“刺溜”一滑，木棍擦着他的鼻尖击落。我转腕正要收棍横击，月饼吼了一声：“南瓜，住手！”

我惊了一下，棍子砸在地上，震得虎口发麻。

“小朋友很听话嘛。”万莫一巴掌打在我的脸上，我顿时眼冒金星，脸颊火辣辣得疼。

我心里上来狠劲，准备横扫万莫脚踝，忽然看到他的身后站着一个女孩。

白衣，纤瘦，长发，容颜娇艳，眼神茫然，唯有右手粗糙不堪，指甲缝里夹着木屑。

虽然我第一次见到她的模样，但是我知道她是谁！

阿娜！

十一

“哈哈，怎么不打了？”万莫一脚踩住我的手掌，“继续啊，刚才不是很威风吗？我真得好怕怕。”

手背钻心的疼，我抬头狠狠地瞪着万莫！他那张丑陋肥厚的脸上做出一副少女娇嗔状，双手不停拍掌，周身散发着浓郁的汗臭。看我的眼神像猫捉弄着爪下的老鼠，他又用力碾着我的手背：“我就讨厌你这种明知道输了还要装作强者的虚伪眼神。”

手骨“咯咯”作响，我疼得心脏都缩成一团：“你这个疯子！我一定不会放过你！”

月饼解开上衣脱掉，把别在腰间的桃木钉丢到地上，双手摊开：“放了他们，我不知道你的目的，所有的一切，我承担。”

“月饼，你丫这就怂了？小爷没那么容易挂了，你该咋整就咋整，别矫情！”我心里明白，如果月饼放弃希望，那么一切就真的完了。

“你以为他是在意你？”万莫向阿娜招招手，阿娜顺从地依偎在万莫怀里轻轻蹭着。万莫伸出舌头，顺着阿娜修长的脖子舔到耳根，轻轻吻着她的耳垂，牙齿一合，咬下一小坨肉，喂进阿娜嘴里。

阿娜高高兴兴地嚼着自己的耳肉，仿佛吃到糖果的孩子。

我不忍心看下去了。

月饼身体绷得像枚标枪，周身似乎冒出了无形火焰，扬起嘴角笑了：“放了她！”

但是我看到了，月饼的心，在流泪！

我把手掌往地面死命一按，腾出一丝空隙正要抽出，万莫闪电般抬起腿又是一脚踩下。我的手背凹了一个坑，手指反向竖起，剧痛这才传遍全身。

疼痛像是在血管里注进了硫酸不停窜动，烫得身体瞬间脱水，我蜷成一团，死咬着牙一声不吭。

万莫对着我的下巴又是一脚，我的视线扫过万莫和阿娜，悬挂在屋顶的长明灯重重落下，摔进木人堆，木头破碎声像是一阵阵霹雳在耳边炸响，大腿又是一阵剧痛！

一截尖锐的木茬，从我的大腿外侧穿透，木尖挂着几丝沾着血迹的牛仔裤碎布。

万莫桀桀阴笑，手指放在面前摆成手枪形状："野战部队有一种作战方式，叫作'围尸打援'。方式很简单，狙击手把对方指挥手打得半死不活，然后打死救援的队友。我在精神病院读到这本书的时候，心里很纳闷，难道人类真的会傻到不要自己命也要虚伪的友情？"

长明灯忽悠忽悠晃动，屋里阴影绰绰，明明是一片光明，我却看到了灯下的黑暗！

"南晓楼，对不起。"月饼撕了两根布条扎住我的伤口上侧，低声说道，"我一定干掉他。"

我点了点头："又给你丫拖后腿了。"

"不怪你，如果不是有阿娜在，你早就把他解决了。"月饼点了根烟塞在我嘴里，"谢谢你！"

大量失血让我神志有些虚无："你丫眼光不错，阿娜不化妆都能当明星。等我的小说改编成电影，一定给她个角色。放心，没有潜规则。"

"滚！"

月饼赤裸上身的肌肉块块隆起："给我三分钟！"

我终于轻松了！

月饼，回来了！

在这个世间，许多人为了利益、欲望、贪婪，放弃良心，背叛朋友，用伪善掩饰内心的恶；但是也有一些人，始终坚持理想、信仰、友情，用内心的善对抗外界的恶！

灯下，虽然黑，可是，光明不灭！

十二

“这里，很柔软。”万莫掐着阿娜的脖子，“断了，可就死了。”

“第一分钟。”月饼往前跨了一步，“地下通道，有四个并排走出的脚印，轮廓是一男一女。我最初以为是徐老和人皮木偶留下的，现在明白了。”

“哦？”万莫眼中闪过一丝慌乱，“月无华，做个决定吧。你死，阿娜死，南晓楼死？”

“第二分钟。”月饼活动着肩膀，“我承认，刚才看到阿娜，我的心乱了。你这个死胖子难道没有注意到吗？其中的两道女人留下的脚印，左脚用力比右脚重。”

万莫指尖在阿娜脖子上划了道血口，殷红的血，雪白的脖颈。

“月无华！你再上前一步，她就死了！”

“第三分钟！”月饼右手竖起三根手指，“万莫，我承认你把一切做得天衣无缝，几乎把我骗了。但是，你疏忽了，阿娜是左撇子！她用左手画画，怎么会右手指缝里有木屑？她的重心脚是右脚，怎么会左脚印比右脚印重！”

“你……”万莫话没出口，只见月饼纵身前冲，一拳砸在万莫鼻子上。“这一拳，是替徐老打的！”

万莫鼻子歪在半边，鲜血长流，几颗碎齿迸飞，眼泪、鼻涕、口水一发都滚出来。

“这一拳，是替萍姐打的！”

月饼又一拳打下，正中万莫脑门。万莫脖子后仰，两溜血箭从耳朵里蹿出，撞击声、骨裂声、哀号声一并响起。

“这一拳，是替南瓜打的！”

月饼扶住万莫摇摇晃晃的身子，一拳闷向万莫肚子，深深陷进肥厚的脂肪中。万莫的肚子像是充了气的皮球，向两边膨胀，脖颈的血管凸出表皮，太阳穴高高隆起！

月饼抽出拳头，轻轻推着万莫肩膀。万莫仰天喷出一口血渣，双手虚空抓向月饼，终于跪倒在地。

“求求你，放了我。”万莫蜷成虾米，抬起血肉模糊的脸，“我把知道的一切都告诉你。”

“不需要！我从不接受敌人的讨价还价。何况是已经死了的敌人。”

“救……救我……”万莫说出了最后三个字。

“没人会救没有朋友的人。”月饼扬了扬眉毛。

我狠狠抽了口烟，心里无比痛快：“月饼，干得真他妈的漂亮！”

短暂的兴奋之后，我看着徐老的尸体，呆滞的假阿娜，想到死去的萍姐，房间的两个枉死女人，心里又觉得很疼，超出全身伤口的疼！

“我不知道你是谁，”月饼摸着假阿娜的脸庞，“我一定会治好你！”

“无华，我真的是阿娜。”

月饼突然僵住了。然后，极缓慢、极缓慢地转身，胸口插着一柄匕首，侧身摔倒，对着我扬扬眉毛，笑着，说出了我听过无数次的那句话。

“南瓜，快跑！”

阿娜厌恶地啐了一口万莫尸体：“没用的东西！”

那柄匕首插在月饼胸口，刀柄颤抖不止，血液染红了月饼身体。

“月无华！”我狂吼一声。

我仿佛看见，月饼轻松地站了起来，摸摸鼻子，扬扬眉毛，嘴角挂着一丝玩世不恭的笑：“南瓜，你丫哭丧呢？我哪有那么容易挂掉，我可是月无华啊。”

然而，月饼没有动。

我全身涌起一股滚烫的力量，拔出插在腿上的断木，倚墙站起，瘸着腿往前走，每走一步，鲜血从伤口淌出。

“我，南晓楼，以血立誓，一定，杀了，你！”

那一刻，我终于明白了月饼每次都对我说“南瓜，快跑”的含义。

我们，宁可自己独面凶险，也不愿见到朋友死去啊！

“就凭你？”阿娜吐吐舌头，天真地歪着头，“好可爱的执着呢。”

我只是死死盯着阿娜，脑子里只有一个意识：还有三米，我就可以把断木插进她的胸口！

“异徒行者，让你临死前见识一下蛊女的本领吧。”阿娜的长发无风自动，白裙里“窸窸窣窣”爬出一堆稀奇古怪的虫子，潮水般向我爬过来。

脚背蜇痛，我没有躲闪，只是计算着距离：还有两米。

无数只虫子爬到膝盖、大腿、腰、胸口、脖子、脸上，我已经被虫群包裹，全身麻痒酸痛，终于在距离阿娜一米的距离，我再也走不动了，跪倒在地。

我视线越来越模糊，举起断木，无力地刺向阿娜的虚影：“月饼，我尽力了。”

就当我彻底放弃的时候，我好像看到了奇怪的一幕。

阿娜胸口衣服冒起一个蠕动的圆点，衣衫破裂，胸膛那片洁白皮肤撑起薄薄肉膜，一只碧绿蜈蚣张开螯牙，咬破肉膜钻了出来，“啪嗒”落地，须足颤抖蜷伸了几下，再也不动。

阿娜不可置信地看着那只蜈蚣，眼神变得陌生，扫视着房间，停在月饼身上。

“无华？”阿娜嘴角渗出一丝血迹，“是你吗？”

我身上的虫子如同雨点落下，死了。

阿娜，倒地，死了。

十三

“如果人生可以重来，你会选择怎样生活？”

我默念了几遍一个朋友的QQ动态，心里有种说不出的烦躁，把手机扔在床头，枕着胳膊望着天花板的吊灯发呆。

光影虚幻，我仿佛又回到了半个月前，在“红尘宾馆”的地下暗室——

我怔怔地看着阿娜的尸体，不敢相信就这么结束了。一切发生得太突然，让我产生了“到底是真实还是梦境”的怀疑。

浓郁的血腥味呛进喉咙，堵在肺管几乎喘不过气，我剧烈咳嗽，扯得伤口钻心疼痛，才从虚无中清醒。

“月饼！”我爬到月饼身边，用力摇着他的肩膀，“你丫不会这么死的！快他妈的醒醒！”

月饼面色像一张白纸，嘴角仍挂着熟悉的微笑，好像随时都会醒过来，打个哈欠懒洋洋地说：“南瓜，就不能让人睡个好觉？”

我伸手探到月饼鼻尖，没有呼吸；摸着脖子动脉，没有弹动。竖在月饼胸口的匕首不再颤动，意味着刀尖触及的心脏，停了。

那一刻，我的心脏也停止了跳动。

“月无华！”我一拳拳重击所有能想到的穴位，进行着徒劳的努力。不知过了多久，也许是几秒钟，也许是几小时，我哑着嗓子再也说不出话。

我终于放弃了，就这么傻坐着，摸出烟点了两根，一根塞进月饼嘴里。

“月饼，你虽然傲娇摆谱，天天板着脸装高冷。”我抽了口烟自言自语，“但是，你丫……”

两道烟柱从月饼鼻子里缓缓喷出，月饼睁开眼睛：“南瓜，就不能让人睡个好觉？”

我吓得“嗷”了一声，第一反应居然是：纳阴地，阴栈，诈尸！

月饼又闭上眼睛，含含糊糊说道：“你个混蛋，居然打了我的笑穴，赶紧封住心脏周围的穴道。”

我搭着月饼脉搏，跳动微弱，急忙点了月饼胸口几个穴道止血，正准备点涌泉穴顶回阳气，月饼突然又说了一句：“不许人工呼吸！”这才彻底晕了过去。

我哭笑不得，心说你丫想得美。手上没敢怠慢，点了涌泉穴，把衣服扯成布条，围着月饼胸口做了止血包扎。确定了万无一失，正准备把刀子拔出来，忽然刀柄自己动了，刀刃极缓慢地向外顶出，逐渐脱离月饼胸口。

我看得目瞪口呆，难道说丫还有金刚狼的自愈能力？

就在这时，刀子“咣当”落地，月饼的伤口里慢悠悠钻出一只躯干裂着的碧绿蜈蚣，探头探脑地爬到阿娜尸体边上的死蜈蚣旁边，张开须足把死蜈蚣紧紧包裹，像是久别情人重逢拥抱，发出了类似于娃娃鱼“啊啊”的哀哭声。

那只蜈蚣叫了足有半分钟，似乎明白了怀里的蜈蚣再也醒不过来，松了须足，张开嘴把自己拦腰咬断……

我看得愣神，心里隐约明白了这是怎么回事儿，也来不及感慨，掏出手机分别给李奉先、陈木利打了电话，这才瘫倒在地。

李奉先和陈木利按照微信定位找到我们，大呼小叫了半天。我强撑口气把事情简单一讲，两人合伙把失去控制的尸群摸黑扛回车上，陈木利开着尸车出城，将尸体藏在山里。

李奉先把我和月饼扛上车送回图书馆，看不出李奉先居然很有人脉，找了个外科大夫给我们做了缝合包扎（要是直接把我们送进医院，估计急诊值班大夫一看这伤势，直接报案了），当然大夫临走前也没少塞红包。

忙活完这些事儿，天已经蒙蒙亮，燕子冒充宾馆服务员和住客们商量退房。几个想趁机住霸王店的住客自然不放过这个机会，嚷嚷着要投诉，燕子着实泼辣，三言两语就搞定了。

十四

门“吱呀”一声推开，打断了我的回忆。

燕子端着一碗骨头汤进了屋：“南哥，使劲喝，吃什么补什么。”

我心里叫苦不迭，不情不愿地接过碗：“燕子，都喝了半个月了，我这骨头没长瓷实，秋膘倒是挂了五六斤。”

“南哥，”燕子挨着床边坐下，“嘿嘿，有个事儿……”

“燕子啊，美人计还是算了，”我灌了半碗骨头汤，“等我们好利索了，改改宾馆格局。让奉先找找关系，把宾馆转给你，这样也好有个生活来源。”

燕子喜滋滋地就往外走：“南哥，明早再给你炖锅笨猪骨头！”

“别介！”我拦都拦不住，只好喊了一句，“跟奉先、木利招呼一声，今晚就别打扰我们了，三分治七分养。”

“好嘞！”

我点了根烟，忍不住笑道：“这个贪财娘儿们！”

这时，手机有微信提示，月饼来了条消息：“准备一下，十五分钟，后墙碰头。”

我回了句："对不起，您呼叫的用户以关机。"

"南少侠，'以'和'已'都分不清，还好意思说自己是作家？"

我一看也别磨叽了，拆了绷带，掩门下了楼，从后墙爬了出去。

月饼背着包靠墙抽烟："手怎么样了？"

我甩了甩手："我配的草药不敢说比得上黑玉断续膏，寻常骨折七八天就能好。"

月饼扬扬眉毛没有言语，用"滴滴打车"叫了辆出租车，又闷头抽烟。

我知道月饼心里有事儿，也就没再说话，戳在他身边应景儿。

其实七天前，我和月饼就恢复得七七八八，瞒着奉先、木利去了趟宾馆，把能翻的地儿翻了个遍，用韩立给的化骨水处理了几具藏在房间床铺下的尸体，收集了所有线索才回了图书馆，继续假装重伤未愈。

经历了这么多事，虽然不愿意承认，但是我们任何人都不敢相信。

之所以这么说，因为韩立、韩峰、韩艺并没有开车回古城，手机联系不上，就这么失踪了。

接二连三欺骗让我们不愿讨论他们去了哪里，我们根据宾馆得来的线索以及这段时间发生的事情，每天躺床上用微信讨论，排出了一个时间轴——

老馆长、陈永泰、明博是三十年前罗布泊事件的幸存者，这些年彼此之间保持着合作又猜忌的微妙关系（古城郊区别墅仿制图书馆、南平别墅群的蛊族聚集地）。八族重组在古墓会面，有人救了韩立，又在三十年后让胡晓飞给他寄了封信（推测是老馆长、陈永泰），韩立之所以失踪，很有可能是为了这件事。

萍姐和万莫是在我们之前的异徒行者，这件事似乎并没有得到老馆长认可（由族谱没有他们俩的名字推断）。根据萍姐临死前的反应，她早就被万莫那个畜生蛊控，我们曾经想不通万莫为什么会蛊术。

在宾馆里阿娜说"异徒行者，让你临死前见识一下蛊女的本领吧"，由此可知，真正的蛊女继承人并不是萍姐，而是南平大学美院"硫酸暴尸血案"事件装疯的阿娜！

至于阿娜什么时候当上了蛊女，为什么变成这样，什么时候和万莫勾搭控制萍姐执行"异徒行者"任务，不得而知。可是阿娜被蜈蚣钻心将死之时，看到月饼，似乎又回到了正常状态，这更让我百思不得其解。

我问了月饼很多次“硫酸暴尸血案”到底是怎么回事，月饼就是不说，我百度了无数词条也没有查到蛛丝马迹。而且我一提到阿娜，月饼就“老秀才读书，一言不发”。我想到月饼和阿娜彼此中下情蛊（埋在心口的蜈蚣），索性给阿娜下了个“精神分裂”的主观结论。

闲话不提，万莫控制萍姐来到古城，偏巧是我们执行完东越博物馆任务的当口，分明是利用萍姐和我们的关系，给韩立带走“人首蛇身俑”制造机会。

阿娜和万莫利用萍姐尸气诱发了我身体里的尸蛊，吸引我到红尘宾馆，徐老（宝蛋儿）在野外搜尸下葬遇到带着萍姐尸体的月饼，并带他来到红尘宾馆。暗中安排这些巧合的阿娜和万莫听徐老讲述完千年前的经历，得知了“西夏残卷”的事情之后，准备把我们一网打尽……

至于圆脸、黄衫两个老人，许多传说中对他们都有提及，而且在东越市“三坊七巷”曾经见过两个类似老者讲“合抱榕”的传说，暗中给了我们关于胡晓飞的启示。

我们想不出这两个老者到底是谁，其实我心中有个模糊的概念，我相信月饼也想到了，只是彼此心照不宣不想说出来，如果真如我们所想，那一切就太诡异了。

时间轴排列到这里断了节点，但是我们得出了几个结论——

一是拥有“异徒行者”身份的人，并不一定要通过上一代考核。

也就是说，八族想探寻“终极真相”的人，都可以执行任务。

二是八族或许根本不是异徒行者候选人，而是那批一直寻找图书馆，想要掌握其中秘密的人。

三是我和月饼，很有可能是真正的异徒行者，隐藏在暗处的八族利用我们探寻真相。

得出这个结论，我和月饼异常别扭，被人利用的滋味肯定不好受，何况这里面还牵扯到月饼最亲的几个人。

至于我们晚上出去，却和这些事情无关。

陈木利和李奉先赶到“红尘宾馆”，我专门嘱托了两人，不要动萍姐和阿娜的尸体，用银针封了几个穴位，确保体内最后一丝阳气不溢，尸身不腐。

七天前，我和月饼返回宾馆，把两人的尸体取出，埋在古城郊外一处格局上佳的隐蔽之地。

今天，是萍姐和阿娜下葬后的“头七”。

十五

等了半天，出租车还没来，我们有一搭没一搭地聊着。

“月饼。”

“嗯？”

“供奉带全了吗？”

“嗯。”

“阿娜和萍姐，你……”

“别说了。”

“月饼，我会陪你一直完成最后一项任务！”

“嗯。”

“你丫说个谢谢会死啊！”

这段时间，月饼被抽了魂，做事没精打采，连平日挺得笔直的脊梁都有些佝偻。除了和我斗嘴时眼里间或一轮熟悉的神采，平时一言不发。

我知道他受到的打击实在太大，可又不知道该怎么做。

或许，时间是治愈心病最好的办法。

但是，月饼这么执着的人，时间真有用吗？

“咚……咚……”

街角传来几声奇异的鼓声，伴随着鼓声，是一段清澈透明的梵音吟唱。歌声宛如天籁，宁静了内心；又如翱翔高原的雄鹰，振奋豪情。

“人皮鼓？”

“卓玛？”

我们向街角跑去，空无一人，卓玛熟悉的声音飘荡在耳边。

“心存善念的死，心怀恶念的生，世间不休。冥河之水，不会因眷恋停止流动；生命之花，不会为阴暗忘记盛开。”

“卓玛！”我对着空荡荡的街道喊着，“你到底是谁？”

“我是谁，不重要。重要的是，你们的心，觉醒与否。”

鼓声停止，声音渐渐远去消逝……

月饼突然拍着我的肩膀：“南瓜，我懂了！跟我回图书馆！”

我看到，月饼眼中，闪烁着，曾经骄傲自信的光芒！

西南高速大巴消失之谜

2014年11月28日23:38分，某高速收费站驶过一辆外地旅游大巴。24:45分，天降大雾，为保证车辆安全，高速封路，所有行驶车辆进驻服务区，那辆大巴却未出现在任何服务区，凭空消失于高速路上。

第二天收费员清点过路费，发现收到了两张冥币。

通过车牌号排查，该大巴所挂车牌号为套牌，拥有此车牌的车主现居湖南湘西土家族苗族自治州，对此事一概不知。

2015年1月，某勘探队进行野外石油勘探时，在西北某座野山发现了一辆锈迹斑斑的旅游大巴，车中空无一人，车内有蜡油堆积，根据发动机号查询，该车早已在1996年7月报废。

异闻：

情蛊，相传为广西、云南、贵州、湖南等地区某些山中村落女子特有巫术，十年方可得一“情蛊”。可通过饭菜、服饰下在情郎身上。亦可请巫师做法将蛊制符，女子配戴此符时时许愿，便可与心上人永远相爱。

据说情蛊是蛊中之王。取一器皿，放入女孩的经血、毛发，会吸引毒虫入器。盖上盖子，半个月后留下的最后一只便是蛊，与四十八种草药一起磨成药粉，加入心爱之人的酒菜中，共同服用。

蛊在心脏部位重新化成虫，双方感情越好，蛊虫越有灵性。

情蛊，两情相悦，生死相依。若一方背叛死去，对方必受蛊噬，钻心而亡。

故情蛊被列为“蛊术十禁”之首，用之谨慎！

第三章 丛林守护者

丛林禁忌：

一、丛林行走，听见有人呼喊姓名，勿回。

二、不要踩脚印前行。

三、休息时，观察歇脚环境，不要背靠水源、枯树。

四、队友之间设定特殊暗号，确保联络工具失灵时使用。

五、指南针突然出现异常，切勿前行。

六、发现荒坟野冢，切勿惊慌，迅速判断位置。如果荒坟野冢处于月亮初升光线照到的地方，立刻向左绕道一里距离。

七、遇到深山村落，切勿入住。

八、不要在浑浊的河边取水、洗涮、扎营。

谨记，万物有灵！

一

我跟着月饼翻墙回到图书馆后院，正赶上李奉先搬着箱子从仓库里出来。这哥们儿见到我们俩，惊得下巴差点掉进裤裆里，眨巴着小眼睛抬头瞅瞅楼上卧室，手一哆嗦，箱子落地："鬼啊！"

月饼几步上了楼："奉先，你这半夜鬼哭狼嚎，就算没鬼也让你招来几只。"

我哭笑不得，心说就这身打扮，奉先要是不一惊一乍才奇怪。

因为是给萍姐和阿娜上头七，我们专门换了丧服。月饼穿着一身黑，我整了套白衣，大半夜冷不丁出现在活人面前，简直就是黑白无常。况且奉先一直以为我和月饼还在床上，哪能想到在这儿碰到？

至于为什么要穿黑白色衣服，这里面还有个讲究——"丧葬无喜色，着衣有黑白"。

之所以这么穿，倒不是单单为了庄严肃穆，而是身穿颜色鲜艳衣服的人，容易被死者灵魂见到，会依附到这个人身上，这也是为什么有些人参加完葬礼精神恍惚、诸事不顺的原因。更有种说法，红衣为血，如果葬礼时有身着红衣的人，会"惊尸遇血"，此人七日内必有血光之灾。

我和月饼不担心灵魂附身，如果真碰上，搞不好月饼还要和阿娜聊几句悄悄话诉诉衷肠，可是惊了泉下之灵，着实是大不敬。

我没空跟奉先解释，回了句："一箱子好酒就这么给摔了？从工资里扣！"

李奉先回过神了："南爷，微商货，不值几个钱。"

此时月饼已经上了楼，图书馆的灯也亮了，月饼的影子映在窗帘上，正在满屋来来回回搬着什么东西。

见月饼恢复了精气神，我心里痛快，紧跟着上楼推门而入。

"月饼，你丫在干吗？"我看到月饼的举动，着实惊了一下。

二

“别废话，”月饼正把摆成“62188”数字形状的书一摞摞搬到桌上，“我搬书，你翻书。”

我愣了几秒钟，一拍脑袋，暗骂自己怎么就想不到这一层。连忙把桌上的书挨本翻开。

我们像俩勤劳的小蜜蜂，忙活了一个多小时，守着满桌的书抽着烟。

月饼一副“还是我聪明”的样子：“其实早该想到了。”

我做出一副“我比你聪明”的样子：“其实我早想到了。”

月饼按照顺序把《西山大佛》《夜店羊人》《东越博物馆》三本书摆好，总共64本。

“无极生太极，太极生两仪，两仪生四象，四象生八卦。”我念着卦诀，心里那条隐藏的线越来越清晰。

太极在道家是指宇宙最原始的秩序状态，出现于阴阳未分的混沌时期（无极）之后，而后形成万物（宇宙）的本原。“太极”一词初见于《庄子》：“大道，在太极之上而不为高；在六极之下而不为深；先天地而不为久；长于上古而不为老。”

我默念的卦诀是《易·系辞说》里关于先天八卦的产生过程。先天八卦又称为伏羲八卦，传说由伏羲氏观物取象所作。有说法是周文王将八卦推演为六十四卦，不过从发明和创造卦象模式的目的来看，八卦和六十四卦都是伏羲发明的。

传言精通此术，可以预测凶吉、知晓未来。

摆在桌上剩余的61本空白书，短短几秒钟时间，浮现出不同的图画、文字、数字。

“月饼！”我的声音激动得发颤，“这是一套类似《推背图》的预言书！”

“而且只和我们有关，”月饼捧起一本书闻了闻，“写书的材料有些像隐形墨水，通过加热、空气接触这种方式，就能出现痕迹。”

我兴奋地搓着手：“也就是说，老馆长说的完全是假话？”

“半真半假，”月饼翻着书，“卦象因人而异，因时而变。如果把图书馆当成电脑，咱们把名字写进族谱，相当于输入特殊指令。这些书就像是专属信息库，呈现出相关资料。”

“换了别人，会出现不同预示？”

“Get!南少侠很聪明嘛！”月饼扬扬眉毛，“老馆长那一代的异徒行者，肯定是另外两个人，只有他们才能启动卦象，在那次罗布泊之行遇难……”

我接着说道：“老馆长他们在郊外别墅仿造图书馆，只有形状没有核心内容。萍姐根本不是异徒行者，阿娜也是受到控制，另有其人在西山大佛耳洞里放了手机。”

说到这里，我顿住了。如果真是这样，那么八族的那些人确实以不择手段探寻图书馆秘密。

三

“月饼，我有个假设。”我说。

“我也想到一些事情，我先说，看看咱们想的一样不。”月饼慢悠悠踱着步子，“八族在东周时期按照第一代异徒行者的设计图建造图书馆，使命是保护图书馆和历代异徒行者，帮助他们完成终极任务。最初的八族知道终极任务是什么。假设那批人是忠诚的，可是代代相传，有些人扛不住财富的诱惑，叛变了；有些人抵挡不了终极任务带来的诱惑，叛变了。甚至有可能出现互相残杀，或者在异徒行者执行任务过程中背后捅刀子，抢夺任务成果的事情。时间久了，再也没有人知道终极秘密，只知道这个秘密是所有人梦寐以求的东西！所以，韩立带着人首蛇身俑，是去寻找终极秘密！”

“月饼，我说个事儿。”

“嗯？”

“你丫居然和我想的一样！”

我们俩“哈哈”笑着，举起手掌互击，清脆响亮。

“南少侠，咱们不但要解开终极任务，还要面对隐藏在暗处的八族，他们一定在暗中监视咱们执行任务，在合适的机会把咱们干掉。你敢继续不？”

“你丫说神话呢？就没有我不敢的事儿！”

月饼摸了摸鼻子，很认真地说：“再答应我一件事。”

我正满腔豪情：“尽管说。”

“萍姐、阿娜的事情你可以写进书里。写作是你的职业，也是你的爱好，”月饼眼圈微红，“只是不要在我面前再提起她们的名字。听了，心里难受，我过了这个坎儿就好了。”

我点了点头，有些心塞：“月饼，你丫这么高冷的性格，为什么啥事都是自己扛着，处处为别人着想呢？”

月饼打了个响指：“当然，你要是不写出来，我也不反对。”

我挠着脑袋：“可是，养病这几天，我已经写完给编辑发过去了。”

月饼黑着脸足足盯了我有一分钟。我被他瞅得手脚发麻，暗中戒备准备躲开桃木钉、匕首、飞来一拳诸如此类的攻击。

月饼叹了口气：“发了就发了吧，答应参加你签售会这件事，取消！”

“别啊！”我一听急了，“你丫怎么能说话不算话。还靠你这张好脸多卖几本书呢？”

“做梦！我只卖艺不卖身，”月饼翻着第四本书，“赶紧研究新任务。”

书里是一幅山水画，虽然只有寥寥几笔，却形神兼备。连绵起伏的群山中，一座荔枝形状的山峰尤为突兀。山崖垂挂一条瀑布，波涛击打岩石，水花四溅。山腰处长着一棵巨大的参天老树，看着像是楠木。

我突然想到一件事：“月饼，你说这些预言书是谁画的？”

“你忘记了？”月饼手机百度输入“楠木”两个字，“红尘宾馆，地下暗室，两个木人。”

我连珠炮发问：“他们到底是谁？为什么每个年代都有和他们相关的传说？卓玛怎么会出现？”

月饼皱着眉指了指自己的脸：“南瓜，你觉得我长得很像答案吗？”

我被噎得没词儿：“你不像答案，我像十万个为什么。”

“找到了！”月饼指着一个百度词条，“荔枝形山峰，瀑布波涛，楠木，应该是这个。”

两天前，国内某著名论坛的一个帖子——“驴友团在贵州荔波深山发现千年金丝楠木”。

“木利，帮个忙。”月饼拨通陈木利电话，“订张东越市的飞机票，把车开回来，车在停车场，钥匙在左后轮。”

“月饼，如果一开始你做这些事是因为对未知事物的探索，那么现在，你是为了复仇，对吗？”我点开词条查看着帖子里的细节，“执行的任务多了，那些人迟早会出现在咱们面前。”

“嗯。”月饼嘴角微微抽搐。

“我只希望，不要被复仇冲昏了头脑，时刻保持冷静！”我一字一顿地说道。

“有南少侠这么毛毛躁躁的人尾随，我不冷静也不行啊。”

等着陈木利把房车开回来的几天时间，我们分头采购野外探险需要的装备，收集关于贵州荔波的地理人文资料。月饼拿到车钥匙的那一刻，我迫不及待地把物资装备搬上了车。

发动机低沉有力的轰鸣声响起，月饼点了根烟，对着车窗吐了个滚圆的烟圈：“南瓜，准备好了吗？”

“布依族丫头们，苗族妹子们，南爷来啦！”我戴上太阳镜，打开音乐，摆了个自认为很酷的造型，冲着陈永泰、陈木利、燕子挥了挥手。

歌声响起，许巍苍凉的嗓音吟唱着关于《旅行》的故事——“阵阵晚风吹动着松涛，吹响这风铃声如天籁，站在这城市的寂静处，让一切喧嚣走远……”

此次前行，必然凶险。

管他呢！虱子多了不怕肉疼。

出发！

四

古城到贵州两千多里地，我和月饼轮着开车，一路走走停停，把这辈子的高速、国道、山路都跑完了，结果是“道路越跑越多，肠子越颠越短”。

到了荔波已经是第四天下午，我们在景区停车点驻了车，我端着方便面瞅着车外一群群古铜色皮肤的丫头，想想古城已经天寒地冻，不由得感慨：“正所谓，你在南方的艳阳里短袖蛮腰，我在北方的寒夜里热炕棉袄。”

“吃完了赶紧睡觉，养足精神，天黑上山。”月饼检查着装备，丢给我一部呼叫机，“如果手机没信号，用这个联络。”

我指着山端的信号塔：“月公公，你丫信不过中国通信商是不？”

“你信得过？”月饼往包里又塞了几瓶“老干妈”，“驴友团发完帖子再没更新，估计是信号问题。”

月饼说到这个，我来了精神：“前几年有个骗子为了当网红，发帖声称拍到华南虎，还有照片，着实红了一把，后来鉴定是造假，整了个大乌龙。现在网络对这种帖子审核很严格，没有被官方证实的事情，一般都会迅速屏蔽回帖，或者直接删除帖子。更何况是‘金丝楠木’，那可是好几吨黄金啊。”

“小心点总没坏处。”月饼往床上一躺倒头就睡，“我睡了，8点喊我。”

最后这十多个小时车程是月饼开的，我这会儿倒是不困，刷了几条微博觉得无聊，打开笔记本记录着月饼路上讲述的关于“金丝楠木”的传说——

金丝楠木，学名“桢楠”，又称“帝王之木”，是中国特有的珍贵木材，生长周期极为缓慢，树体在阳光中金光闪闪，金丝浮现，透着淡雅幽香，自古以来就是宫殿、寺庙专用名贵木材。

之所以有“帝王之木”的说法，最主要的原因是此木生性孤傲，不仅不招虫子，更不会被蔓藤攀附，独立于密林中，暗合九五之尊的帝王寓意。

楠木千年成材，砍伐却是几个时辰的工夫，长得自然不如砍得快。自明朝以来，宫殿、寺院对楠木的需求更大，尤其是“木匠皇帝”明熹宗朱由校，更是专门建立了“木人军”，自此金丝楠木几乎绝迹。

奇货可居，民间寻木高手纷纷入山寻木，一旦找到进献朝廷，封官晋爵，享尽荣华富贵。各地官员更是不问政事，驱役百姓寻木，逾期交不上木头的百姓，则以白银抵充，家穷者男子充军、女子入官妓。

陕西汉中张启元世代木匠，精通“望山断木”之术。老话说“天上的彩云配俊鸟，地上的瘸驴拉破车”。顾名思义，但凡名木，必生名山，总不能指望一座荒山包子长出参天奇树吧？

张启元心里盘算着明朝之前的历朝历代，均崛起于西部、北部，天下王气耗得七七八八，唯有西南部或许可以找到藏纳王气的名山，由此寻到帝王之木。如果真找到，当个地方官，也算是光宗耀祖的好事儿。

打定主意，张启元远赴西南遍寻名山，终于在四川大凉山发现了一株千年金丝楠木。更神奇的是，树皮纹理居然形成一幅天然图画，一只巨大的猪首龙身神兽尾部钉入柱底，围着柱子盘旋而上，距龙嘴两尺处有个巨大的“忠”字，两旁分别悬着一女子一太阳。

张启元大喜过望，标记地图，取麻布拓下图画，归乡送至官府。官员见此奇木图，送至京城，献给九千岁魏忠贤。

那官员携图入京后，张启元按捺不住欣喜，请邻村老秀才观摩。老秀才见图大惊：“这是犯了杀头大罪的天谕啊！”

图中神兽为“猪龙”，为安禄山化身。宋朝乐史《杨太真外传》卷下记载：“当与夜燕（宴），禄山醉卧，化为一猪而龙首。左右遂告帝（唐玄宗）。帝曰：‘此猪龙，无能为。’终不杀，卒乱中国。”

此图既有猪龙，钉于木柱，两个太阳，一个“忠”字。明熹宗朱由校名中有木有猪，既隐含了“朱姓真龙亡于木”，又暗示朝廷有人如安禄山伦乱后宫，权势夺日，而此人名中必带一个“忠”字，除了魏忠贤还会有谁？

张启元大惊，自知逃不出东厂的搜捕，便把奇木地图塞于孩子襁褓送至远房亲戚家，又画了假地图和妻子在家中等死，以此保得孩子性命。

魏忠贤看了此图，果然勃然大怒，将献图官员凌迟处死，暗中派东厂去陕西，把张启元居住的村庄杀了个鸡犬不留，在张家床铺暗格搜到假地图，秘密回京。

可怜张启元官没当上，拖累着全村一同送了命。

五

魏忠贤得到假地图，自以为顺应天命，称帝之日指日可待，暗地里派人入川搜寻此木制作龙椅，却一无所获。他明白这是假图，于是加派人马在四川寻找奇木。

为了保密，东厂所到之处，山民无一活口。直至东厂来到四川大凉山，包围一村身着兽皮草衣的夷人，问询奇木下落。夷人族长为保族人安危，声称知道奇木所在，但是这棵金丝楠木已经数千年，有了灵性，需要按照古法压住树灵才能砍伐。

族长带着官兵绕过两座山头，果然见到一株没有图案的巨型金丝楠木，东厂领头哪里知道“天命帝图”一说，见木大喜，催促族长速速施法砍树。

三天后，族长准备妥当，来到金丝楠木树下。族长围着楠木插进一圈竹筒，用竹刀沿着树身周身刻满奇形怪状的花纹，把鲜血滴入竹筒，放进植物种子。

不多时，竹筒中长出蔓藤，爬满金丝楠木，结出一颗颗丝瓜和红色的肉豆。

官兵见了变戏法似的奇术，大气都不敢出。族长浑身浴血：“这种古法最后一步由活人祭祀，请把我捣成肉酱，涂抹树身，方可破了灵性。”

官兵们当然没有客气，把族长砸得稀烂，蘸着肉酱往树上涂抹。一炷香时分，金丝楠木突然剧烈颤动，树枝树叶碰撞摩擦，发出类似人的哀号的声音。丝瓜和肉豆蔓藤缠住官兵，丝瓜藤裂开，喷着红液，爬出无数只绿色小虫。

虫子咬破官兵眼球，钻进脑子。红色汁液溅到身体，如同泼了高强度硫酸，“哧哧”冒着黑烟，官兵们哀声厉号，皮肉鼓起芝麻粒大小的燎泡，“啵啵”爆出脓液，瞬间蔓延全身，溃烂成一具具白骨，就这么送了命。

然而，东厂领军生性谨慎，一直远远观察，目睹了恐怖绝伦的一幕，逃回京城向魏忠贤密报。

魏忠贤派领军带人马再次杀回大凉山，夷人村落早已人去楼空，就连那棵巨型金丝楠木，也只剩下一个几丈见方的大坑，里面堆满了人的骸骨。

小部分骸骨是正常人的骨骼，大部分陈骨却非常奇怪，脚趾的骨头有细密的骨须纠缠在一起，如同树根。

此事异常诡谲，魏忠贤将参与此事之人全部毒杀，称帝野心却日益膨胀，继续派亲信去四川寻木。

却说朱由校当了几年“木匠皇帝”，二十三岁那年在西苑游船戏耍，却被狂风刮翻小船落水，自此生了重病，百治不愈。尚书霍维华进献仙药“灵露饮”，清甜可口，日日饮用。没承想饮用几个月后，竟一命呜呼，留下了一段千古疑案。

朱由校无后，弟弟朱由检登基后，当机立断铲除魏忠贤余党，驱逐魏忠贤回乡。抄魏府时，井边垂柳无风自动，柳枝伸入井中。官兵觉得蹊跷，在井壁发现暗洞，找到了假的“奇木图”。

魏忠贤亲信扛不住严刑拷打，交代了“奇木图”的来龙去脉。朱由检正愁没有斩杀魏忠贤的借口，连夜派锦衣卫带旨赐死。据说魏忠贤死后，京城一夜之间万木吐芽，绿意盎然。

朱由检感召于楠木神奇，第二年将年号定为“崇祯”，取“尊崇桢楠”之意，希望明朝江山如同楠木长久坚实。

然而明朝这棵二百多年的古树，早已从根部腐朽，改个年号也就是求个心理安慰。

张献忠崛起于陕西，自称“魔龙”，占领四川，大肆淫虐妇女，剥皮烹煮女子大腿、胸部的肉为食，甚至连饮马的水，都是人血。

但凡有贞烈女子反抗，就施加“骑木驴”的酷刑。女子吊在木架上面，对准一根直立的木杆，割断绳子，女子坠落。木杆从女子下体穿进，一时又死不了，活活忍受三四天极度痛楚才能死去。

张献忠残暴淫杀，终于兵败，掳掠的巨额财富不翼而飞。据传兵败前，张献忠曾派出一支送宝队，将财宝藏于一张祖传老地图标示的地点。

魏忠贤、崇祯皇帝万万没有想到，这幅奇木图居然应在了张启元的遗腹子——“魔龙”张献忠身上。

六

写完这段记录，我有些累，月饼还在熟睡，没敢打扰他，下车溜达透透气。

贵州属于亚热带湿润季风气候，空气湿润，阳光充沛。全省分为高原、山地、丘陵和盆地四种地形，是全国唯一没有平原的省份，故此有“八山一水一分田”的说法。

极目远望，远山层峦，青山白水，云气缭绕，块块梯田层叠而上，如果不是有任务在身，倒真是个静心旅游的好地方。

景区和全国各地的景区没什么不同，熙熙攘攘的游客，风俗特产的小贩，香气扑鼻的当地小吃，唯一不同的是许多穿着民族服饰的姑娘，凭空增添了些许异域情调。

其实，我和月饼心照不宣。这个所谓的驴友团，绝不简单，很有可能是“八族”的人组成。他们发帖时间，恰恰在第四本书出现喻示的时候，倒像是向我们示威，或许是故意暴露线索，引诱我们完成任务。

我心里被无数个疑问缠成一团乱麻，总是理不出个头绪。月饼说得对，该来的总会来，想破天不如主动出击，找到敌人最好的方法是自投罗网。我索性不想，转悠到风土特产的小摊位，随便买点东西换换心思。

如今旅游景点的纪念品千篇一律，打着“某某特产”旗号其实都是批量生产的，没什么新意。我看了几家没发现什么好玩意儿，正准备回车里歇会儿，忽然觉得刚刚路过那家摆着佛串、木雕工艺品的摊位，好像有两样很眼熟的东西。

我心里一动，装作问价：“这佛串儿多少钱？”暗自打量那两样东西，心里越来越惊。

“上好金丝楠木边角料做的，”商贩皮肤黝黑，眨巴着狡狯的眼睛，“遇水即沉，养生正气。你看这纹理，闻这香味儿。”

我正准备和商贩你来我往几句再切入正题，身后突然传来月饼的声音。

“刀、弩怎么卖？”

“这两个可是好东西，”商贩舔舔嘴唇，一副奇货可居的样子，“你开个价吧。”

月饼从钱包里摸出一摞钞票，示意我取下刀弩：“你从哪里捡的？”

商贩直勾勾盯着钞票，话都说不利索了：“山……山里……”

我翻转着刀弩，刀柄和弩把有两个相同的篆体字，更确定了判断，点头表示肯定。

月饼猛地提高声音：“这是我朋友的东西！”

左右游人、商贩齐刷刷看过来，商贩忙不迭说道：“真是捡的。前几天去山里寻木，这俩玩意儿就搁在河边泥沟子里。”

“具体地点还记得吗？”月饼把钞票往摊位一扔。

商贩舔舔嘴唇，往手指吐口吐沫点着钱：“沿着那座山往西走七十多里地，有一条野河沟子，就在那里。”

月饼点了根烟望着西边那座野山：“他们抢先了。”

我接过烟抽了一口：“也许是出事了。”

黑色短刀，硬木弓弩，正是韩峰、韩艺在东越博物馆携带的武器。

那两个篆体字是他们的姓——“韓”！

七

“天杀的奸商！”我一把拍死叮在脖子上的虫子，“敢情这七十多里地是直线距离！”

进山已经三天，按照脚程，七十多里山路也就是一白天。哪想到荔波除了人工开发的几个景点，其余的地方全是原始森林。且不说没有山路，一路砍藤劈树开路倒还是小事儿，一旦误入隐藏在树叶底下的沼泽，这条小命就算是当肥料了。

“还好顺着河边好走，要是一头扎进林子，北都找不到，”月饼在前面左手木棍右手刀开路，“跟你说了用泥巴抹在皮肤上防蚊虫，你就是不听。偶像压力有些重啊。”

我气不打一处来：“我哪儿知道走南闯北这么多地儿，偏偏对贵州的泥巴过敏？还有风油精吗？我再抹点儿。”

我正埋怨着，一不留神被树根绊了一跤，顺手抓住旁边的蔓藤，手里“哧溜”一滑，蔓藤搭住胳膊，几个来回缠了个结实。

这哪里是蔓藤，分明是条从头到尾长着一溜金黄色的细纹，半米多长的小蟒。

我抓住蛇身死命拽着，蟒蛇也较上了劲，凉滑的蛇身紧箍胳膊，“嘎巴”作响，蛇头从我的肩膀位置探起吐着芯子。我向后仰头，一把抓住蛇脖子，眼睁睁看着蟒蛇鳞片微微张起，咧开暗红色的嘴，一排排倒钩形的牙齿滴着涎水，腥臭扑鼻。

“月饼，蟒蛇！”

刀光一闪，蛇头忽地飞起落进野草丛里，蛇腔喷出浓血，溅了我一脸。我猝不及防，喝了两口蛇血，脚底又绊了一跤，一屁股坐在草堆里。

月饼收起刀，帮我解着胳膊上的蛇身：“南少侠，因祸得福啊！蛇血克虫，我再也不用担心你被蚊子咬了。”

我喉咙里满是蛇血，黏糊糊的不是滋味，想到这条蟒蛇不知吞了多少老鼠、蛤蟆，胃里又是一阵恶心。

“今儿不走了，就在这儿休息。”月饼喜气洋洋地拎着蛇倒挂在树上，“你去河边取水，顺便采点野物，晚上来顿蛇肉锅子。”

“你还真不糟蹋粮食。”我活动着膀子，没什么大碍，拎着壶去河边取水。

我把壶压在河里自行灌水，顺着河道扒拉树根采了几株鲜蘑：“月公公，蛇胆给我留着补补。”

“蛇鞭吃不？”

“那更好。”我顺口回了话才返过劲儿，“你家的蛇还长着鞭！”

我又刨了两根鲜笋，拎着壶回了营地，月饼正搭着帐篷：“南瓜，今儿的二锅头就靠你的手艺了。”

“您就瞧好吧。”

我架锅添水生了火，把蟒蛇切成两寸长短放进锅里焖了五六分钟，掀开锅盖捞出半熟蛇肉，换了锅清水继续煮。趁着水温稍热，放进八角、花椒、盐子调味，切了两片老姜去腥，八分热的时候放进鲜蘑、鲜笋，雪白的肉汤

“咕嘟嘟”冒着气泡，浓得能竖插筷子。

我咽着口水，舀了一勺尝尝咸淡，滚热的汤水顺着嗓子眼滑进胃里，鲜得脊骨发软，耳朵发酥，四肢百骸一股暖意。

月饼从帐篷里探出头：“南少侠，明明是个好厨子，非要当作家。”

“这一百多斤肉白长的吗？”我摆好碗筷，取出“老干妈”当蘸料，撒了几片葱叶完成最后工序，“月公公，上酒，开吃。”

月饼喝了口汤，烫得嘴直刺溜，灌了口酒，才慢慢呼了口气：“赞！来，走一个。”

我仰脖喝了半瓶，夹了块蛇肉，轻轻一咬，香味在唇齿间爆开，浓得舍不得张嘴喘气，细嫩滑软，肥润鲜甜，就连舌头都滑溜了许多。

“南少侠，我看你的书评区，”月饼蘸着老干妈吃了块笋，“有人回帖说主线之外的旁枝末节太多，看来还要提高笔力啊。”

“就算是英雄，也要吃喝拉撒睡。”我拨弄着篝火，“谁能保证早晨起床制订当天计划，不受零零碎碎的事儿干扰？我只是记录咱们的生活而已。”

篝火旺了，烘干原始森林的潮湿，夜枭声、蛐蛐声、蛙声此起彼伏，树叶沙沙，夜风清透。

烈酒、肉羹、篝火、兄弟。

这才是生活！

八

酒足饭饱，我拾起木柴点了根烟：“月饼，你老实交代，有没有对那个商贩下蛊？”

月饼眯着眼笑得很狡猾：“没有。”

“真假？”我吸了口烟，“那哥们说刀弩在泥沟子里捡的，哪有这么巧的事儿？”

月饼扬扬眉毛：“刀弩纹理有丁点儿泥屑子，闻着有水草腥味，刀柄和刀身接口处有水锈；佛串确实是原木做的，没有后期优化；他手指有手艺活留下的茧子和伤口；鞋帮、鞋底接缝有红泥，和这条河的红泥颜色相同。所以，他没说谎。”

我听得目瞪口呆：“你丫就那么几秒钟观察了这么多事儿？我还一直以为你在钞票里下了什么蛊粉，防备着他暗中下套，来个先下手为强。”

“瞬间细节决定成败，”月饼指着胸口，“我被阿娜捅了一刀，知道在一刹那想了什么？”

月饼主动提起阿娜，我大感意外，也有些高兴，看来月饼慢慢走出来了。

为了不扫月饼兴致，我做认真听讲状摇摇头。

月饼摸了摸鼻子：“我如果趴着摔倒，刀会直接扎进心脏。我转身是为了缓冲刀子刺入的力量，侧身摔倒使伤口挤压刀身形成密封状态，最大限度保证血液流失最少。”

“月公公，你居然想到这些？”我有些不太相信，“你丫脑子里到底是啥？”

月饼叼着根草枝慢吞吞说着：“前段时间闲得无聊，追了几集《神探夏洛克》，有一集讲的是华生老婆为了不暴露身份，一枪崩了福尔摩斯。他当时就这么做的，我觉得挺有道理就记住了，没想到派上了用场。”

我下巴张开的直径都快赶上那只蟒蛇了：“这也行？”

“有没有觉得咱们很像福尔摩斯和华生？”月饼反问。

我想想还真有点那个意思，至于福尔摩斯会不会蛊术，华生懂不懂阵法堪舆，这就不在考虑范围内了。

“吃完睡觉，天亮出发！”月饼摇着酒瓶子，“难舍最后一滴。”

我连忙夹起最大一块蛇肉丢进嘴里，“咯噔”一声，咬到个硬物，硌得腮帮子麻了半天。

我暗叫“点背”，把那个东西吐在手里，黄澄澄的映着火光，居然是一枚老式戒指。

瞬间，我脑补了无数活蟒吞人的桥段，整个人都不好了。

月饼面色也不好看，拿过戒指研究了半天，才松了口气：“看成色起码二三百年的老金镏子。”

“就算是千年戒指，也是活人戴的啊！”我已经感觉到肚子里面有根手指抠着胃壁，肠子都快涌到嗓子眼了。

“你忘了金蛇银鼠？”月饼居然很有幽默感挨个指头套着戒指试大小，“嗯，女式戒指。”

经月饼这么一提醒，我才回过味儿来。

有个成语叫作“蛇鼠一窝”，明着是指“坏人相互勾结，做坏事的行径如出一辙”。可是蛇是老鼠的天敌，老鼠见了蛇都绕道走，更别说“一窝”了。

“蛇鼠一窝”最早的由来，和做不做坏事没有半毛钱关系。在古代有“蛇喜金，鼠贪银”的说法，指的是有金蛇（长着金色花纹的蛇）、银鼠（毛发雪白的老鼠）的地方，必有黄金白银。

民间传说、历史典故中关于家宅出现金蛇银鼠找到黄金白银的例子多不胜举。从五行角度来说，金银为“万金之精”，阳气充盈。蛇鼠为阴祟之物，阴阳相吸，中和互补，故埋金藏银之地多蛇鼠出没。

我琢磨透这一层：“月公公，咱们这是要发啊！”

“你就这点出息。放着图书馆那么多价值连城的古物不当回事，这么个金镏子倒是惦记上了。”

月饼转着戒指，像是突然想到什么，盯着篝火发呆。我没打扰他，起身观察周围的格局走向，默算五行方位，说不定附近就有古人的墓葬。挖坟刨墓这事儿干不出来，要是能找到碑刻了解一段历史也是件好事儿。

不知不觉走到河边，夜已深，空气微凉。月光寂静了河水，微波粼粼，一轮新月倒映波面，微微颤动。湿气从河面蒸腾而起，凝成奶白色雾气，犹如有生命的物体，以奇特的流动方式，贴着地面四处扩散。

雾气凉意透体，我没什么收获，转身往营地走去。

“南晓楼？”

我下意识地应了一声，却觉得不对劲。月饼仍坐在篝火旁发呆，声音却是从河边传来，而且是女人声音，声调中有一种说不出来的熟悉。

我发现脚下多了几圈陌生的脚印，乍起一身白毛汗，想起了刚上大学时听说的一件事。

九

我所在的大学依山而建，树林繁茂，是男女同学谈恋爱的绝佳场所，久而久之，林间踩出一条野道。

物理系有对南方小情侣，男的叫丁克贤，女的叫柳小珠，从小青梅竹马，大学考到同一所学校，自然是恩恩爱爱，形影不离。

这天两人吃了晚饭，在林中闲逛，也是少年心性，丁克贤一时兴起，非要走条别人没走过的路。小珠由着他胡闹，两人踩着野草开拓新地图，说说笑笑地走到了半山腰，前方豁然开朗，孤零零地竖着一个坟包子，坟头有块老砖，压着残破的黄纸，坟前布满乱七八糟的脚印。

小珠有些害怕，扯着丁克贤的衣角就要回去。丁克贤假装胆大，心里也毛飕飕地打颤儿，顺着小珠的意思回了寝室。

自那天起，丁克贤每晚都做同一个梦：寝室吊着一具长发覆面的红衣女尸，到了午夜就解开绳索，在寝室里来回转悠，轻声呼喊着他的名字。

每次被噩梦惊醒，丁克贤总会发现地上有许多脚印，天亮就消失了。

丁克贤家乡有句谚语——“常走夜路遭鬼打”，意思是经常走夜路的人，如果踩到奇怪的脚印，会把不干净的东西招上身带回家。想到那个孤坟前的脚印，丁克贤既害怕又担心小珠，又不敢直接说，还好小珠还是老样子，看来没受什么影响。

就这么担惊受怕过了半个多月，那个恐怖的梦再也没有做过，寝室里的脚印也没有出现。丁克贤这才踏实了，给自己找了个“心理压力过大产生幻觉”的借口。

一学期过得很快，小情侣放假时就约好了情人节回学校过。情人节这天两人在学校见面，丁克贤陪着小珠吃了烛光晚餐看了场电影，小珠半推半就地跟着丁克贤回了寝室。

推开寝室门，丁克贤脑子“嗡”的一声，满地尘土像是许久没人住过，乱七八糟的脚印又出现了。

小珠责怪了几句，从门后拿出拖把打扫卫生。丁克贤寻思着可能是住在同城的舍友回来拿东西，端着盆去洗漱间打水。

再回寝室，小珠把屋子打扫得干干净净，换了身红色连衣裙，坐在床上娇羞地望着丁克贤。

丁克贤心中一荡，关了灯，扑到床上拥吻着小珠。凄冷月光扫进寝室，意乱情迷间，他忽然看到对面床铺下，有一双死鱼般的眼睛盯着他，一只苍白的手牟拉出来，无名指戴着他送给小珠的戒指。大片殷红的血从床底缓缓流出，血泊里又出现奇怪的脚印。

他吓得不轻，正要从床上爬起，小珠死死抱住他，陌生的声音在他耳边重复着一句话："你说好了要陪我一辈子，怎么能说走就走。"

丁克贤动弹不得，身体越来越冷，小珠翻身把他压在身下，长长的头发里，是一张没有五官的人脸……

作为迎新生必修教育课，宿舍鬼故事必不可少。师哥给我们讲这个故事的时候正是半夜，把我吓了个半死。月饼第二天死拖硬拽拉着我上了山，按照师哥描述的地点寻去，根本没有什么荒坟，倒是有棵特别显眼的老柳树，横七竖八刻着各种海誓山盟的短句、符号、人名。

最中央的位置，赫然刻着"丁克贤陪柳小珠一辈子"。

自那天起，我们再没见过那个师哥。

月饼天生不整明白不罢休的脾气，上网查了很多学校资料，又找学校的老人四处打听，终于弄明白了来龙去脉。

20世纪80年代初期，这所学校有个名叫丁克贤的物理老师，爱上了他的学生柳小珠。当时的社会环境，师生恋是败坏名声的大事（其实就是现在，学生和老师产生恋情也不是很受待见），两个人只能隐藏恋情，偷偷在山腰柳树上刻了一段话以示终贞不渝。

谁料这句话被同学们发现了，一时间传得沸沸扬扬。丁克贤为了保住工作，昧着良心向校方揭发小珠主动勾引他，小珠受不了恋人和社会的双重压力，在那棵柳树上吊死了。

丁克贤良心受到谴责，晚上坐在柳树前割腕自杀。

我和月饼弄明白了真相，知道那个师哥是两人怨气不散，附在柳树里化成的人形，向灵感强、能看到他形迹的人诉说前生哀怨。

我和月饼再次上山，摆了香烛供奉，念了九十九遍《往生咒》。只见蜡烛火苗由红转绿，“突突”暴涨半尺，柳树无风自动，依稀两团人形白雾牵着手，从树枝中飘起。

树身那行海誓山盟的承诺，慢慢消失了。

这是我和月饼接触的第一个灵异事件，自那天起，我记住了月饼的一句话：

“走夜路，千万不要踩到别人的脚印，有人喊你名字千万不要答应。万一被更凶的不干净东西上身，神仙也救不了。”

十

想了这么多，其实就是一眨眼工夫。雾气越来越浓，我已经看不到营地，只有那团篝火，在浓雾中跳跃闪烁，宛如鬼火。

古时，许多居住在西南深山的原始部落，奉树为神明，每逢新月升起的夜晚，用活人祭祀树灵。长年累月，尸骨堆积，树木在人油的滋养下长得极为茂盛，怨气自然也重，会在午夜化成阴雾，寻找阳世之人，夺舍转生。

我联想到那枚金戒指，说不定这里就是古时的祭祀地，让我们误打误撞遇到了。

“南晓楼？”熟悉的女人声音再次响起。

而这次，我听出了她的声音，心中一阵恍惚，正要张嘴答应，一只手从雾中伸出，捂住了我的嘴！

“噤声！”月饼摁着我的肩膀趴到草丛里。

要不是月饼这句话，我差点就号一嗓子直接往营地跑了，强压着震得肋骨生疼的心跳，往河边看去。

原本安静的河水突然跳跃着细碎的水珠，巨大的水泡漂到河面，“啵啵”破裂，水泡最密集的河面，漾起三圈波纹，悠悠漂到岸边弹回。

水花越来越响，雾气影响视线，我隐约看到波纹中央浮起三个白乎乎的东西，悬浮在河面上。

林中吹过一阵阴冷的山风，浓雾忽然消散，我看清了那三个东西，尽管心里有所准备，但还是惊得喘不过气。

韩立、韩峰、韩艺!

他们早已被鱼啄食得没有一块好肉，赤裸的身体残缺不全。尤其是韩艺，胸口凹了两个黑洞，露出白森森的肋骨，映着月光分外恐怖。

虽然他们带着“人首蛇身俑”跑了，可是毕竟相处过一段时间，也没有做什么真正伤害我们的事情，我从心里根本恨不起来。

如今他们变成三具腐尸，我压抑得几乎窒息，完全不能接受这件事。

“这枚戒指是韩艺的，在东越博物馆的时候她就带着，刚才突然想起来了。”月饼声音微颤，“注意他们脚下。”

我这才看到，他们双腿并拢，几条树根从脚底钻进身体，残破的体腔依稀能看到根茎贯穿至头部。

“树妖？”我打了个冷颤。

韩艺脖颈“咯咯”作响，机械地抬起，眼皮上翻，眼眶里塞满了细密的根须。

“南晓楼？月无华？”

“这次，咱们面对的，可能不是人。”月饼摸出军刀，扬手甩进岸边的一棵老树，“出来！”

军刀没入树身，除了“噗”的一声闷响，没有任何动静。

月饼脸色一变，推了我一把：“回篝火旁！”

我还没来得及做出反应，脚踝一紧，几根树藤犹如蟒蛇缠绕，倒拖着我撞到树干，随即身体一空，五脏六腑全涌到胸腔，被树藤倒挂在半空。

电光石火间，月饼躲开拦腰缠绕的树藤，向我跑来。忽然，杂草丛里钻出无数条蔓藤，把月饼瞬间裹成粽子。一条树根从土里冒出，缠住月饼脖子，生生拽到另一棵树上，结结实实绕了数圈。

树冠落下伸出粗壮的树枝，搭成梯子形状，一个人影顺梯而下。

“我知道，你早发现我了，所以刚才你故意说没有对我下蛊。可惜，蛊术对世代守护丛林之神的我，没用。”

十一

“我是丛林之神守护人，张明夏。欢迎你们来到我的领域。”

那个人戏谑地瞄着我们，右手放在左胸前，做了一个欧洲贵族式见面礼，正是景区商贩！

我倒吊在空中晃悠，血液涌进脑部，阵阵晕眩，心里却腾起一股怒火！

这次太大意了！

刚才月饼笑得很狡猾，我心里有数，他肯定给张明夏下了蛊。月饼通过各种细节证明张明夏没有问题，其实是个反向思维，说明他更值得怀疑。之所以没有直说，分明暗示我，他就在附近。

我自然懂得月饼的意思，假装放松警惕，和月饼保持距离，引诱张明夏现身，没想到还是被韩家三人的尸体分散了注意力，着了道儿。

我挣了几下，树藤箍得更紧，几乎把踝骨勒断。月饼更是狼狈，随着蔓藤越勒越狠，只有脖子还能轻微转动。

张明夏吹着口哨滑下树梯，拔出插在树干上的军刀，树皮片片脱落，露出一具穿着丛林服、被木钉楔在树上的腐尸。

“有些手段，”张明夏掂着军刀豁开腐尸的肚子，拽出乱七八糟的肠子涂抹着树身，“如果不是他转移了你的注意力，可能中刀的就是我。”

月饼“哼”了一声没有言语，脑袋低垂，下巴抵着缠在脖子上的蔓藤。

张明夏把树身涂抹成血红一片，跪在树前，双手举天：“伤害丛林之神的人，都得死！”

我从短暂的愤怒中恢复冷静，暗暗告诉自己：“南晓楼，月饼被控制住，你要在最短时间想出解决问题的方法！”

我心里盘算着两个方案：左兜有一把军刀，右兜有一瓶二锅头，一个Zippo。一是我绷起腰力弓身掏出军刀，瞬间甩向张明夏，需要大概两秒钟。二是如果用军刀挥断蔓藤，落地和张明夏肉搏，胜算更大。但是前提条件是保证蔓藤能被一刀切开。

把两种方案进行了性价比分析，我打定主意，前者更有实战性！

“南瓜，你个吃货，注意力全放在吃东西。意外的事情太多，我也没想到。得了，动手不是好选择，做一次合作怎么样？张明夏。”月饼冒出一句没头没脑的话。

张明夏漫不经心地摊摊手，眼神中我们已经是死人：“合作？呵呵……”

我心里一动，依着月饼的性格，绝不会在这种时候说废话，也不会和对手谈合作。

我推敲着月饼那句话的含义，默念了几遍，脑子中如同一道闪电劈下，瞬间雪亮。

月饼说了一句藏头话，去掉最后“张明夏”的名字，每句话开头第一个字组成了另外一条信息：“南瓜，你、注、意、我、的、动、作。”

我配合着说了一句“张明夏，你要什么尽管说，只要能放我们一条活路。”分散他的注意力，集中精神观察月饼的暗示。

月饼被绑得像个木乃伊，到底有什么动作？时间紧迫，我越来越着急，全身冒汗，顺着脖子流到头发，一滴滴落下。我看着汗水颗颗落下，心里冒出一个模糊的概念，却又无法描述具体轮廓，这种感觉异常难受。

蔓藤“咯咯”作响，月饼似乎被勒得喘不过气，咳嗽了几声，下巴连续触碰蔓藤。

我终于明白了！

十二

1893年，美国著名天才电磁学家尼古拉·特斯拉（Nikola Tesla）在密苏里州圣路易斯首次公开展示了无线电通信，在“费城富兰克林学院”以及全国电灯协会做的报告中，他描述演示了无线电通信的基本原理，并且提出了一个惊世骇俗的观点——无线电可以接收上帝喻示！

这个观点引起科学界的轩然大波，特斯拉也因此被早就心怀嫉妒的爱迪生诘责，自此被排除出科学界。

此后，特斯拉深居简出，独居纽约市的一个旅馆里，偶尔向新闻界发表一些不同寻常的声明。因举止怪异，特斯拉被普遍认为是“疯狂科学家”的原型。他研究的交流电成果，直到近代才应用到现代科技中，他的科学地位才逐步被学术界认可。

月饼读《特斯拉传记》的时候，提出过一个观点。不同的物种，发出、接收声音的波段不同，比如鲸鱼交流发声波段是15～40HZ，人类的波段20～20kHZ，只能通过仪器转化才能听到鲸鱼的声音。

由此类推，猫、狗之所以能够听见奇怪的声音，对不干净的东西异常敏感，很有可能是波段相符。

特斯拉提出的“无线电可以接收上帝喻示”这个观点，理论上是成立的。

我们来了兴致，研究了好长一段时间的无线电做通灵实验，还写了篇《无线电与超自然灵异现象关联》的论文，直接被老师批了四个大字“怪力乱神”。

通灵实验也没什么结果，摩斯密码倒是顺手学会了。

而此刻，月饼用下巴磕碰蔓藤，用摩斯密码向我传达信息——“和他说话拖延时间，我正在想办法。”

我正要胡扯一通，张明夏靠着树身打了个响指：“南晓楼、月无华，你们俩还真够默契。”

“你怎么知道我们的名字？”我脱口问道。

“我看你的书，对你们很了解。”张明夏摆了一个和月饼类似的摸鼻子动作，“月无华刚才对你说‘南瓜，你注意我的动作’，然后用摩斯密码向你传递‘拖延时间’的信息对吧？”

“南少侠，你的粉丝还真是什么人都有。”月饼摇头叹了口气，“这次真是自己搬砖砸自己脚了。”

张明夏摸出手机，指着屏幕对我晃了晃：“我下载了你所有小说，闲着没事就看看。”

我瞅着小说文档都是TXT格式，怒火中烧：“这是盗版！”

“那又怎么样？你们的习惯、爱好、性格我完全了解，”张明夏笑得像只玩弄老鼠的猫，“你们根本没有胜算。”

月饼盯着张明夏的脚：“韩家三人是你杀的？”

“伤害丛林之神，只有死路一条！”张明夏蜷起手指三长一短敲击着树身，“见识一下守护者的实力吧！”

方圆十多米范围内的参天古树剧烈抖动着，树枝相互碰撞，发出宛如铁器撞击的“锵锵”声。束缚脚踝的树藤突然紧绷又猛地一松，我像一条钓起来的鱼，悠在空中跟着树藤左摇右摆。

晕眩的视线中，堆积着数层树叶的地面凸起七八个土包，树枝柔软得如同绳索，围着土包圈圈缠绕，拽出了几具腐臭的尸体悬在半空，泥土“啪啪”掉落。

“那个驴友发现金丝楠木的帖子是我发的。我知道你们一定会来。”张明夏指了指韩艺，“她在临死前，把什么都说了。”

十三

“这些人是来寻找丛林之神？”月饼扬了扬眉毛。

“呵呵……”张明夏从背包里掏出一样东西，“人首蛇身俑，是开启丛林之神大门的关键。”

我没有感到意外，当我看到韩家三人的尸体时，就已经想到人首蛇身俑的实际作用肯定和那棵金丝楠木有关。

月饼眯起眼睛：“所以你杀了他们。”

“你们不懂。这个世界，最古老的生命就是树。”张明夏仰望老树，虔诚地抚摸树身，“千百年来，他们守护着地球生灵，目睹时代变迁，奉献身体满足人类欲望，根本得不到一丝尊敬。伤害他们的人，都要死！”

我承认，张明夏的话虽然偏激，却很有道理。随着人类文明高速发展，代价却是大自然被毁灭性破坏。我们走在城市的柏油马路，享受着科技带来的愉悦，却忘记了脚下埋藏着自然生灵的尸骨，而我们使用的各种生活物品，又有哪一样不是曾经鲜活的自然生命？

“你在保护一种生命的同时伤害另一种生命，”月饼抬头看着茂盛的树冠，“和那些人有什么不同？”

“自然是纯洁的，人是肮脏的。”张明夏冷笑着闭上眼睛，“肮脏的生命，没有保留价值。”

自从张明夏识破了我们的暗语，月饼再没发出信息。而此刻，月饼脚尖迅速点着地面，发出两个摩斯密码。

“火——”

“腿——”

火腿？我差点一口老血喷出来。丫的，在这时候居然对我说“火腿”？？

我稳稳了心神，推敲着张明夏和火腿之间有什么潜藏联系。给他一根火腿求饶？显然不是！

营地篝火渐渐熄灭，烧成炭的木柴“噼啵”作响，爆起几颗火星，白烟升起，缠绕着树叶。

我多少有些明白了。张明夏能操纵树木，用火对付他是个好办法。可是我们现在不能动，营地篝火还有十多米距离，怎么能制造出火？难不成要我挣断树藤，对准乱石砸下去迸出火星子？可是附近也没沼气啊！这个“腿”到底是什么意思？

月饼眨了眨眼睛，示意我看韩艺的尸体。

我搜集着一切可能有用的信息，懂了！

树根从韩艺的脚贯穿至头颅，张明夏正是操纵树根让韩艺发出声音，转移了我们的注意力。

张明夏现身从树枝搭成的梯子滑下，站在树旁不动。这里面有个小细节，他根本没有迈腿走路。

想到这一层，我意识到月饼为什么一直盯着他的腿。张明夏的脚始终埋在树叶里，只有一种可能，他和树是相连的，或许，他被树控制着。

我兴奋得手心冒汗，深呼吸了几次，对月饼点点头。

月饼微微一笑：“你难道不知道自己也是被树控制的木偶吗？”

“你说什么？”张明夏嘴角很怪异地抽搐着。

机会来了！

十四

我绷着腰，身体向上弓起，使劲收缩腹部留出手能插进裤兜的缝隙，左右手同时取出军刀、二锅头、Zippo，先朝着张明夏头顶扔出二锅头，随后甩出军刀和Zippo。

酒瓶被军刀击碎，Zippo的火苗引燃酒液，空中炸亮一片蓝色火焰，落在张明夏身上。

“嘭！”张明夏的身体像是涂了一层燃油，迅速燃起腾腾火焰。张明夏惨叫着双手扑打火焰，偏偏双腿固定在地面不能动。缠绕我和月饼的树藤缩回，无数树藤潮水般涌向张明夏！

我身体一空向下坠去，急忙双手抱头蜷成一团，落地时滚了两圈化解冲击力，而月饼跑回营地拿起坐垫，几个纵跃绕过树藤，用坐垫拍打张明夏身上的火焰。

短短一瞬间，几经生死，我心跳得厉害，肾上腺素大量分泌，口干舌燥，嗓子里像是有把匕首搅动。我使劲咽了口吐沫，帮着月饼扑打火焰。

晚了！

张明夏的皮肤烧得黑红，碎肉绽开，满是坑坑点点的燎泡，只有那双烧掉眼皮的眼睛，分外突兀地瞪着我们。

树藤颤抖着退回，山风吹过，森林发出了“呜呜”悲鸣。老树的树冠抖动着落下无数片鲜绿的树叶，满满覆盖了张明夏的尸体。

看着张明夏的脚，我抖着手摸出烟，几次都没有塞进嘴里。

月饼双手合十，对着树叶堆成的坟冢鞠躬：“对不起，我们也有生命。”

我心里有种说不出来的滋味，默念着往生咒。

“南瓜……”月饼忽然叫我。

“嗯？”

“还记得路上我给你讲的金丝楠木的传说吗？”月饼自顾自讲着，“魏忠贤派领军带人马再次杀回大凉山，夷人村落早已人去楼空，就连那棵巨型金丝楠木，也只剩下一个几丈见方的大坑，里面堆满了人的骸骨。

小部分骸骨是正常人的骨骼，大部分陈骨却非常奇怪，脚趾的骨头由细密的骨须纠缠在一起，如同树根。”

我不知该说什么好，因为张明夏的腿，就像传说中描述的一样，脚趾是细密的骨须。

“人鱼，离开水，下身变成人的双腿。遇到水，会变回尾巴。”月饼显得很疲惫，拾起人首蛇身俑，“他不是被树控制的木偶，他本身就是树。或许，他就是丛林之神。”

山风悲鸣，凉意透骨，几片树叶徐徐落下。

月饼托住一片树叶，放进上衣兜里。

我鼻子酸得难受，狠狠抽了几下憋着眼泪：“月饼，人首蛇身俑有什么用处？”

“很快就知道了。”月饼指着河对面，“你看。”

十五

这条河依山而流，对面是一处陡峭的山壁。东边青龙位的山丘，由下及上，树木越来越少，及至山顶只剩嶙峋岩石，光秃秃的，寸草不生。南边朱雀位，却是一线茂盛树林蜿蜒山脉，延伸至西边白虎位，树林聚成一团，一片林了向北边玄武方位越长越稀，远看倒像是一条白首巨蟒围着山脉绕了一圈。

我惊讶道：“月饼，这是‘白蛇守财’之相。”

月饼从包里取出一根荧光棒，晃亮了扔到河对岸。莹莹绿光中，隐约能看到山壁有一处两米见方的白岩，凹着一个造型奇特的小洞。

月饼远远比画着，拿出手机调整焦距，拍了一张照片。我凑过去一看，虽然很不清晰，但是依然能够看出是人首蛇身俑的形状。

“过河吧。”月饼解开鞋带把裤腿缠绕绑紧，“河里不知道还有什么东西，小心。”

我看着河面韩家三人的残尸、满树悬挂的腐尸、埋葬张明夏的坟冢，想到这些人都因我们而死，难受得喘不过气，只想离开这片森林。

忽然，那些树藤带着尸体极其缓慢地缩回原处，韩家三人沉入水中，冒出几个气泡。

一切恢复如初。

又有两根树藤垂落，很柔软地缠住我和月饼。我正要挣脱，月饼却说："谢谢。"

树藤似乎听懂了月饼的话，把我们轻轻托起。这种感觉非常神奇，我尽量放松身子，任由树藤把我们送向河对面。空中路过韩家三人沉尸的水面，我忍不住往下看去。

水波荡漾，光线折射着一群群小鱼围着尸体，一下一下啄食。

韩艺的肩膀，残破着半个"2"和"8"的文身。

我使劲甩着头，想把这一幕完全忘掉，但是根本做不到。

到了河对面，树藤悬在空中，像是对我们点了点头，才垂入河中退了回去。

月饼把人首蛇身俑安进暗洞，严丝合缝。

山壁内部传出"轰隆隆"的巨响，泥土"簌簌"落下，扒着山壁生长的爬山虎寸寸崩裂，露出山壁原本面目。

我一声惊呼，这哪里是什么岩壁，分明是无数根人骨摞成的骨墙！

又是一阵巨响，骨墙向两边分开，闪出一条仅容一人通过的裂缝。往里看去，惨白的隧道碎骨嶙峋，无数个骷髅头印在墙壁里，"噗噗"冒着火，地上零落着朽烂的镐头、斧子、洛阳铲，甚至还有一柄德国工兵铲。

"月饼，明明是半夜，隧道尽头怎么会有光亮？"

月饼摸摸鼻子："进去就知道了。"

十六

月饼打开手机的手电筒功能，灯光照着骷髅，映着刺眼白光，依稀看到骨缝里夹着些许锈烂的兵器。每走一步，厚厚骨粉蓬起，呛得我忍不住咳嗽，声音在隧道里来回震荡，如同这些骷髅哭号。

这种气氛异常诡异，我硬着头皮往前走，突然有人摸了一下我的肩膀又缩了回去。

我号了一声“他妈的有鬼”，急忙转身，撞断了几根碎骨，隧道里“噼里啪啦”响个不停。

月饼举着手电往后照：“什么鬼？”

就着光看去，身后什么都没有。我使劲咽了口吐沫，冷汗一层层地往外冒，这绝对不是幻觉！

就在这时，一只黏湿的手，抓住了我的脚踝！

我僵着身子，大气不敢出：“月饼，我的脚。”

“嗬……嗬……”那个“人”发出嘶哑的喉音，抓着脚踝的手越勒越紧，几乎抠进肉里。我清晰地感受到黏稠的液体从那只手里挤出，顺着脚踝流进鞋子里面。

我恶心得想死的心都有，哪还敢低头看。

月饼把我向后一拽，蹲身顶住我的腰往后一扛，一瞬间和我换了位置，蹲在那个人面前。

我探着身看去，趴在地上的是个长发女人，探险装磨烂了大半，裸露的身体早已溃烂，绿色小虫钻进钻出，结着丝瓜瓤儿一样的黏网。月饼翻过她的身体，脸上长满红色肉豆，冒着白色脓汁。

月饼搭着她脖子的动脉：“死了。”

眼睁睁又看到 个人死在面前，我心里更是不好受：“她是怎么绕到背后的？”

月饼围着骨壁照了照，指着一个暗洞：“从骨壁挖过来的，手指都磨烂了。”

洞里卷出一阵穿堂风，混杂着清香和血腥的气味。此时隧道走了大半，隐隐能看到一棵巨大的古树。

“死太多人了。”月饼起身向前走去。

我经历过很多事情，见过很多诡异的东西，当我穿过人骨隧道，走进这处被人骨包围的山坳时，彻底见到了这一生永远无法忘记的血腥场面。

一棵巨大的金丝楠木长在山坳中央，粗大的丝瓜、肉豆藤条爬满树身，十多具丝藤包裹的人形蛹子悬挂空中。藤条长出的白丝钻进人蛹，吸取着尸液，如同无数根巨大的血管，把尸液“汩汩”地输送给金丝楠木。

金光笼罩着楠木，树纹的金色纹理透着毛细血管状的红丝，楠木枝端结满人头大小的果子，宛如一个个鬼脸。

山坳四周散落着腐烂的箱子，金块银锭、珍珠宝石散落满地，几颗拳头大小的夜明珠幽幽放光，在金银的折射下，山坳金光灿灿。

珠宝堆里，横列着几具身着不同朝代服饰的干尸，口袋塞得鼓胀，有几具尸体手里还紧紧攥着金块。

有两个保存完好的铜箱，镂空雕着龙形的“张”字。

面对这些稀世珍宝，我有些头晕目眩：“魔龙，张献忠，宝藏！”

“张献忠兵败前把宝藏秘密运走，自然要放在他最放心的地方，”月饼拾起一块黄金在手里上下扔着，“他的父亲张启元画了张假图，把贵州说成四川，隐藏了金丝楠木的真正地点。真正的地图，只有张献忠知道，他把宝藏运到这里，希望有一天东山再起。”

我心里堵得难受，如果真是这样，那么剩下的事就和杀戮有关。

送宝队来到这里，把附近部落杀了个干净，用尸体堆成骨墙，人体油脂是上好营养，不出多久骨墙就会长满草木，堆上泥土，形成天然的掩护屏障。

但是还有三点，我想不通：一是这些人蛹用来饲养金丝楠木，那么金丝楠木起了什么作用？二是隧道里的女尸是谁？她是怎么找到这里，又遇到了什么危险？三是张明夏自称丛林之神守护者，他守护的难道就是这株金丝楠木？

“有一种蛊术，针对树木下蛊，蛊树合为一体，使树木有攻击性，进入蛊域的人会被树木攻击，成为养蛊的饲料。”月饼把金块扔向金丝楠木，“原料是丝瓜和肉豆。”

我不自觉往后退了两步：“咱们已经进入蛊域了？”

月饼扬手甩出几枚桃木钉，钉进树身形成北斗七星形状，又用军刀划破手指，取出桃木钉蘸满血，钉在北极星的位置。

“木蛊为死亡之蛊，唯有死兆之星可破。”

月饼话音刚落，楠木的金光黯淡了，丝瓜藤和肉豆须纷纷脱落，树身镌刻着四行造型奇怪的字。

“砰！”“砰！”

隧道外面，枪声炸雷似的响起！

十七

隧道里面传来嘈杂的脚步声，我和月饼躲到堆积财宝的箱子后面，顺着缝隙向外看去。一群扛着老式土枪、头扎白布、左腰别刀、右腰挂着火药葫芦、身穿黑衣黑裤、脚蹬黑鞋的人走进山坳。

为首的领头人五十来岁，肩上扛着那具腐烂女尸。这群人分立领头人左右。

领头人放下女尸，指着金丝楠木“叽里呱啦”说了一堆根本听不懂的话。

我心说能找到这个地方，还带着军火，肯定不是什么好鸟，还是小心为妙。月饼倒是心大，顺手从箱子里捡了一块玉佩，悄声说道：“正经羊脂玉，市面见不着了。”

我一时气结，没有应话。只见领头人弓着腰靠近楠木，小心翼翼的架势像是在偷地雷。估计是不好意思表现得太怂，走了几步确定没有危险，才有模有样地直起身子走到楠木前，从怀里掏出一张泛黄的羊皮纸，瞧那架势是在对照树身出现的四行字。

忽然，领头人双手举天高呼一声，转身对着部下神色激动地又是一通“叽里呱啦”。部下或捶胸，或高呼，还有两个人互相挽着胳膊跳起了舞。

我傻眼了，这么多金银财宝不当回事，看到几行字倒是高兴得像在过大年，难道碰巧赶上了这群人载歌载舞的部落聚会？接下来该生火烤肉喝酒了吧？

领头人狂喜过后，才发现树身钉入的桃木钉，撮唇发出尖锐的呼啸，部下们“噼里啪啦”拉起枪栓，戒备地四处巡视。

“看来是躲不掉了。”月饼摊摊手站了起来。

我心说伸头一刀，缩头也是一刀，就这么大点儿地能藏多久？只好硬着头皮起身，做好了随时挨枪子儿的准备。那群人发现我们俩，十多条土枪立刻对准我们。

那一刻，我有种革命烈士英勇就义前的乱入感，就差喊两嗓子革命口号了。

领头人举手示意部下少安毋躁，指指楠木，又指指女尸，讲了一通话。头一次被这么多枪指着，我的耳膜嗡嗡作响，哪还有心思听他说些什么。

月饼摸了摸鼻子："请说国语！"

领头人没想到月饼冒出这么一句，呆立片刻，用很生硬的方言问道："楠木、她，怎么回事？"

贵州方言属于西南官话的一支，和四川话有些相似，听起来倒是没什么障碍。

"楠木，我们破了木蛊，"月饼回答得很简洁，"她，不知道。"

领头人来回走了几步，像是在判断月饼这句话的真假。人命关天，何况是自己的命，我赶紧摆出了"我们是诚实孩子"的表情以示清白。

领头人顿住脚："你们，越南？"

越南和广西、云南接壤，虽说和贵州没有边境线，不过这几年边境贸易往来发展迅速，西南各省越南人倒是不少。看来领头人把我们当成越南人了。

月饼铿锵有力："中国人！"

我套着近乎："同胞，自己人。"

"你们，越……"领头人说到"越"字故意停顿了一秒钟，"南？"

我正要再次强调胸膛里正经装着通红的中国心，月饼却反问道："你怎么知道？"

我也反应过来了，脑子"轰"的一声！

十八

领头人问的根本不是越南，而是我们的姓！

"你们真姓月、南？"领头人嘴唇哆嗦，显然在克制情绪。

这些年，我和月饼始终不知道身世，领头人居然知道我们的姓，难道他知道我们的身世？

我喘着粗气："你从哪里知道的？"

领头人双腿筛糠似的抖动，"扑通"跪倒："终……终于找到你们了。"

他的部下默不作声地把火枪放在地上，黑压压地跪了一片。

我和月饼面面相觑，这是唱的哪出儿？

饶是月饼好口才，也结结巴巴不知道该说什么："这个……这个……"

领头人"咚咚咚"磕了三个响头方才起身，又面对部下们说着土话。

趁这工夫，我低声问道："月饼，咱俩是他们部落失散已久的亲人？"

月饼也乱了方寸："扯淡呢？长得也不像啊！"

我瞅着这群人的面部轮廓，浓眉、高鼻、深目，平均身高也就一米七左右，要说和他们是同族，确实太牵强。不过有一点可以确定，革命烈士是当不上了。

我脑子里正胡思乱想着，领头人指着我们提高声音说了两句，族人们操起枪向我们冲过来。

我琢磨过来了："月公公，坏事了！搞不好这些人也是守护者，过来的时候发现张明夏死了，从咱们放在帐篷里的东西知道了身份。这是赶着来报仇雪恨啊！"

"你碰见生死仇人先下跪磕几个响头？"月饼话是这么说，手里也没闲着，摸出几根桃木钉扣进掌心，"静观其变。"

族人们冲到我们近前，把土枪彼此交叉，架住我们的腿向上一举。我身子一悠腾空而起，整个坐在土枪搭成的椅子里。

领头人一声吆喝，两个族人抬着女尸先行跑了，其余几人扛着我们向山坳外走去。

别说，有点像山区旅游的竹轿，穿过人骨隧道的时候还挺稳当，不过这会儿哪有心思享受？我瞅着黑洞洞的枪口纠结着千万别走火，脑补"食人族"种种，越想越心寒。

月饼倒是舒服地耷拉着腿，半眯着眼："身未动，心已远，贵州荔波，让我们一起走吧。"

那一刻，我恨不得锯开月饼脑壳看看里面到底是怎么长的。

“两位放心，请到山寨一叙，”领头人取下挂在腰间的葫芦灌了一口，酒香扑鼻，透着浓郁的药味儿，“山间夜滑，他们抬着，一路方便。”

我注意到领头人普通话利索了，古风味儿还挺浓。

“您贵姓？”月饼给领头人递了根烟。

“我们族没有姓，只有名。”领头人接过烟放在鼻端闻着，“叫我龙都就好。”

我见这俩人有说有笑，看来没什么危险。再说就算是有危险，月饼这么胸有成竹，我也不能输阵。

“龙大爷，”我咽了口吐沫，“这葫芦里什么酒？闻着味儿不错。”

龙都晃晃酒葫芦：“这酒，不能给你喝。山寨里，好酒、好肉，还有女人。”

我眼前浮现出一群抱着光屁股娃儿、背着竹篓的黑瘦女人形象，顿时没了兴致。

十九

“您怎么知道我们的姓？”月饼漫不经心地问道。

“到了山寨，自然便知。”

月饼盯着酒葫芦：“为什么除了您，这些人都不说话？”

我仔细回忆了一下，这群人出现之后，除了龙都，族人们就用喉音高呼几声，没有一个人说过话。

难道这些人都是哑巴？

“据传，‘魔龙’张献忠生性猜忌多疑，兵败转移宝藏前，挑选亲兵五百护送宝藏。为了保住秘密，这五百亲兵不识字，还被灌了哑药，刺聋了耳膜。”月饼摸了摸鼻子，“南瓜，知道我为什么喜欢摸鼻子吗？”

我一直以为这是月饼的个人习惯，一时间不知道该怎么回答。

“练习蛊术的时候，被蛊气熏坏了嗅觉，”月饼指指鼻翼，“我要经常摁压闻香穴通窍利鼻，时间久了，嗅觉居然很敏锐，能闻到许多奇怪的味道。”

族人们像是没有听见月饼说话，抬着我们在山间快速前行。龙都不置可否地“呵呵”一笑。

“葫芦刻着一条黑龙，这是张献忠的魔龙标志，”月饼仰头闻了闻，“这种米酒灌入竹筒，蜡封陈三年，才可饮用。只有这样，泡在酒里的应声虫，才可以发挥蛊效，让哑人发声，使聋人复聪。刚才我注意到一个细节，您每次说话都要面对族人，或者用手势发出指令。所以，他们根本不是听到你说话，而是通过你的嘴形和动作接收信息。”

我的嘴巴张成个“O”字，消化着月饼这番信息量巨大的分析。

“你果然聪明，就像他一样。”龙都叹了口气，把葫芦递给身边族人，彼此传递着喝了一小口药酒。

“他是谁？”月饼问道。话音刚落，走在队伍前方的族人忽然纵声高歌——

“天生万物与人，人无一物与天。鬼神明明，自思自量。”

族人们神情激昂，附声唱和，嗓音铿锵有力，充满肃杀之气，如同置身于兵器交击的古战场。

这是张献忠的“六言圣谕”！大概意思是，上天赐万物与人，人却没有任何东西回报上天。鬼神自然明白，人需要自我反省。

众人唱罢，哈哈大笑，山谷回荡着苍凉的笑声。

龙都受到歌声感染，虬髯须张，快步冲到前方的断崖，双手振举：“天下一战，世间无杀！”

族人把我们放下，并排站到龙都身后，右拳锤击左胸，齐声高呼：“天下一战，世间无杀！”

我和月饼默默地站在后面，仿佛看到了千百年前，战士出征前，壮怀激烈的豪迈一幕！

“砰砰砰”，枪声响起，夜空划过一道道火花。

“他们是……”我心里疑惑。

“希望到了山寨，会有一个答案。”月饼打了个哈欠，“天快亮了。”

断崖对面，亮起点点火焰，将小小山寨照得通明。只见人影绰绰，村民们奔至寨口，向龙都和族人们打着手势。

没有一个人发出声音。

破风声“呜呜”响起，两个竹节制成的抓手从连接断崖两岸的绳索上面滑了过来。两个族人扳着抓手，呼啸一声，双腿用力一蹬，悬空荡了过去。

不多时，只剩龙都和我们。

龙都单手扣着竹节，回头一笑，身影迅速消失在山谷间的黑暗之中。

“其实咱们完全可以不过去。”月饼探头瞧着深不见底的悬崖，“金丝楠木上面的字，应该就是这次任务的喻示。”

我点头赞同：“月公公言之有理。”

月饼眨了眨眼：“所以……”

“所以，咱们还是要过去。”我快跑几步，纵身一跃，抓住竹节荡了过去。

月饼的声音在身后传来，高速滑动中断断续续。

“南少侠居然这么主动，咱家很意外啊！”

山风凛冽，割脸如刀，萦绕在山间的层层黑雾扑面散开，山寨豁然开朗，火把照亮黑夜，灯火阑珊。

当你老了，突然察觉，不经意的瞬间匆匆流逝了青春，在某个灯火阑珊处，白发泼染了少年时擦肩而过的梦想，从而徒感悲伤，还是依然相信，任凭世界变幻不定，迷雾重重，早已不是曾经模样，却始终坚持最后一点无怨无悔的自我？

我和月饼，从来都是同样的选择！

虽然，我们俩，都恐高。

二十

也不知荡了多久，我瞅准石台准备来个漂亮的姿势收场，结果没收住前冲势子，“蹬蹬蹬”跑了好几步，还是没稳住重心，直接扑街式摔倒。

月饼也好不到哪儿去，脸色煞白地坐在地上直喘粗气。

村民们欢呼一声，看来是喝了药酒能说话了。几个老人吹着竹子做的乐器，女子们端着米酒笑吟吟唱着歌。

我正要起身，人群里闪出几人，手里拿着明晃晃的镰刀，一把摁住我们，雪亮的刀刃抵着脑袋，向下砍落。

完了！中计了！我吓得闭了眼睛。还没来得及感悟生死，只觉得脑袋一凉，掉了大一片东西。

我想到传说中张献忠种种变态酷刑，有一种“骨刑”，是俘获了对方士兵，用刀子把头皮削掉，只剩光秃秃的头骨，偏偏人还死不了。在两军再次交战时，驱逐俘虏走在阵地最前沿，震慑恐吓敌军。

我急忙挣身摆脱，却被山民死死压着，脑袋又挨了一刀。

“理个发而已，至于这么大惊小怪吗？”月饼慢悠悠地说道。

我睁眼一看，月饼盘着腿一本正经坐着，山民正用镰刀削着他的鬓角。

“委屈二位了，只有最尊贵的客人才会得到这种礼节。”龙都招呼着族人，“准备好酒，待客！”

几丝头发落进脖子，痒痒得难受。我哭笑不得，有吃有喝还理发，这VIP服务也太周到了！

我和月饼大眼瞪小眼，眼睁睁瞅着对方，我们脑袋两侧的头皮被刮得锃亮，脑门的头发垂成一条马尾，整个一个杀马特造型。

理发仪式结束，族人们欢呼着进了山寨，龙都笑吟吟地说道：“两位，请进。”

“南瓜，看不出你的脑袋还挺圆。”月饼摸着辫子，“咱这造型可以玩摇滚了吧？”

我剔弄着夹在衣领里的发茬：“摇你妹！我下个月还有签售会啊。”

前方传来欢歌笑语，月饼笑了：“还真有摇摆的妹妹。”

只见山寨中央，旺盛的篝火上烤着一只整猪，两个族人忙活着刷调料。金黄色肉皮“嗞嗞”泛着油泡，聚成颗颗油粒子，顺流落入篝火。火焰旺盛着红黄火苗，一股奇异的香味扑鼻而来。

族人们手拉着手围着篝火载歌载舞，女孩们穿着红、蓝、绿、橙的彩衣彩鞋，火光映红的容颜透着原始的野性美。

龙都又是一声高呼，几个姑娘嬉笑着跑来，拽着我和月饼加入人群，随着此起彼伏的歌声跳起舞蹈。

这种最原生态的气氛，感染着内心最原生态的欢乐。

我天生没有舞蹈细胞，不是左脚踢着姑娘的膝盖，就是右脚踩了姑娘的鞋，绷着腿跳得满头大汗。月饼不愧是古城酒吧领过舞的男人，居然跳得有模有样，引得众人阵阵欢呼。

一圈舞蹈跳罢，龙都引着我们坐在最中央，几个族人端上盛满烤风猪的大盘子，从腰间取下山刀，熟练地切割成肉条。

龙都介绍着："荔波特产，风猪。每年冬至到立春的时候，取上等乳猪，用盐和调料涂抹，放大缸内腌渍一天一夜，再用米酒浸泡十天。取出晒七天，里外抹菜油、麻油，风干即成。好吃得很！"

折腾了大半夜，我早就饿得前心贴后心，而且风猪肉实在太香了，光是闻闻味儿就勾得馋水直流。我几次想下手，碍于礼节忍了再忍，只能瞅着最大一块肉条时刻做好准备。

月饼捅捅我的胳膊："从左往右数，第三块最大的那条，我的，别抢。"

我心说这事儿还有提前打招呼的？谁手快归谁！

龙都举起竹碗，环视四周，顿时鸦雀无声。

"魂归魂、尘归尘，千里不留身，故土埋家人！"

众人举碗一饮而尽。我不明所以，正犹豫着，月饼早已干了酒，抹抹嘴角："放心喝，酒没问题。"

我也就不含糊了，一碗酒下肚，只觉得嘴里满是清甜的米香，全身暖洋洋的，四肢百骸无不舒服，肠胃都要随着酒劲融化了。

龙都放下竹碗，双掌拍击了三声。人群左右闪开，两个族人扛着女尸走了进来，把女尸放进篝火，族人们左右摇摆，唱着悲凉的歌曲。

"每年，我们都要经历好几次，"族长面色悲戚，"接下来的事情，两位别见怪。"

我想到某些部族的习俗，心里一惊，别不是要吃人吧？

篝火越来越旺，火星飞溅。女尸渗着油脂，鲜红的肌肉烧成炭黑色，渐渐缩成一团。一个身材矮小的族人咬着尖刀站在篝火旁，停顿了几秒，不顾篝火旺盛，挥刀豁开女尸胸膛，麻利地剜出心脏，捧在手中举过头顶。两个中年女子抬着一尺见方的金丝楠木盒子，接过心脏放入盒中，默默地走了。

“这两个女人，是阿彩的母亲和姨母。”龙都勉强挤出一丝笑容，举碗对着族人们，“今天，百年诅咒，由他们解除，痛饮！”

二十一

我打着酒嗝，脑袋轰轰的天旋地转，盘腿坐在龙都的竹房里，望着月饼傻笑：“再来一碗。”

月饼靠着墙才不至于摔倒，涨红着脸：“这酒后劲真大，见风就倒。”

龙都掰了块茶砖丢进炉里煮着：“我知道你们有许多疑问，也谢谢你们的信任。我会把所有的事情全部告诉你们，这也是他们的嘱咐。”

以下是龙都的讲述，由于我喝多了有些断片儿，听了个大概，后来和月饼对照着做的记录——

中国西南深山，世代居住着一个神秘的部族，以树为图腾，自称“森林之子”。

这个部族天性和平，极少与外界交流。只有在森林里迷路、受伤的猎户，对着周围最古老的树祷告，并用鲜血在树身写下姓名，两个时辰之内，部族的人就会赶到，把猎户救回寨子精心治疗，伤愈才回。

唯一的条件是，猎户不得透露寨子的具体位置。其实这个条件纯属多此一举，猎户被带到寨子再送回的过程，都用黑布裹眼，根本不知道路线。

更何况山民天性淳朴，就算知道路线也不会说出去。倒是寨子特有的一道美食——风猪，由猎户们带回世间，成了当地最具风味的招牌。

然而到了明朝末年，突然来了一支军队，四处砍木，逢人就杀，声称如果找不到金丝楠木，就把方圆几百里的人家屠杀干净。

有一家被神秘部族救过的猎户，为了保得全家性命，透露了一个秘密。

他在寨子养伤的时候，曾经跟随部族参加过祭祀树灵的仪式。尊为“树灵”的那棵老树，正是一棵千年金丝楠木。

官兵们按照猎户教的方法，一人假装受伤，引出部族的人带至寨子治疗。纯良的部族哪想到，这一次，他们救的，不是人，而是一群杀人不眨眼的狼！

奇怪的是，尾随部族人进到寨子的官兵们再没出现，这个神秘部族也消失得无影无踪，猎户们再也没有在生命危急的时候等到“森林之子”。

山民们上山打猎时发现泄密的猎户被竹子顶进肚子，悬挂在竹林上空死了。

自此，再无人提及“森林之子”。

如此过了几十年，山区来了一支衣着破烂、拉着数百个沉重箱子的军队。领军男子一脸戾气，面相凶恶，逢人便打听关于金丝楠木的事情。

然而时间过去太久，山民们早已不知道“森林之子”的传说。领军男子遍寻不得，仰天长叹：“想我张献忠英雄一世，顺应天命奇图崛起，难道只有短短十几年气数？”

这时，山里走出一个七八十岁的白发老人，声称知道金丝楠木的位置。

张献忠大喜过望，随老人入山。走了半个多月，老人指着前方一处山坳说道：“金丝楠木，就在那里。”

话音刚落，一截刀尖出现在老人胸前，鲜血喷溅出来。张献忠拔刀回鞘：“家父留下的奇木天命，只有我才能继承。”

老人咳了几口鲜血：“报应啊！报应。”倒地死了。

二十二

进了山坳，果然有一棵数人合抱的金丝楠木，张献忠大喜过望，取出父亲留下的奇木图，却发现树身并没有魔龙喻示，反而是“河水由北向南涌动”的图案。

正当张献忠不得其解时，金丝楠木突然探出数条枝干，刺向十多个堆放箱子的士兵，悬挂空中。无数条丝瓜藤和肉豆须从树冠中长出，把士兵紧紧包裹，隐隐能看见士兵体内的血液由树干流进金丝楠木。

张献忠大惊，正要带兵撤退，山坳两侧长出无数条树根，堵住了去路。

就在这时，山顶走下两个浑身是伤、相互搀扶的老人。

圆脸老人捂着胸口咳嗽：“还是晚了一步！”

黄衫老人甩出几根桃木钉，射入金丝楠木，隐约听见楠木发出深沉的哀嚎，堵住山坳的树根退了回去。

黄衫老人扬了扬眉毛，讶异道："居然怨气成蛊。"

"换作是谁被屠了全族，滔天怨气变成什么都不奇怪。"圆脸老人取出一枚红色药丸送入口中，煞白的脸才有了些许血色，"就像刚才的树灵化人，实在太凶煞，差点把命搭进去。"

"张献忠，你知道刚才杀的老人是谁吗？"黄衫老人高声说道，"他是你的父亲，张启元！多年前，他在深山寻木，路遇猛兽，命在旦夕。依照猎户传授的方法，呼唤树灵一族。被治愈后回到世间，画了奇木图进献朝廷。后来由邻村秀才点破此图喻示，给你取名'献忠'，应了此图天命。"

"他留下假图迷惑官兵，自己回到这里，以血祭祀，为你日夜祈福。没想到官兵还是找了过来，误打误撞杀了树灵一族，激起神木怨气，凡有杀戾、毁树者，必受反噬……"

"害得我们俩差点送了命。"圆脸老人插了一句话，"张启元早已和神木血水交融，担心你的安危，才引你来此，没想到却遭你毒手。你或许不知道，这棵金丝楠木神奇之处是能出现预言图。张启元早已从新喻示中得知，你的气数已尽，天下新势已成。明朝以火而兴，由南向北统一中国，而你以木承运，由西向东，必败！此次天下交替，是北方与河水有关的势力南下一统天下。张启元带你来的另一个目的，是想通过喻示告诉你，放下屠刀，立地成佛。"

张献忠早已丧心病狂，哪里肯信，知道两个老人身怀异术，假意跪地恳求两人指点明路。

"你已经死了。"黄衫老人摸摸鼻子，"蛊术入体，心怀暴戾者，死。"

张献忠使计不成，正要趁着两人受伤击杀，再毁掉金丝楠木破了喻示，却看到几根青草从手背钻出。他以为是眼花了，顺手拔了青草，没想到手上筋脉扯动剧痛。他痛呼一声，全身痛痒难耐，无数丛青草刺破皮肤钻出。他瞬间变成一个草人，前冲了几步，终于倒地。

密密簇簇的青草中，盛开了几多娇艳欲滴的怪花，活像一张张人脸。

"白云苍狗，生命一隙，"圆脸老人仰首望天，"如此丑陋的身体，居然也能花开万千。”

聋哑士兵们见到如此恐怖的一幕，吓得魂飞魄散。几个胆小的士兵还没等逃出山坳，就被树枝刺穿，被丝瓜藤和肉豆须包成人蛹，滋养着金丝楠木。

其余人噤若寒蝉，黄衫老人从腰间取下一个酒葫芦，示意喝下。众人哪敢不从？

米酒进肚，他们又能听到声音，也能开口说话。

“这种酒的配方，我会传授给你们。”黄衫老人从怀里掏出一份羊皮纸卷，交到带兵军官手中，“你们一生杀戮太多，入林就受到了诅咒，活着走不出去了。要想活下去，就世代居住于此。每逢初一十五，祭拜神树，直到树身出现和羊皮纸卷同样的喻示。那时必有两个人，姓月、南，把纸卷交给他们，诅咒才可化解。”

于是，士兵们在山中建寨，与当地土女结婚，生的孩子都是先天聋哑，只有喝了药酒才能恢复正常。也有少数孩子不聋不哑，走出大山，接触了外界事物，懂得了金丝楠木和宝藏的价值。在欲望的驱使下，回来窃木盗宝，却无一例外被神木杀死。

龙都讲完，茶壶已开，龙都给我们添了杯茶，取出纸卷摆在桌上。

“这是西夏文，上面写着‘晓楼残月，金陵遇水’。”

我虽然猜到这件事和那两个神秘的老人有关，却没想到中间有这么曲折的一段往事。当龙都说到“西夏文”三个字，我觉得很熟悉，好像在什么地方听说过。

月饼喝了口茶：“寨子里有他们的画像吗？”

龙都低头不语，用竹条搅动着茶壶。一股迷幻的香味飘出，月饼脸色一变：“南瓜，别喝！”

我已经喝下茶水，脑子阵阵晕眩，手脚根本没有力气，再也抬不起来……

二十三

醒来的时候，我的脑袋疼得几乎裂开，一时间懵懵懂懂不知身在何方。

突然，我回忆起昏倒前的一幕，急忙起身，脑袋撞到了悬挂在帐篷顶端的防风灯。

我居然躺在昨晚在河边扎起的帐篷里。

“月饼！”

“鬼叫什么，大清早的。”月饼在帐篷外说道。

我更拿不准到底是怎么回事，出了帐篷看到月饼就着二锅头吃方便面。

“醒了？”

“嗯。这到底怎么回事？”我回忆着昨晚发生的事情，绝对不是做梦！

“龙都在茶里下了迷药，把咱们送回来了。”

“为什么？”

“也许是不想咱们打扰他们的生活。”

我想着龙都讲述的细节：“月饼，那两个老人到底是谁？为什么每一段历史传说中都有他们俩？”

“我不知道。”月饼表情有些奇怪，“刚才，我又去了一趟山坳，尸体和财宝都不见了。树身的字也没了，就像做了场梦。”

我这才注意到埋藏张明夏的叶冢位置一片平地，走到河边向里望去。

河水清如许，鱼戏碎石间。

韩家三人的尸体，也不见了。

“或许是龙都带人收走了。”月饼往水里扔了个石子，水纹激荡，慢慢平静如初，“这样才能开始真正平静的生活。”

“月饼，如果按照龙都所说，这片森林里应该有两棵金丝楠木。咱们只见到一棵，另一棵在哪儿？”

“咱们已经见过了，”月饼盯着张明夏死去的地方，“万物有灵，皆为生命。这一点，人类真的不如他们。”

清晨的风，清凉温润，山林如玉，万物苏醒。

树木、鸟兽、鱼虫，用生命维护着自然平衡。人类探索开拓自身生命进程的同时，不断摧毁着这个世界最古老的主人，从不回报。

正如张献忠的“六言圣谕”所说——“天生万物与人，人无一物与天，鬼神明明，自思自量。”

“别纠结了！下一站，金陵！”月饼扬着羊皮卷，“咱们俩的名姓都出现在喻示里了，老天安排得还不够大啊？”

“应该回去看看第五本书的喻示，再做决定！”我难得比月饼稳当了一次，口气很是斩钉截铁。

月饼摸出手机，翻开一张照片送到我面前：“南少侠，出发前我就把第五本书上的图拍下来了。喏，和羊皮卷上的字一模一样。”

我尴尬：“你赢了！”

月饼无奈：“唉！智商是硬伤。”

我岔开话题：“月饼，你摸鼻子，真是被蛊气熏坏了嗅觉？”

“对啊，怎么了？”

“难道你扬眉毛是被蛊气熏坏了眼？”

“哦，纯属个人习惯，就图一帅。”

金丝楠木失踪之谜

2014年9月，国内著名植物学教授带领学生在西南某省原始森林进行植物类别区分判断的野外实践，九天后在某著名网站公布了“发现千年金丝楠木”的消息，引起社会各界高度重视。消息发布的第二天，教授又于该网站发致歉帖，承认判断失误，发现的古树并非金丝楠木，而是与之类似的小花楠，并附上全体队员在小花楠前的合影。

此事引起轩然大波，一时间网站论坛讨论帖多如牛毛。社会舆论纷纷指向该教授，认为其有故意隐瞒真相、私自占有楠木经济价值的嫌疑。

在众多讨论帖中，有一个帖子提出很奇怪的观点：“既然是全体队员的合影，那么照片是谁拍的？”

异闻一：

贵州省有一个充满神秘色彩的岜沙苗寨，是苗族的一个分支。

岜沙汉子镰刀剃头，祭拜古树，腰佩腰刀，肩扛火枪。宾客来临时，男子吹奏芦笙、芒筒，女子用牛角杯敬上米酒。

岜沙苗寨过着男耕女织的生活。岜沙女子绾偏髻、插木梳，黑色对襟衣有鲜艳的刺绣；岜沙汉子人手一把火药枪，出门时随身佩带。因此有“中国最后一个火枪部落”之称。

岜沙男子到了十八岁时会把头发扎成辫子绑于头顶，称为“户棍”，终生保留，四周的头发会剃光。

据说这是迄今为止中国所能见到的最古老的男性发式。

异闻二：

人脸花，贵州荔波原始森林深处，生长着一种形状酷似人脸的怪花。此花极为罕见，只盛开于入夏第二个月的农历十五。据说见到此花的人，七天内必生大病，故此当地山民对人脸花敬而远之。一旦遇到，立刻回家用米酒擦洗身体，祭拜树神，方可消灾。

第四章 冥婚

婚礼禁忌：

一、盲年（整年没有“立春”的农历年份，俗称寡妇年）不宜婚嫁；

二、新人正值“太岁年”“太岁月”“太岁日”不宜婚嫁；

三、新娘衣服忌有口袋；

四、新娘结婚当天，不宜穿旧鞋；

五、新郎上门迎娶，新娘临行前流泪不舍是好兆头（留下“水头”旺父母），过门当天切记不能流泪；

六、安床时，要把床置放正位，忌与桌子衣橱或任何物件的尖角相对；

七、参加婚宴的亲朋好友不要在婚礼现场扇扇子；

八、新郎新娘不要戴动物形象的饰物；

九、新娘进男方家门，应一步跨过门槛，或由新郎抱入新房；

十、许与柯、陈与胡、徐与涂、叶与萧、周与苏，以上姓氏者，不宜婚嫁；

十一、结婚的农历日子最好不要挑单数；

十二、孕妇不宜参加婚礼！

一

确定了目的地，我和月饼收拾着帐篷行李，边忙活边研究“晓楼残月，金陵遇水”的含义，琢磨半天也没整出个所以然。月饼上网查了金陵近期的新闻，也没发现什么端倪。

月饼本着“不打无准备之仗”的战略方针，准备进山坳再搜索些线索。韩家三人葬身河底，现在不知所终，人骨隧道又阴气森森，我心里老大不愿意。转念一想，山坳里满是金银财宝，顺手捡几个零落儿，不图发财，留着当玩件儿也不是什么坏事，万一找到什么文献手札，还能当素材写进小说，于是硬着头皮蹚过了河。

谁承想进了山坳，空空如也，哪里还有什么金丝楠木、“张献忠宝藏”？

要不是昨晚在山寨喝了大酒，到现在还是满身酒气，我们俩的脑门剃得锃亮，活脱脱的土著造型，我更相信是做了一个梦。

守着空荡荡的山坳，月饼再没言语，堆了三个土包，削了木头当墓碑，刻下韩家三人的姓名。我围着土包洒了一圈二锅头，挨个插了三根烟权当香烛。

这几年目睹了太多生死，虽然不至于麻木，大痛大悲的心情却越来越难体会。沉默了半天，追忆着和韩家三人的日常种种，我愈发觉得人生不过如是，到头来还不是黄土一抔，不免意兴阑珊。

回到营地，我靠着行李坐下点了根烟，细思龙都的讲述，有个问题始终想不通。

“月公公，为什么好人要经历九九八十一难才能成佛，而坏人只要放下屠刀就能立地成佛？”

“因为，”月饼阴着脸四十五度角仰望天空，“好人难当，坏人易做。”

远空湛蓝，云缓风轻，浓云遮日，几缕阳光汇成金线透射而出，渐渐淡成半透明的白光，终于融进天际。

我触景生情：“人生很多时间都在白云苍狗，只有一瞬间学会成长……”

“别矫情了，”月饼背起行李挥挥手，“出山吧，要下雨了。”

我本来还想趁着有感觉写个140字的微博，再发个朋友圈刷刷存在感，让月饼憋得心里没着没落，拿着手机不知道该干吗。

突然，微信提示有红包，我顺手一点，0.01元，感觉整个世界都不好了。

“我抢了五块三毛二！”月饼喜滋滋地滑动手机，“南少侠，这就是人品！”

我这才看到红包来自刚被拽进的微信群，群名是“童鞋们都来啊”。

二

群主是周博文，四川人，发了个100块钱的大红包。群里咋咋呼呼冒出一堆抢红包的大学同学，发着诸如“谢谢老板”“跪地膜拜”“陪你睡觉”的图片。还有人没抢到红包遗憾“错过了一个亿”。

我纳闷了：“博文这哥们儿上学时可是出了名的瓷公鸡，今儿怎么转性子建群发红包了？”

“这还用说，看群名就知道了，十有八九要结婚了。”月饼说着，在群里回了个笑脸。

我发了句“群主好帅”，对月饼说：“咱这不是刚毕业吗？这就结婚早了点吧？”

话音刚落，周博文又发了个红包，屏幕“唰唰”地显示一堆人抢红包。我一愣神，屏幕快戳破了也没抢到，连忙查看大家的手气，月饼居然又抢到了，还是个“手气最佳”。我那个别扭劲儿无法形容，发了三个哭脸。

“本人周博文定于农历十一月初七与苏佳妍女士举行婚礼，希望同学们届时莅临参加。”

顿时，群里一片祝福声，三块五块的红包冒出不少，就是没人提参加婚礼这事儿。周博文估计也挂不住脸，来了句“不强求哈，就是童鞋们凑一起叙叙旧”。

众人抢着红包为博文的大度点赞，“工作忙”“下个月有事儿”“在国外回不去”“不巧正好有同事结婚”的理由接踵而出，上演了一出“人海众生相”。

我手忙脚乱抢着红包："月公公，你丫神算啊！咱去不？"

月饼有些犹豫："远倒是不远……"

光看昵称不知道谁是谁，有个叫"剑南春哥"的哥们叫我，酸溜溜来了句："南晓楼，你都当上大作家了，钱赚了不少吧？天南地北采风，肯定有时间封个大红包咯。"

我半真半假回道："贱人！"

"别不是和月无华忙着在一起没时间来？嘿嘿……"

众人起哄："好基友，一被子！"反倒是把周博文结婚这事儿晾一边儿了。

"去！不差这几天！"月饼狠狠抽了口烟，"南瓜，进城置几身行头，整精神点儿！"

我斩钉截铁："中！再买点葛根备着解酒。那个剑南春哥但凡敢去，小爷非把他喝得'宁伤身体，不伤感情'！"

月饼瞅瞅我，欲言又止。

我肚子里窝着火："有话就说，有屁就放！"

月饼摸着脑袋："要不要买两个假发带着？"

三

周博文是四川贡城人（我和月饼的经历太过惊世骇俗，通常我都会把地名做隐晦处理，避免造成不必要的影响）。贡城号称"恐龙之乡"，又称"千年盐都"，自东汉章帝时就生产井盐，北周武帝因盐置县，在历史中是中国最富庶的城市之一，也是抗日战争时期全国捐款额度最高的城市。

我和月饼上大学时天南地北四处跑，和周博文虽是同班，交集不多。印象中周博文白白瘦瘦，一米七出头的个子，平日少言寡语，基本就是教室、食堂、宿舍三点一线，大酒都没喝过一次。

俗话说"不蒸馒头争口气"，我和月饼馒头虽然不会蒸，但是气还是要争几口。出山理了个发，买了身牌子货，气势汹汹直接杀向贡城。

一路无话，赶到时正是结婚当天上午。导航到周博文的酒店地址，已是人头攒动，热闹非凡。彩筒、鞭炮、礼炮摆放整齐，就等新郎新娘来了喷花放鞭点炮。

我和月饼下了车，刚走出停车场，酒店里跑出一群同学。

“我就说吧，”大夯挪着二百多斤的满身肥膘走在最前面，“南瓜月饼，焦不离孟，孟不离焦，肯定一水儿来。”

同学们“哈哈”笑着，七嘴八舌。

“你们别不是真在一起了？连发型都是情侣型。”

“这房车一百多万吧？南瓜买的还是月饼送的？”

“要是出柜了，群里说一声，发个大红包庆祝庆祝。”

“月无华，你可是我们女生的男神，宁直不弯呀。”

大夯冲上来对我就是一拳：“没想到我就是剑南春哥吧？你们俩我太了解了，不下猛药不治病，不放狠话不冒头。”

“敢情你们都私下商量好了啊？”我挠着刚理的锅盖头，听着同学们嘻嘻哈哈的玩笑，突然发现好久没有过正常人的生活了。

月饼还是一副高冷模样，远远站着抽烟不说话，眼睛里却满是笑意。

“走，咱们先入席！”大夯招呼着同学们，“今儿好好喝一顿，等博文来了再可劲儿闹闹新娘。”

“大夯，”月饼摸出两个红包，“我们俩还有事，临时赶来，份子钱随上，酒就不喝了。”

大夯指着胸前的迎宾胸花：“月无华，既然来了，喝不醉就想撤？门儿都没有！”

月饼也来了兴致：“行！那就听你的。”

四

就这么说说笑笑进了酒店，初冬季节，天不太冷，中央空调暖风开得挺高，进屋我就冒了一头汗。整个大厅一百多张桌子，宾客们坐了大半，嗑着瓜子喝着茶，还有两桌拿着扇子扇风，等着婚礼开始。

更尴尬的是，我这精挑细选的一身行头，居然和司仪撞了衫。

我臊了个满脸通红，故意岔开话题："月饼，看不出博文家挺有钱，大场面啊。"

大夯听见了，撇撇嘴满脸羡慕："解放前，博文家世代盐商，这点事儿那都不叫事儿。"

我眼前一黑，上学时我还以为博文家境困难，平时多少帮些忙，真是"郭靖遇到小叫花，不知黄蓉有座桃花岛"。

月饼忽然顿住脚，四处打量着："南瓜，陪我上个厕所。"

"这事儿还要俩人一起去？"大夯指着门厅右边，"右转到头。"

我心说"你丫啥事儿都找个伴"，老大不情愿跟了上去。

月饼压低嗓音："南瓜，我觉得不对劲。"

我不由得觉得好笑："你丫别疑神疑鬼，同学结婚而已。"

"今年是盲年，日子是单数，博文正犯太岁，周、苏姓不通婚，"月饼扬扬眉毛，"还有两桌人扇扇子，结婚禁忌犯了不少。"

这些禁忌说起来还有个讲究。

民间以无"立春"为"盲年"，指的是立春之后才过农历新年的年份。之所以有"盲年不结婚"的说法，是因为民间有"婚年无春，鳏寡离分"的说法。至于日子选单数，原因是单数日结婚会"孤一人"。

犯太岁也就是本命年，与喜事犯冲，结婚会有血煞之灾，不过这也要配合生肖。属相的相刑有三刑，分为子鼠、卯兔相刑，为无礼之刑；寅虎、巳蛇、申猴相刑，为恃势之刑；丑牛、未羊、戌狗相刑，为无恩之刑。

具体到婚配，简单来说就是这几种属相的人，不适合在一起，否则会祸起萧墙。只要避开这几种属相，太岁年结婚倒也没什么大碍。

至于周、苏不通婚，源自于民间"许与柯、陈与胡、徐与涂、叶与萧、周与苏"不得联姻的禁忌。若触犯了这一禁忌，会"生歹子"。这和古人在婚配观念中畏惧"不藩""灾乱""不殖""不伦"是一个意思。具体原因千说百论，最值得信服的说法是这几个姓同宗同族，触了"同宗族不婚配"的大忌。鄂伦春族也有"关魏葛""吴孟"不通婚的禁忌。

在婚礼现场扇扇子，是民俗里"扇为散"的说法，不是个好彩头。

我琢磨了一下，觉得事情虽然巧合，倒也不是什么大事。有些禁忌虽然值得注意，不过只要“人正气全”，哪里来的那么多霉头?

“月饼，回头咱们去博文家闹洞房，在枕头底下压点儿小玩意去去晦气。”我看出来月饼没心思上什么厕所，“改改风水也就是几秒钟的事。”

月饼眯眼看着进酒店的宾客：“我还是觉得哪里出了问题，一会儿你看看桌子摆设。”

我点头答应，正要回大厅，酒店门口传来吵闹声。

“格老子，红包都给咯！堂客肚里有娃，就不能进去嗦?”

转头一看，一个二十六七的男子扶着大肚子孕妇嚷嚷着为什么不让进去。大夯满头大汗解释，孕妇参加婚礼是忌讳，不但妨了新人，对肚子里的娃也不太好。

大厅里走出一人，远看和周博文神貌相似，跟大夯低语几句，让夫妇进了婚宴。

我和月饼看到那人手腕的一样东西，对视一眼，心里有数了。

五

进了大厅，月饼直接去了同学席。同学们拿着手机正互相扫描微信二维码，招呼月饼加个好友。月饼摸出手机搁桌上让他们扫着，远远冲我使了个眼色。

我点了点头，装作四处看景儿，绕着大厅走了一圈，演算着四相、五行、八卦方位。

通常来说，懂点门道讲究老规矩的家庭，会在婚礼现场根据风水走向布置酒桌，讨个好彩头。最常见的是“双鱼合拢”（新人双方父母分居宴会最前方左右相邻，取意“和睦相处”）、“百鸟朝凤”（新人席居于中央，象征“八方来贺”）、“木秀于林”（新人席突兀于宴席最前方，寓意“尊贵显著”）三种布置方法。

大厅人声嘈杂，空调暖风开得猛，温度极高。我一圈走了下来，尤其是路过那两桌扇扇子的宾客，脑子乱哄哄有些晕眩，胸口憋得喘不过气，心里却越来越糊涂：婚宴怎么会这样布置?

我对月饼打了个手势，回到酒店门口。放行孕妇的那个人，胸口挂着“亲友”胸花，正站在门口石狮子旁张罗事情。我又瞥了一眼他的手腕，右眼皮“突突”跳了几下，不由自主地恐惧起来。

那个人见我站在门口，满脸堆笑说了句川普：“你是博文同学？有啥子事情哟？”

我不想和他多说，摇摇头示意没事儿，站在一边闷头抽烟。正好又来了几个宾客，他忙不迭地招呼客人，对我也没有太在意。趁着空当，我仔细看了看，除了手腕上那个东西愈发刺眼，他的言谈举止并没什么异常。

“叔，正找你呢。酒水那边您去催催，眼看人坐满了，酒水还没摆齐全。”大夯满头大汗从大厅跑出来，“南晓楼，这是博文的亲叔，周一和。”

周一和天生一副笑模样，笑眯眯扔了句“刚才就认识了”，从兜里摸出婚礼流程单，进酒店打电话联系负责酒水的人。

“里面太热了。”大夯扑扇着衣服透风，“对了，你还不赶紧进去！几个女同学可说了，你要再这么摆谱不亲民，当心粉转黑。”

大夯是我和月饼的高中同学，吊儿郎当不怎么学习，没想到居然和我们考进了同一所大学。遇事极热心，只要同学有事儿，就少不了他。

胖人多汗，他这么呼扇着风，汗臭味熏得我很不得劲。我捂着鼻子：“大夯，这才毕业小半年，你怎么胖成这样了？”

“心宽体胖，喝凉水都长肉。”大夯急匆匆又进了酒店，“我先忙着，等客人到齐了再聊。”

我哪还有心思叙旧聊天，随便应付了几句。正好月饼从酒店出来，拍着我肩膀直奔停车场：“上车。”

我叹了口气暗自琢磨。博文婚礼犯了这么多禁忌原本以为是巧合，可是周一和手腕那个东西露出来，就没有巧合一说了。真是流年不利，参加同学婚礼都不消停，逮着空儿真该去寺庙烧香拜佛了。

进了车，月饼在休息舱翻着背包，桃木钉、军刀往腰里别着，又掏出几张黄表纸塞进口袋，嘴里也没闲着：“糯米还有吗？”

我想了想：“来的路上熬粥了。”

月饼顿了几秒钟："你拿什么熬粥不好？偏要用糯米！这玩意儿关键时刻能救命。"

我差点背过气儿去："月无华，是谁要喝糯米蛋花汤补补元气来着？"

月饼把背包往角落一扔："我也没让你全用了！真败家！"

我虽然明白月饼为什么这么着急，不过被他噎得不想说话，索性坐副驾驶座听歌散心。

估计月饼也觉得话说重了，故意岔开话题："那两桌扇扇子的人，是女方亲友。"

"我看到桌上摆的宾牌了。"

"大厅这么热，他们捂得严严实实，一点汗没有出。"

"我眼不瞎。"

"周一和手腕纹着62188的数字刺青。"

"这还用你提醒。"

月饼碰了我的几个软钉子，憋了几秒钟，又说："南瓜，这里面一定有什么联系。酒宴摆设有问题吗？你对这方面比较在行，我不太懂。"

月饼都这么说了，我再装聋作哑就不太合适了："死门在女方亲友席，生门在男方亲友席，同学席在白虎位……"

"说人话！"

我从餐桌拿了三个瓶盖按照位置摆放，解释着推演结果。

同学席正好布置在右侧小型舞台上，紧挨女方席。白虎位忌高，这有个说法，叫"白虎侵堂"或"白虎抬头"。这种格局，古法上称为鳏寡局，紧挨白虎位的住户，夫妻易离异，单身男女事业出色但感情不利。

酒店里一共一百二十八桌酒席，按照正反两个八卦摆设，阴阳互抵，女死男生。这应该是家中有已婚女子去世，举办白事丧宴时为了消除男子煞气的"阴聚成阳"才有的格局，出现在喜宴根本不合常理。

六

月饼听我口干舌燥讲了半天，托着下巴分析着："博文家看样子挺有钱，会不会是有人做局？周一和的刺青肯定和图书馆有关。记得老馆长说过，每一代异徒行者都会发展自己的组织势力，也许他曾经是老馆长的手下。”

月饼分析得虽然有道理，但是有一个漏洞：我和月饼佩戴着象征身份的饰品，周一和不可能没看见，更不可能没有任何反应。

经历了这么多事情，目睹了那么多人死去，我实在不愿承认大学同学的家族会和异徒行者扯上关系。

“我觉得这都是巧合。”我找了个自己都不相信的借口。

月饼像是没听见我说了什么，狠狠捶着手：“南瓜，如果真是这样，我们很有可能……”

月饼话没说完，车外鞭炮齐鸣，礼炮冒着青烟“砰砰”作响。唢呐手、喇叭手、鼓手、梆子手吹奏着“百鸟朝凤”，八个轿夫身着喜庆红衣，腰杆笔直，步伐统一。领轿一声吆喝，轿夫们抬着花轿停在酒店门口。

“月饼，有一点儿你说对了。博文家确实有钱，中式婚礼花钱可不是小数。单是这八个轿夫可比八辆奔驰宝马贵不少。”

周博文比大学时瘦了不少，胸挂红花跟在轿子右侧，乌黑的眼圈透着疲惫，脚步虚浮无力，每走一步都要剧烈地喘气。

领轿手一扬，中气十足喊道：“落轿——”

周博文用秤杆挑开轿帘，新娘苏佳妍头顶凤冠，搭着伴娘胳膊下了轿，艳红的中式婚礼服下面，是一双红色的绣花旧鞋。

等候多时的人们拧开彩筒，五颜六色的彩条喷出，闪烁着阳光飘落在伴郎伴娘身上，却没有一片落向周博文和苏佳妍。喜婆往人群中撒着糖，孩子们乱作一团捡糖，欢声笑语，没有人注意到这个异常现象，都为别开生面的中式传统婚礼拍掌叫好。

“如果说爱情是美丽的鲜花，那么婚姻则是甜蜜的果实；如果说爱情是初春的小雨，那么婚姻便是雨后灿烂的阳光。在这样一个美妙的季节里，一对真心相恋的爱人，从相识、相知，到相恋，走过了一段浪漫的爱的旅程……”

司仪浑厚的声音煽动着现场情绪，掌声雷动，《婚礼进行曲》响起，周博文和苏佳妍携手并立，缓缓走进大厅。

“好的，亲爱的朋友们，此时此刻，我想所有的嘉宾和我的心情都是一样的，都是怀揣着一颗万般激动的心，等待着新郎和新娘的出现，下面就让所有的目光都聚焦在幸福之门，并且以最热烈的掌声有请二位新人步入这神圣的婚礼殿堂！”

司仪嗓音高亢，把热烈气氛烘托到极致。而我身体冰冷，目光始终停留着那双绣花鞋的残影，有两个字在嘴里滚来滚去，就是不敢说出。

突然，新娘停住脚步，飞快地回过头，向我们这个方向看了过来。盖头扬起、落下的瞬间，我看到半张下巴极尖、肤色苍白、隐隐泛着青气的脸，修长的脖子扑着厚粉，一层细细密密鳞片状的青纹若隐若现。

“月饼，新……新娘，是蛇！”我的手一哆嗦，汗毛奓起，“这是异婚！”

世界各地保留着原始风俗的部落，有许多怪异的奇风异俗，最为奇特的当属“异婚”，即“人兽通婚”。

据说孩子生下来后，第一声如果是啼哭，说明已经忘记了前生，今生不再受到前生记忆的羁绊；第一声是笑声，说明仍保留着前生的记忆，需要在天灵盖闭合前的三年时间内，通过“叫魂”“收魄”这些方法聚住今生的体气，忘记前生；如果第一声类似于动物的叫声，并且出生时嘴里就长着牙齿，要根据叫声和牙齿的形状，选择相对应的动物进行婚配，保一生平安。

月饼在印度游历时，曾经亲身经历过“人狗婚配”的奇事。中国自古以来，异婚传闻极多，最著名的当属发生在江南的“人蛇恋”，后经世人口口相传，演化成一段凄绝美绝的旷世奇恋。

“化兽成人的技法，早在唐代就失传了。”月饼摸了摸鼻子，“苏佳妍脖子的青纹，不是蛇鳞，是尸斑。”

我僵住了。

“阴聚成阳，新婚旧鞋，周、苏不伦，亲朋挥扇，喜轿尸女，这是什么？”

我轻轻说出两个字：“冥婚！”

“难怪今天不冷，空调却开那么高的温度。是为了让宾客出汗，用汗臭掩饰尸臭，”月饼活动着肩膀，嘴角扬着一丝笑，“苏佳妍的亲人，虽然都穿得很严实，还是多少露出些尸斑。看来又有的忙了。”

七

“月饼，四川人怎么这么爱打麻将？这都打了小半夜了。”我趴在草窝里，举着望远镜瞅着灯火通明的别墅，“咱从中午等到现在，一口饭没吃。不吃饱了怎么有力气降妖除魔？”

中午，月饼给大夯打了个电话，找了个“临时有事先走”的借口，把房车开到贡城的百盛购物广场，拦辆出租车提前赶到周博文的新房，居然是两座山连绵交接处的一栋私家别墅。从走势格局看，两山中间拱而首尾落，浑似两条欲飞之龙。别墅正处于双龙首环聚的“气眼”，占尽大好气势，肯定请高人看过。

我看了看周围，没有什么“阴煞反冲”的格局，就寻了处僻静地儿守株待兔。一直等到天擦黑，宾客才喝得七荤八素回来，摆桌开始“血战到底”。

此时周博文和苏佳妍正招呼着打麻将的亲朋好友，大夯忙里忙外端茶送水，博文父母不停脚地送着客人，正常得不能再正常。要不是苏佳妍和家人身上的尸斑，我真觉得这次是瞎忙活。

“月饼，有个事儿说不通。再牛的赶尸术，也不可能把死人整得和活人没什么两样。我听说中原山区有种婚俗，男女两家身穿丧服，哭哭啼啼，婚礼时还要请艺人专门表演各种死法，表示着所有磨难都在婚礼前结束，夫妻俩能好好过日子。说不准这里也有这种风俗？”

“尸臭味怎么解释？何况……”月饼摸出手机，手指滑动了一会儿，把手机放回兜里，“我学蛊的时候，曾经听说四川有一种比赶尸术还要厉害的控尸术。你忘记1995年发生的那件事了？”

我一时没反应过来，愣了一会儿才想起月饼说的“那件事”，冒了一身白毛汗。据传，1995年，四川曾经发生一起异常恐怖的怪事，不过肯定不会有任何报道，但是民间传闻却绘声绘色，更有人在网上发帖，表示亲身经历过这件事。

月饼又拿出手机看了看。我联系着月饼说的话，心里一动："用手机的指南针确定阴气磁场？指针乱了没？我怎么就没想到！"

"哦。本来准备看时间，结果看了圈新闻、微博、微信，把这茬儿忘了个干净。"月饼一本正经说道，"只好再看一遍。"

我眼前一黑，顿时明白了"我欲将心向明月，奈何明月照沟渠"这句话的深刻含义。

"还有7分钟就11点了。"月饼眯着眼点了根烟，"阳婚取午时冥婚走子时。你没发现吗？周一和再没有出现，新娘的亲人却来到新郎家，很不正常。"

就在这时，我听到一种奇怪的声音。既像是有人呜呜咽咽地哭泣，又像是鼻音发出的"嗡嗡"声，细听更像是山风穿林，树叶摩擦的"沙沙"声音。

我顺声回头望去，差点惊叫出来！

八

月光下，一群身穿麻衣，脸上贴着黄符的人正僵直着身体穿梭林间。周一和斜挎褡裢，戴着黑色高帽，黑衣上面画着黄色的符号，脸上涂着白色的粉，嘴唇和眼睛抹得血红，一手撒着圆形纸钱，一手举着碧绿火苗的蜡烛，走在人群后面，沙哑着嗓子念着："天地阴门开，午休子醒来。万鬼土中出，尸者留尘埃。"

每念完一次，那些人就发出"呃……呃……"的喉音，摇晃着前行几步。

这种气氛太过诡异，我使劲咽了口吐沫，下意识地往草丛里缩了缩。月饼拍着我的肩膀："南瓜，不要出声。"

那只手像把铁爪子，冰冷枯瘦，抠得肌肉生疼。这不是月饼的手！

我侧头瞄了一眼，只见肩头搭着一只皮肉腐烂，爬满米粒大小白虫的乌黑色的手骨。

“千万别动！回头小心！”月饼的声音从未这么紧张。

我魂儿都快吓没了，使劲拧着脖子，都能听到脖颈发出酸涩的“咯咯”声。转过头，一张烂肉湿泥掺和的人脸正从草丛里冒出，张嘴“呃……呃……”叫着，嘴里爬满蚂蚁、蚯蚓，浓郁的尸臭喷出，熏得我眼睛痛。

“憋气，当心诈尸。”月饼捂住鼻子，单手扣着桃木钉，注视着赶尸的周一和。

我憋着气，眼睁睁地被尸体摁着肩膀，看它从地里一点点爬了出来。残破的肋骨夹着几丝草根，早已腐烂的腹部聚着一窝攒动的尸虫。

周一和不断重复着那句话，这具腐尸晃到他身边。周一和从褡裢里取出一件麻衣，将一张黄符贴在腐尸额头：“回家吧。”

短短几分钟，我感觉却有几世纪那么漫长。周一和领着尸群走出林子，向别墅走去，我这才松了口气。

月饼揪掉眉毛上的一只尸虫：“这是五鬼搬财术？”

所谓“五鬼搬财术”，指的是民间传说中运财的一种秘术。五鬼其实是瘟神，分别为春瘟张元伯、夏瘟刘元达、秋瘟赵公明、冬瘟钟士贵和总管中瘟史文业。施术人用符咒驱动五鬼运财，将别人家的财运到自己家。

还有一种是用五牲（鸡鸭鱼肉蛋）施展的五鬼搬运术，具体方法更是伤阴德损气运，和眼下的情况根本不沾边。

我还没来得及科普，月饼丢给我一块绿色的饼子：“吃掉，蝙蝠胎做的‘声蛊’，提高听觉。快看别墅！”

时间紧迫，我咬牙咽了进去，准备囫囵吞进肚子。结果饼子太大，只好胡乱嚼了几口，没想到有点牛肉干的滋味，有咬劲儿，口感还不错。

“我按照腊牛肉的食谱加了几种调料，”月饼扬扬眉毛，“简单改良了一下。”

“业界良心。”我话音刚落，就被自己巨大的声音吓了一跳。听觉瞬间敏锐起来，甚至连虫豸在草上爬行、露珠滴落声都清晰可闻，只是肚子饿得声如巨雷略有些煞风景。

九

我举起望远镜看向别墅。这么一会儿工夫，门口摆了一口棺材，竖着两个长舌头纸人，挑起四盏白灯笼。宾客们呆坐在麻将桌旁，麻将早已不见，摆满香烛、纸元宝、竖插筷子的白饭。

客厅正中央，新人的结婚照挂着黑纱，桌上端正放着祭品和牌位。

一人抓着一只黑毛公鸡来到门口，一刀剁下鸡头，鸡血喷在棺材上。此时周一和已经领着尸群靠近别墅，高声吆喝着："百鬼来贺，婚宴开始。"

"哪哪哪"，三声梆子响，哀乐起奏，周博文和苏佳妍身穿白色丧服，从楼梯走下。

杀鸡的那人嗓音悲凄："生不能同床，死亦要同穴。"

夫妻俩重重跪倒，"砰砰"磕着响头。起身时，额头已经磕烂，却没有鲜血流出，反倒是淌着淡黄色脓液。

那人似乎是周博文的父亲，他淌出两行泪："生不能尽孝，死亦要安老。"

夫妻俩再次跪倒，重复着同样的动作。两家亲人低着头默不作声，有人开始微微啜泣。宾客们像是掉了魂，对眼前的诡异婚礼视而不见，咧嘴傻笑着轻轻拍掌。

哀乐声声，这个场景更是让人不忍再看。

"生不能相思，死亦要携手。"

当博文父亲说出第三句话的时候，苏佳妍的母亲微微张嘴，哀号一声，疯了般扑向苏佳妍："妍儿，妈妈对不起你！"

这一声如同丢进平静湖面的石头，亲人们拉扯着佳妍母亲，再也忍不住痛哭，眼泪滑过面颊，冲掉了脖颈处的青色斑痕。

"亲家母，咱们都有错。"博文父亲瞬间老了数岁，佝偻着脊梁，"阳婚很好，冥婚也没掉场面。万鬼朝贺，他们在那边也能安心了。"

佳妍母亲哪里听得进去，披散着头发撕打着佳妍父亲："你这个天杀的，还我孩子！还我孩子！"

一时间，场面乱作一团。周博文和苏佳妍呆立着，灰色的眼睛里映着这个世界发生的悲欢离合。

“人死不能复生。”周一和走进别墅，嗓音中透着一种催眠式的魔力，“好好送他们一程吧。”

说也奇怪，周一和话音刚落，原本情绪激动的人们恢复了平静，坐回了座位。

“鬼起轿，入洞房！”周一和对门口喊着，“阴世欢，来生缘。”

四具行尸抬起棺材走进客厅，周一和推开棺盖，对着夫妻俩的后脑轻轻一拍：“走吧。”

忽然，周博文和苏佳妍互相看了一眼，浑浊的眼中闪烁着一丝喜悦，两只苍白的手摸索着，终于握在一起，并排跨入棺材，拥抱依偎着躺下。

那一刻，我看到，夫妻俩笑了！

“礼成，入洞房！”

行尸抬着棺材上了楼，不多时，二楼最大的房间亮起忽忽闪闪的烛光。

“谢宾客，用膳！”

呆立的宾客们拔掉插在白饭里的筷子，往嘴里塞着米粒，呆滞地咀嚼着。

我心口像是压着一块石头，却又有种异常空虚的感觉。

“月饼，博文死了？”

月饼擦了擦眼角：“他们活得很好，不管是在哪个世界。”

“他们……”我不知道该说什么。

周一和走出别墅，对我们遥遥招手：“博文的同学，过来吧。”

十

“走吧。”月饼耸耸肩钻出草丛，“他用阴气控尸，自然能感应到咱们的阳气。要有问题早就出事了，应该没危险。”

我心里七上八下的，硬着头皮往别墅走去，穿过门口尸群的时候，很有些僵尸片拍摄现场的即视感。

佳妍父亲手里不停把玩着一块造型奇异的骨头。我仔细看着，那块骨头油光水滑，白中泛青，既不像人骨也不是动物骸骨。

周一和还是那副笑模样，只不过配上这身装扮，很有些笑面鬼的感觉：“这是我的哥哥，博文的父亲，周一平。”

周一平“哼”了一声，双手大拇指半蜷着摆出个拱形：“博文冥婚，想来你们都看到了。”

我隐隐觉得这个手势很熟悉，似乎在哪本书里见到过介绍。气氛有些微妙，我来不及多想，寻思着如果回错话，这些人很有可能立马动手，只好点点头静观其变。

“恭贺新禧，节哀顺变。”月饼摸摸鼻子。

我差点一口老血喷月饼满脸，心说月无华你是智商低还是情商低，有这么说话的吗？

果然，周一平森森地盯着月饼足有十多秒钟，脸色阴晴变幻。我琢磨着要坏事儿，身体绷紧提前做好玩命准备。

没想到周一平长叹口气：“异徒行者？周、苏两家躲了这么多年，还是让你们找到了。”

这句话信息量极大，周一和文着“62188”这串数字，我们佩戴着异徒行者的首饰，他们识破我们的身份不奇怪。最蹊跷的还是后面一句话，周苏两家与异徒行者之间似乎存在着类似“猫鼠游戏”的关联。

苏佳妍父亲狠狠捏着那块骨头，指节用力过度泛着青白色：“周哥，是福不是祸，是祸躲不过。孩子没了，咱们还有什么顾虑？拼了吧！”

周一平摇头说道：“秋材，咱们不是异徒行者的对手。”

苏秋材拳头攥得“咯咯”直响，目露凶光，却掩不住眼睛深处的恐惧。

月饼左手拇指弯曲点动，右手中指食指摆出采摘形状：“盐帮和药帮，自古势不两立，居然结为冥亲家，也是一桩奇事。”

盐帮自汉朝起就兴起于江淮流域，一般的贩运路线分南北和东西两线。南北线是运河北上至漠北；东西线沿长江直到西北青藏地区。历朝历代盐业官营，控制极严，概因私盐利润极高，盐帮又多是草莽之徒，常年受官府镇压，逢天下动荡必率先起义。

历史上，南北线最有名的盐帮头子是隋末程咬金；东西线则以元末盐枭张士诚“十八条扁担起义”最为有名。

至于药帮，更是一个神秘的帮派。图书馆里有一本隋唐药王孙思邈所著的孤本《药本经》，对药帮进行了详细描述。

“蜀南，产龙骨，研磨成粉，沸汤冲服，治百病，众皆称奇。采骨者自成一派，昼伏夜出，或曰此为阴人，是为阴帮。”

阴帮就是药帮。自古以来，中国民间就认为恐龙骨是龙的骨骸，服用可除百病。龙骨售价极高，发展至明朝中叶，有“一钱龙骨一两金”的说法，并逐渐形成了寻找龙骨的组织。这个组织行事神秘，据说多以摸金、搬山、望堪后人组成，有些见不得光的祖传手艺，世人称其为“阴帮”，后来估计是觉得这个名字晦气，改成了“药帮”。

盐帮和药帮势不两立的原因，说来好笑。贡城产井盐，又产恐龙骨，这两样东西都是地下刨出来的好玩意儿。而且盐帮始终认为药帮采龙骨有悖天理，断了当地龙气；药帮却认定井盐是龙腾之水的产物，盐帮理应给药帮分钱。

“公说公有理，婆说婆有理”，说白了两个帮派就是为了争夺地盘。历朝为了限制两帮势力，也就“睁一眼闭一眼”，还暗中挑唆激起彼此矛盾，坐享其成。清朝乾隆年间著名的“贡城民间暴斗”，正是源自于此。经此一役，两帮精英尽失，元气大损，由明争转为暗斗。

我暗骂自己脑子不转筋，怎么就忘记了贡城号称“千年盐都”，又是“恐龙之乡”，自古就是东西线盐帮大本营。

周家靠盐发家，自然和盐帮脱离不了干系。周一平刚才摆出的手势，是盐帮见面独有的接头暗号；苏佳妍父亲手里的骨头，应该是传说中药帮龙头世代相传的“神龙骨”。

“如果他们是来找咱们，早在白天婚礼就动手了。”周一和敛起笑容，“魇族天数如此，也该现世报了。”

月饼扬扬眉毛，面色动容：“你说什么？”

我如同兜头泼了一盆冷水，全身刺凉：“魇族不是早在春秋时期就全军覆没在昆仑山了吗？”

周一平与苏秋材互看一眼，微微点头，似乎是做出了某种决定。

“请先进屋，”周一和侧身让出大门，“我把这些贺婚行尸驱回后再详谈。”

十一

进了别墅，宾客们依旧呆坐，甚至连周、苏两家的亲人也进入了一种奇妙的痴幻状态。大夯更是嘴流涎水，斜靠在椅子上，眼睛直勾勾地盯着天花板，半张的嘴里还有没有咽进肚子的米饭。

这种气氛太诡谲，我留心观察他，阳白、膻中、气舍这些穴道并没有刺入银针。月饼更是心大，直接凑着鼻子闻满桌饭菜的味道。

“白饭插双筷，坟头两炷香，再配上阴木烧成的灰兑酒喝下，就是这个样子了。”周一平解释道，“魇族秘术之一，实在有违天和。如果不是为了博文和佳妍的冥婚，绝不会使用。”

“哼！”苏秋材虽然冷哼，却红着眼圈望着楼梯，嘴角微微抽搐。

周一平苦笑着：“秋材，生死有命，强求不得。”

屋外响起几声沙哑的喉音，行尸沉重的脚步声逐渐远去，周一和回来时眼眶乌青，显得很疲惫：“久等了，请跟我们上楼。”

进了二楼会客厅，三人没什么防备，任由我们满屋参观。整间屋子摆着各式红木家具，透着淡淡木香，南边木架端放一个完整的恐龙头骨，看形状应该是鸭嘴龙。月饼挺感兴趣。

我发现博古架摆着几块造型独特的结晶盐，最中间的盐块里面好像有什么东西。凑近一看，半透明的盐块泛着蓝光，盐体中结满丝絮，包裹着一颗血红的人眼！

忽然，那颗眼睛骨碌转动瞳孔，向我这边看了过来。

我下意识退了两步，目光却像是被磁石吸引的铁块，怎么也摆脱不了那只眼。一瞬间，脑子里突然涌进无数不属于自己的片段式画面。

沙漠、大海、密林、闹市、古战争场景、阴森的坟墓、忽明忽暗的鬼火，还有熟悉的声音：“你快跑！别管我！”

周一和用红布蒙住盐块，画面突然全部消失，我的脑子像是吹爆的气球，空荡荡地非常难受。视线由虚幻转为现实，一时间分不清自己到底是谁，在什么地方。

月饼并不知道我经历了什么，见我面色不对，问道："南瓜，怎么了？"

我使劲喘了几口气，才使心跳慢慢平复，又解释不通刚才出现的异状，摆摆手示意没事。

周一和指指我，又指指月饼："他是异徒，你是行者？"

还没等我们回答，周一平问道："秋材，给他们看那张照片？"

苏秋材把龙骨放到博古架，对着鸭嘴龙头拜了三拜："既然确定了，还有什么不能看的？"

周一和从抽屉里取出一个红皮笔记本，翻了几页拿出一张泛黄的黑白老照片放到桌上。

一望无垠的沙漠，几顶军用帐篷，一群身穿20世纪七八十年代衣服的年轻人并排站着。队伍中间是年轻时的老馆长和手拿帽子、戴着深色眼镜、三七分头的男子。最右边那两个人，分明是周一平和苏秋材。

我"啊"了一声！

我和月饼在古城郊区仿照图书馆设计的房子里见过类似的照片，唯一不同的是那张照片里只有老馆长和男子。

周一和说道："这张照片，是我照的。"

以下是我根据周一和讲述做的整理——

十二

1980年，秋，罗布泊。

黄沙延伸至天穹，黄蓝交汇尽头，沙丘连绵起伏，闪烁着太阳光辉，如同一座座黄金铸成的山丘，吸引着探索者们走向死亡，化成风沙吹过，残留在砂砾中的累累枯骨。

骆驼头骨半掩埋在黄沙中，眼眶里钻出一只土灰色蜥蜴，飞快地爬上枯死的红柳，舔舐着树枝上最后一滴露水。

身材壮硕的汉子抓住蜥蜴，拽断脑袋，手掌紧攥，仰脖把血和内脏挤进嘴里，“咕叽咕叽”嚼着。直到蜥蜴挤成肉皮，壮汉意犹未尽地咂巴着嘴：“丽君，要不要来点，这可是好玩意儿。”

张丽君皱着眉头：“唐德忠，如果不是寻找那东西，我这辈子不会认识你这种人。”

唐德忠把肉皮一截截撕扯吞咽，色眯眯地打量着张丽君凹凸有致的身材：“文族有什么了不起？装什么清高。老子饿极了先吃了你！”

“住嘴！”宋爱国合上地图，“这次行动，最重要的是团结！只有团结一心，才能克服万难。”

“少来书本上的那一套！”唐德忠用力拍着肚子，“老子才不在乎什么鬼任务，要不是为了宝藏，老子能扔了有酒有肉有娘们儿的日子，到这鸟不下蛋的地方？啊……”

唐德忠一声惨叫，手忙脚乱地脱掉上衣，拽掉趴在胸口吸血的蜈蚣，狠狠踩了几脚，不解恨地吐了口浓痰，被滚烫的沙子烤成恶臭白烟。

“医族会怕蜈蚣？”远远站着的瘦削年轻人冷笑着，“把它吃下去。”

唐德忠似乎很忌惮年轻人，脸腮的横肉不自觉地抽动：“明博，医族蛊族自古不分家，咱们好好处。”

“谁他妈的和你是一家？”明博剔弄着指甲里的沙子，“你不吃，中了蛊可怨不得我。”

唐德忠眼中凶光一闪而逝，随即堆着笑脸，捡起稀烂的蜈蚣丢进嘴里：“听人劝吃饱饭，蜈蚣壮阳。”

“恶心！”张丽君啐了一口。

明博围着红柳绕了一圈，盘腿坐在树影中，从包里取出一个镌刻着恶鬼图案的木制小炉，掀开炉盖，放了块黑乎乎的木头进去。不多时，一股腥膻味的绿烟在炉顶聚成鬼脸形状，明博快速念着奇怪的音节，双手做出火焰形状举过头顶。

绿烟缓缓落下渗进沙里，平坦的黄沙鼓起四五个拳头大小的沙包，顶端像喷泉翻涌着沙子，钻出一只只蜈蚣、蝎子，拇指大小的红蚂蚁，顺着绿烟钻进木炉。

木炉突然剧烈震荡，细细密密的撕扯声、咀嚼声让人牙酸。黏稠的血浆从炉壁的椭圆形洞口淌出，流到炉腿勺状凸起，半凝固成一坨血块。洞口伸出章鱼须足形状、长满疙瘩的肉条，伸进血块“汩汩”地吸着。

明博掀开炉盖，刺破食指挤入三滴血珠，扔了几株草药，炉内传出婴儿哭泣的声音。他长嘘口气，合起炉盖放回包里，靠着红柳闭目养神。

队员们或坐或卧各忙各的，对明博的奇怪举动根本不感兴趣，只有唐德忠讨好着搭讪：“明博，炼的什么蛊？婴胎？”

明博没有理睬，唐德忠自感没趣，取下水囊正要喝水，抽着旱烟锅子的老头尖细着嗓子说道：“德忠，还没找到下一个水源，你今天喝的水已经超量了。”

“徐有志，要不是你不待见武族的韩立，也不至于满哪儿找不到水。”唐德忠喝了两口水，擦着嘴角盯着卧在沙窝打盹的骆驼，“没水了，还有骆驼血。”

徐有志嘬着烟嘴，烟丝烧得通红：“亏你还是医族。骆驼血燥，越喝越渴，想死得快尽管喝。”

“老不死的咒谁死呢？”唐德忠反嘴骂道。

眼看两人就要动手，宋爱国正要喝止，却被李文杰拽到一边。

“让他们闹去，”李文杰摸着长满胡茬儿的方下巴，左眼角的刀疤微微跳动，“人越少越好。”

“我担心的不是这个，”宋爱国取下眼镜用衣服擦着镜片，“没有确定谁是那两个人之前，最好不要有人员损失。何况徐有志昨天卜卦，龟壳显示的卦辞是‘祸起萧墙，九死一生’。”

“这些人都心怀鬼胎。今早，有人把这个塞在我鞋子里。”李文杰掏出一团皱巴巴的纸条丢到地上，慢悠悠走到骆驼旁检查装备。

宋爱国假装系鞋带捡起纸条，一行歪歪扭扭用左手写的字：“我们都会死。”

“出发吧。”李文杰喊道，“不破楼兰终不还！”

队员们收拾着行李，没人应和。

十三

沙漠的夜晚分外寒冷，队员们走了一天，无精打采围着火堆，嚼着粗粝的馕饼，三三两两坐着。

“这是最后一点干粮了。”徐有志掰了半块饼子揣进怀里，“再找不到吃的，就只能吃骆驼了。”

众人沉默。沙漠里，宁可丢掉同伴，也不能杀掉骆驼。没了骆驼，就等于放弃了求生的希望。

张丽君舔着干裂的嘴唇：“水也不多了。”

“会有办法的。”李文杰虽然这么说，但是他心里明白，半个多月的时间，队伍早已没了刚入沙漠时的锐气。随着食物和水的消耗，如果再找不到供给，这些人很快就会精神崩溃，除非……

想到这里，他瞥了一眼魇族的三个人。周一平、周一和兄弟背靠背坐着，脑袋深深陷进膝盖打盹，苏秋材却满不在乎地叼着一根木枝，望着北斗星，哼着《北京的金山上》。

“各位，我有话要讲。”宋爱国清清嗓子，“东周以来，八族再没有统一行动，这次把大家聚到一起，原因都明白。如果真找到传说中那个东西，也算是完成了先辈的遗志！所以，咱们要精诚合作，团结一心……”

“爱国，那个东西是什么？”齐秀梅起身整理衣服向营地外走去，“还有，你和文杰没有经过考验，八族不会承认你们是异徒行者。虽然咱俩都是灵族，这种事儿我可不能向着你。”

齐秀梅这番话，众人虽然看上去没有什么反应，但神色中透着对宋爱国、李文杰身份的不屑。倒是唐德忠心直口快：“齐姨说得对，说不定我才是异徒行者。齐姨，您去哪儿？”

齐秀梅啐了一口：“老娘解个手。”

众人“哈哈”一乐，反倒把宋爱国晾到一边。

“身份配饰在这里，”李文杰扬起右手小指的翡翠戒指打圆场，“还能是假的吗？”

“文杰啊，我说句公道话，”徐有志磕着烟袋锅子，“照老辈儿传下来的族谱，你们俩带的东西倒是不假，这不能证明你们就是异徒行者对不？如果我有心思，按照族谱做好配饰，召集八族的人，协助完成终极任务，也不是不可以。”

“徐老，你这意思，我们俩是冒充的？”黑夜中，没人注意到李文杰的瞳孔蓝黑变幻。

“我可没这么说。咱们回到社会，可都是有头有脸的人物，败坏名声这种下三烂勾当，不值当做。就算……”徐有志话音未落，营地外突然传来凄厉的尖号。

十四

众人顺声望去，一团人影惨叫着向营地跑来。

“齐姨！”唐德忠吼了一声，向齐秀梅跑去。

“嘭！”两人中间的沙子突然爆起十多个巨型沙丘，喷涌着沙尘，在空中聚成一团，扑向齐秀梅。“咔嚓咔嚓”的摩擦声响起，齐秀梅扑倒在地，被沙尘笼罩，身上燃烧起绿色火焰，腾腾燃烧，瞬间烧成一具枯骨。

那股沙尘再次飞起，盘旋着向唐德忠冲来。唐德忠正要逃回，一双干枯的手从沙中探出，牢牢抓住他的双脚，唐德忠根本无法动弹。众人看得真切，这股沙尘分明是一群土褐色形似天牛的怪虫，笼住唐德忠，虫嘴吐出绿色汁液，遇风即燃，唐德忠立刻被火焰包围。

“扑通”一声，唐德忠双膝跪地，双手狠狠抠进沙子，衣服烧得干净，裸露的身体鼓起无数颗或大或小的燎泡，皮肤紧皱皲裂。怪虫钻进体内，绿火越烧越旺，怪虫再次飞起时，沙漠里只剩一具冒着白烟的乌骨。

怪虫兜了几个圈子，像股龙卷风盘旋着袭向营地。李文杰吼道：“回帐篷！”

众人手忙脚乱往帐篷里钻去，只听“啊”一声哀号，宋爱国的右腿钻进几只虫子，绿火“噗噗”冒起。

明博抽出弯月形腰刀，对着宋爱国膝盖齐根切下，鲜血喷出，半截人腿兀自冒着绿火滚在沙子里。宋爱国痛呼“我的腿”，被明博拽进帐篷。

“摁住他！”

徐有志招呼明博、李文杰按住宋爱国肩膀，用滚烫的烟锅烫着血肉模糊的膝盖：“忍着点，用火烤，止血！”

宋爱国痛得脸色煞白，满头黄豆大小的虚汗，昏了过去。

帐篷“噼里啪啦”响着怪虫撞击声，防风灯被震得左摇右晃。明博用弯刀从宋爱国残腿处挑出半只切断的怪虫，凑到灯前仔细看着：“尸甲虫。这种虫子常年吞噬尸骨，体内全是尸磷，遇风就着。”

“有办法吗？”李文杰显然乱了方寸。

“可能是齐秀梅踩塌了虫窝，”明博捻着尸甲虫，“这东西邪性，见到活物不吃饱了不罢休。咱们不够它们填肚子的。”

“等等！”徐有志包扎着宋爱国的断腿，“明博，照你这么说，这里有大量的尸骨？”

“对。”明博隔着帐篷的厚塑料窗户向外看着，尸甲虫群如同雹子纷纷砸下，“那个地方，就在这里。”

“呜呜”，旁边的帐篷大开，周一和手拿椭圆形的陶器吹着哀乐，周一平和苏秋材左右跟随，三人僵硬着双腿走出，只留下张丽君蜷缩在帐篷角落瑟瑟发抖。

李文杰大骇：“他们不要命了！”

“魇族，自然有魇族的办法。”徐有志拇指在食指中指间飞速掐算，“没想到居然要靠他们。”

说也奇怪，尸甲虫始终围绕在三人身边一米左右飞旋，却始终不靠近。

周一和三人额头贴着黄符纸，品字形站在营地中央，同时发出“嚯嚯”的喉音。周一平取出蜡烛插进沙里点燃，苏秋材扬起一把纸钱：“天地门开，尸骨不寒！”

纸钱落入沙中，沙子像是被石头砸入的平静湖水，荡起一圈圈波纹。随着沙子的律动，符纸慢慢陷入，只听见沙子里响起某种生物爬出的声音，沙面涌起团团沙包，一只只枯黑的人手从沙中伸出，脑袋、肩膀倾泻着沙子，慢慢往外爬着。

短短几分钟工夫，营地里站满黑褐色的干尸。

周一和这才放下陶器，从小竹筒里到倒出滴黏稠的液体，指尖点着液体弹到干尸身上。尸甲虫如同蚊子见了血，蜂拥而上。不多时，干尸群像是插在营地的火柱，熊熊燃烧，最后只剩一具具直立的骷髅。

尸甲虫把干尸吞噬干净，刚飞到空中，却雨点般“啪啪”落地，爪子对空抽搐，死了。

“尸虫自然用尸毒破解。”周一和嘲笑地瞧着李文杰藏身的帐篷，“这件事，魇族退出，后会无期。”

李文杰嘴角闪过一抹冷笑，瞬间即逝：“徐老，你能算出那个地方的具体位置吗？”

“要是武族在，还需要卜族劳神费力？”徐老拿出几枚铜钱放在两枚龟甲中间，合拢举过头顶摇晃，往地上一扔，铜钱形成两个对立的三角形。

“东南，三丈三；西南，三丈三。交汇点，即是。”

明博心算着方位，全身一震：“在这座帐篷底下？”

十五

周一和讲到这里，突然停住了，许久没有说话。周一平、苏秋材更是闷头喝茶，好像这事儿和他们没什么关系。

我寻思着周一和难不成还要坐等打赏了再讲？抽了半根烟，周一和也没啥动静，只是盯着手指头发呆。我这心里没着没落地浑身不得劲，又不好意思直接问，别提有多难受了。

“也就是说，您三人回来了？”月饼扬扬眉毛，“后面的事情并不知道？”

“可以这么说。”

“哦。”月饼像老僧入定，也不吭气了。

我心说几位爷这是“徐庶进曹营，一言不发？”

“南瓜，你还不明白？”月饼估计是怕我憋出内伤，“周叔已经讲得很明白了。”

“你信不？如果我……”我还没把话说完，楼梯响起急促的脚步声，有人从刚才偷听了我们的对话，正往楼下跑。

周氏兄弟和苏秋材追了出去，月饼推开窗户，一个胖硕的身影飞快地没入林中。

我万万没有想到："大夯？"

"我始终想不通，高中时到底是谁拿走你的手机给了萍姐。"月饼摸摸鼻子看着大夯消失的方向，"现在有答案了。八族的人，始终在暗中监视咱们……"

周一和喘着粗气冲回屋子："尸丹！不见了！"

异闻：

冥婚自汉朝以前就已存在。少男少女订婚，未等成亲而双亡，如果不完婚，两人怨气不散，使家宅不安。因此家人举行冥婚仪式，并骨合葬，也避免男女两家的茔地里出现孤坟冲了家族气运。

发展至宋元明三朝，冥婚最为盛行。

宋代康誉之《昨梦录》记载——凡未婚男、女死亡，其父母必托"鬼媒人"说亲占卦，卜中得到允婚后，各替死者做冥衣，举行合婚祭合葬。

《元史·列女传》载："子弟死而无妻者，或求亡女骨合葬之。"

《明史·列女传》亦载："杨□死而其未婚妻殉；刘伯春卒，而其聘女亦如之，后皆迎柩合葬。"

冥婚以黄河为界，分为"北搭南迎"。北方冥婚称为"搭骨尸"，又名"骨尸亲"，多在夜间举行。子夜时分，街巷里的鼓乐齐鸣，轿夫身穿黑衣，抬着一顶出殡影亭（纸轿子），由单鼓、单号、单喷呐吹奏前引，轿内放着新娘画像送至新郎家。

南方冥婚俗称"迎门亲"，男方送的定礼，一半是真绸缎尺头、金银财宝；一半是纸糊的皮、棉、夹、单衣服各一件，锦匣两对，内装耳环、镯子、戒指及簪子之类的首饰，夜间在女方家门口或坟上焚化。

迎亲当天，男方给女方送去的"鹅笼"、"酒海"、龙凤喜饼以及肘子、喜果都是真的，唯有衣服、首饰是纸糊的冥器。女方陪送的嫁妆，一般都是纸活。新娘灵牌送至夫家，将两人灵牌摆入灵堂，尸骨入洞房，宾客们食用喜餐，至子时结束。三天后，尸骨合葬入坟。

最诡异的冥婚方式当属“万鬼朝贺”，据说与中国一个神秘部族有关。

第五章 寻龙

自古以来，世界各地都有关于龙的描述，中国人更以龙为图腾，称为“龙的传人”，与龙有关的民间故事、神话传说举不胜举。

按照科学界的普遍观点，龙是古人类对抗大自然各种灾难时幻想出来的精神寄托，龙的原形应为曾经统治地球的恐龙。古人类发现恐龙遗骸化石，被其怪异巨大的形貌震惊，从而产生了图腾崇拜。

然而，这是真的吗？

一

大夯身份暴露虽说解释了困扰我们许久的“手机事件”，却引发了更复杂的连锁问题。

周一平、苏秋材已经追了过去，周一和一改平时的笑模样，在屋里急得走来走去直搓手，几次欲言又止。

“周叔，话已经说到这个份上，还有什么隐瞒的？”月饼递过去一根烟。

我突然想到周一平、苏秋材识破我们的身份，反应异常奇怪，倒像是“异徒行者”和“八族”存在着某种敌对关系，神态中对我们更是有种说不出的恐惧。

周一和狠狠吸了口烟，剧烈地咳嗽几声，讲述了一段更惊人的真相，也解释了那段往事中我不理解的地方。

宋爱国、李文杰在三十多年前以“异徒行者”名义召集八族奔赴罗布泊，靠的是证明身份的信物。历朝历代，八族后裔出生后都会在身体某个部位纹上“62188”的字样，与“异徒行者”建立起某种神秘联系。

简单来说，这串数字既是编号也是宿命。纹了数字的人，哪怕天南海北相隔再远，彼此间也会因为某件事相遇，并且被异徒行者找到。

具体原因周一和也不知道，只记得父辈给他们文身时说过，东周时期八族第一次“昆仑行动”失败后，侥幸逃回的人定下了一个规矩——八族后裔，必文此身，等待异徒行者，遵从指示，免受诅咒反噬而死。

周、苏三人虽然对此不以为然，随着父辈传授魇族秘术，见识了其中的种种神奇，才对此事由怀疑转为肯定。

宋、李二人找到他们时，他们虽然不情愿，还是依照指示，奔赴古城召开了一次八族会议，认识了其他的八族成员。

身负奇术的成员自幼学习秘术，家境都不错，要不是祖训在前，谁愿意去罗布泊完成劳什子终极任务。即便是宋、李亮出异徒行者的身份配饰，也是口服心不服。直到李文杰擒获武族韩立，展示了幻族的手段，众人才勉强踏上了罗布泊之旅。

随着探索进程的深入，生存补给越来越少，眼看到了弹尽粮绝的地步，众人更是心怀不满，暗流涌动。

直到出现尸甲虫前一天晚上，李文杰暗中约出周、苏三人，制订了一条无比残忍的计划。

营地所驻扎的地方，宋爱国探出阴气极重，应该埋着大量尸骨，也许是哪个朝代遇到沙暴的商旅，也有可能是古楼兰三十六国某国的埋骨地，按照《大唐三十六国地图》判断，此处应是尼雅古城的坐落处。

这条计划是蛊族明博用蛊虫引出尸甲虫，李文杰制造幻术，使队员产生磷火的错觉，误认为身受尸甲虫磷火吞噬燃烧而死，借此机会除掉多余的人。

理由有二：完成终极任务的人越少越好；死掉的人可以当口粮。

周、苏三人起初对此事极为抗拒，但李文杰却说出了魇族一个惊人的秘密。

魇族后裔到了十八周岁，必食一顿尸餐（这个过程周一平没有细说，大体推测和吃死人肉有关），吃死人对魇族来说根本没有压力。之所以选定魇族做帮手，因为引出尸甲虫，必须由魇族激活尸骨中的尸气，而且魇族常年与尸体打交道，阴阳两气体内相辅相生，不受幻术影响。当然，如果周、苏三人不合作，后果可想而知，因为明博早已给他们下了蛊虫。

周、苏三人勉强答应，协助李文杰完成这个恐怖的计划。

周一平留了个心眼，私下同哥哥和苏秋材商量，宋爱国对李文杰言听计从，李文杰却用左手写了一张“我们都会死”的纸条迷惑宋爱国。也就是说，李文杰根本没有把宋爱国当作异徒行者的同伴！反向推之，宋爱国也是李文杰计划内必死之人。

真正操纵这件事的只有两人——李文杰、明博！

所以，一旦完成了这个计划，魇族三人还是逃不出明博的蛊术。

于是，他们将计就计，按照制订计划执行，却在明博全力控制尸甲虫的时候，召唤出沙中干尸，用尸毒除了尸甲虫，并且在营地散了尸毒。明博和李文杰心里有数，自然不敢踏出帐篷半步。

而控制干尸的物件，就是魇族自古传下的“尸丹”。

龙是传说中神奇的生物，右眼看阳左眼通阴。尸丹，正是魇族先辈地下寻尸的时候，发现龙的残骸，取左眼炼制而成，可以探骨寻尸进行操控。

二

我听得目瞪口呆，同时把很多线索串联在一起，不由得毛骨悚然。

如果周一平所说的都是事实，那么在他们三人逃离罗布泊过程中，自然是通过尸丹一路寻找沙中干尸充饥。而李文杰、明博把队友尸体当作口粮，很显然没有完成终极任务，逃出罗布泊。

老馆长曾经说他在终极任务的时候身负重伤，再联系南平别墅遇到明博的模样，我更是打了个哆嗦！

记得斯蒂芬·金有部小说，讲述的是有个医生遇难漂流到荒岛，为了求生把自己活活吃了的故事。过程实在是变态残忍，以至于看了那个故事，好一段时间我心理阴影面积无穷大，见到餐桌上有动物肢体就没胃口。

幸存的李文杰、明博，能逃出罗布泊，自然也是靠着吃宋爱国的肢体活了下来。回来之后，明博利用木蛊，把宋爱国制成木人蛊，李文杰给他下了幻术，植入了假的记忆，守着图书馆，进行异徒行者的筛选。

他们，都不是真的异徒行者。

继承了异徒行者宿命的人，只有我和月饼！

至于老馆长说的“魇族在东周时全军覆没”，是不想让我们知道还有魇族存活于世，让我们无法找到魇族得知这段惊人的真相！

想到这里，我觉得太阳穴“突突”跳得生疼，脑子里全是支离破碎的画面，乱腾腾几乎要裂开。

真相如同冰山，浮出水面的只是极小的一块，大部分却隐藏在深不可测的海水里！

制造这座冰山的人，是从未露面的李文杰！

他到底在哪里？

这些年发生在八族和我们身上的事，都是他处心积虑布下的局？

“周叔，我们见过宋爱国和明博，”月饼摸了摸鼻子，“一个死在古城图书馆，一个死在南平。”

周一平“哦”了一声，没觉得惊讶，反倒说了几句题外话：“这些年，我们两家想过，李文杰为了掌握终极真相，杀了上一代异徒行者，取下信物，和宋爱国假冒。作为那件事的间接参与人，我们看到你们俩，以为是因果报应，新一代异徒行者上门报仇来了。

“从罗布泊逃出来之后，我们私下做了决定，就让魇族的传承止于我们这一代，后人做个平常人，安安稳稳过日子。周家和苏家同为魇族，却掌管着盐帮药帮，自古势不两立。苏妲己虽然死于姜子牙之手，却和周武王姬发有直接关系。姬姓一族后世演化出多个姓氏，周姓一脉最为鼎盛，又有了‘周、苏不婚配，通婚家破人亡’的祖训。偏偏两个孩子一起长大，也算是青梅竹马，到了谈婚论嫁的年龄，自然想在一起。可是祖训不可违，我们极力反对。”

“你脑子让驴踢了？”我终于忍不住骂道，“这种狗屁祖训也信？他们到底是怎么死的？”

月饼冷冷说道：“或许是这几颗死人脑袋，生怕祖训真会灵验，把两个孩子……”

“你们都想错了，我们也错了。”周一平颓然坐进红木沙发，慢慢解着扣子，“他们没有死。”

我心说骗人也讲究个技巧好不好？这么大的冥婚难道是摆设？这两家人是死人肉吃多了，尸油蒙了心，根本不把亲情人命当回事！

周一平突然豁开上衣：“看吧。”

“你……你……”我后退几步，肩膀撞到鸭嘴龙骨，骨刺扎进皮肉，痛得心缩成一团。更让我心脏无法承受的，是周一平的身体！

他的胸前长满米粒大小的白色疙瘩，层层叠摞，像是粘了一大片芝麻。左右胸口的胸肉被剜掉，碎肉一缕缕耷拉着，露出爬着蛆虫的肋骨，腹部横着豁开，肠子淌出一截。

我越看越像一张吐着舌头的人脸，长在周一平身上。

“魇族的由来，我们不知道。”周一平把肠子塞进腹部，系好扣子，

“两个孩子在十八岁的时候，没有进行尸餐的入族仪式。没想到就在前段时间，整个家族出现了这样的异变。不得已，我们把真相告诉了孩子，他们受不了刺激，在宾馆开了个房间，吃安眠药自杀。

尸体不能送进医院，送回家里第三天，尸丹放出了绿光，他们……他们居然活了过来，家族的异变也开始好转。”

“魇族对于生死的了解，远远胜于常人。大哥决定举行冥婚，消了两个孩子的怨念，或许还有一线转机。果然，下阴婚帖那天，两个孩子睁开了眼睛。”

“大夯偷走尸丹，异变又出现了。”月饼望着窗外，“整个魇族活不了多久了？”

“你很聪明。”周一平苦笑着摇摇头，“大哥追出去的时候，让我把所有事情告诉你们，当年，对不起异徒行者，这一次和你们无关。魇族，本来就是不应该存在的一群人，报应终于来了。”

“为了生存，谁都会做一些不得已的事情。”月饼笑了，“何况你们并没有做什么坏事，对吗，南瓜？”

我已经知道月饼要做什么了，当然我也会这么做。

“我就讨厌明明已经参与了什么事，偏偏被别人说‘与你无关’。”

“瓜瓜，可惜你不是‘明明’。”月饼一本正经地拍着我肩膀。

我反唇相讥：“嗯，饼饼你好。”

周一平瞧着我和南瓜，一时不知道该说什么。

月饼背上旅行包：“周叔，大夯偷走尸丹会去哪里？”

“他逃走的方向，应该去了龙穴。”

三

我伸着舌头喘粗气，顺手整理着背包：“可算到了！月公公，大学军训负重夜跑都没这么累过！”

月饼鼻尖铺着一层汗珠，脑袋热气腾腾像刚出锅的馒头：“南少侠，看来到了打开你任督二脉的时候了。”

我灌了口矿泉水，炸着肺呛得直咳嗽：“少扯淡！周一平那个王八蛋，编了套半真半假的瞎话，坑着咱们狼窜了好几十里地。”

月饼眯着眼睛：“他不是坑咱们，而是太了解咱们的性格。”

我想着出发前周一平最后一番话，气更是不打一处来——

“贡城”市名源于著名盐井贡井。贡井古称“公井”，因大公盐井得名。明嘉靖年间富顺人熊过所撰《吴方泉墓志铭》，有“子朝鉴藉为盐官，丁口煮盐贡井……贡井隶荣而畛于富顺”的记述。井名的演变有两种传说。一种认为，大公井生产的盐，色白质纯，曾作为贡品供奉皇室享用，故名贡井；另一种认为，井名是“公”与“贡”语音相谐之故。

龙穴，是“非人力錾凿所成，井水自然流出”的自流井中的一口井。盐帮采盐过程中，这口井“昼出红水，夜出龙骨，井壁结盐似龙眼”，故称“龙穴”。

药帮得知此事，认为盐帮触了龙脉，断了贡城的风水，集结人马争夺此井，这也是盐、药两帮千年纠纷的由来。

两帮争来夺去好几百年，最终决定共同开发，这倒和现今某些大国争夺石油资源的过程类似。

两帮按照二十八星宿格局，在龙穴旁掘井二十八处，七七四十九天方把井水排净。下井当天，两帮做了道场祭祀盐、龙二神，放麻雀入井，在西北角焚香三根。香烛燃尽无异样，鸟笼捞出，麻雀活蹦乱跳，盐帮两位帮主才放心下井。

帮众等到傍晚，系在绳上的铜铃响个不停，急忙把两人拖出。盐帮帮主身受重伤，昏迷不醒，手中紧攥一枚骨制圆球，也就是尸丹。药帮帮主更是断了一条手臂，下令即刻封井！

帮众不敢多问，掘土填井，只见井内喷出黑气，地面颤动，嘶嚎声大作，直到井被填平才停歇。

自此，两帮立下规定，后世不得再开此井。两位帮主更是对井内之事绝口不提，临终前立下一道祖训——“魇族后人，年满十八岁必食尸餐。”

起初魇族后人不以为然，却在成年后出现类似于周一平的异化，才不敢违背祖训。

到了现在，周、苏两家虽说同为魔族，到底也是接受过现代科技的教育，又精通魔术，就没有让两家孩子进行吃尸餐的变态成人仪式，没想到真出了事儿。

大夯偷走尸丹去龙穴，目的不明。周一平全身烂得像是刚从棺材里爬出来的，这事儿我们俩不去谁去？

更可恨的是，月饼问清楚龙穴地点，在贡城自流井区郭家坳街火井沱沿河一段河床西岸，手机地图算算距离不近。我想周家这么有钱，借辆车开过去守株待兔。没想到周一平眨巴着眼睛摸出一把钥匙说：“晚上举行冥婚不宜让外人看见，司机都把车开回家了。别墅里只有一辆保姆平时买菜的电动木兰。”

本着“有比没有强”的原则，我们收拾背包骑车下山。月饼发现大夯和周、苏二人的脚印最初是一前两后，山下成了并排前行，在一处轮胎前行的痕迹处消失了，而且脚印并不凌乱，分明是三个人开车去了龙穴。

我当时就要回别墅找周一平问个明白，月饼倒是觉得我没必要纠结：“感冒了就不要想是晚上着凉还是洗澡冻着，吃药治了病就好。找不回尸丹，博文也活不了，一屋子人继续异化，他们拿准了咱们不能眼睁睁看着这种事情发生。控制别人最聪明的方式不是要挟，而是利用性格里最薄弱部分。再说，不故意进圈套，怎么知道真相？”

月饼说得有道理，我狠狠骂了几句，不情不愿地上了电动车。

月光下，月饼骑着木兰，我坐在后座，用手机导航着直奔龙穴，这画面太美，实在不易形容。木兰开始还挺有劲儿，跑到半道尥蹶子，没电了。

我们俩背着包一路狂奔，我的腿都快抽筋了，才跑到龙穴附近。

四

“南少侠，考验你的时候到了。”月饼点了根烟，指着岸边停靠的一辆大众途观。

车前有三排脚印，延伸至堆着砂砾碎石的河床，再不见踪迹。大夯他们三人很有可能进了龙穴。

我走到河床边，按照河流走向、远近山势判断着龙穴位置，心里推算了半天，没弄出个所以然。

“月饼，这里没有格局，也没有阵法，根本就是一处荒滩。”

“耐心点，”月饼解开鞋带绑住裤腿，“那三个人总不能从这里上天吧。”

我心里一动，脑子里出现一条很模糊的线索，却摸不出清晰的脉络。

“月饼，我想到一件事，你帮我想想。”

要是换作别人，可能觉得我这么说是脑子有问题。而我和月饼这些年建立的默契，经常会有类似的对话。

月饼扬扬眉毛：“周一平说盐、药两帮按照二十八星宿挖井，你想的事会不会和这个有关？”

我猛地想通了：“月饼，记得咱们怎么破解图书馆机关的？难怪你刚才说上天，我觉得有什么事情！”

我们刚入图书馆的时候，根据馆顶射灯布成的天秤座和二十八星宿对位图推出阵眼。龙穴所在的位置，极有可能按照星宿对位，也就是亢金龙所在的位置。

我参照着夜空中的星宿，在亢位发现了一处不仔细观察极难发现的碎石翻动过的痕迹。

“应该是那里！”我向前走了几步，脚下突然一空，踩塌了一处暗坑，脚底踩到一处坚硬的圆柱体。“嘎嘎”几声齿轮咬合声从地下响起，地面轻微震动，河水激荡，亢位碎石翻滚，震颤着向两边散落，露出一方直径两米左右的圆形铁板。

我抽出腿，看到暗坑里有一截横突的铁棍，已被我踩得向下倾斜，尾端连着一串铁链。

月饼扶我起来：“这里是什么位置？”

我稳了稳神：“参水猿。”

“参水猿惊亢金龙，心月狐助斗木獬。”月饼摸了摸鼻子，“越来越有意思了。”

二十八星宿中，亢金龙属东方青龙，参水猿居西方白虎，猿出而龙惊，猿伏则龙潜。

通俗来讲，参水猿与亢金龙相辅相生，又互相不对付。《西游记》里面“孙悟空横空出世，大闹龙宫，取经时经常找龙王帮忙”的桥段就是由此而来。

就在这时，河水中央涌起一股一米多高的水柱，水花翻腾，渐渐变成血红色，一块块巴掌大小的碎骨喷出，一声沉闷的野兽嘶嚎从地底传出，震得岸边树木乱颤。

嘶嚎声虽然不响，听到耳朵里却像无数鼓敲击，激得我血气翻涌，脑子“嗡嗡”作响，心头升起一种莫名敬畏。

“月饼，龙穴里面，别不是真有一条龙？”

“不知道，”月饼蹲在铁板前，“说不定是个猴子。”

我定定地盯着月饼：“你丫什么时候能像个正常人？”

“喝酒的时候。”月饼摸着铁板上的花纹，“赶紧过来。”

突然，水柱退回河里，嘶吼声消失了，如果不是震荡的水纹，我甚至会以为这里暗中布下了让人产生幻觉的“迷魂阵”。

我点了根烟定神，走近一看，这块铁板根本不是铁制的，触手的感觉冰凉滑腻，中间向上拱起成弧形。几条明显的花纹纵横交错，把板子分成十多块不规则的正方形。每个方框里面，刻着造型古涩的图案。

“这是龟壳。”月饼从壳子边缘抠下一点骨渣闻着。

“图案是甲骨文？”我试着扳动龟壳，纹丝不动。

“只有破解了文字，才能打开通道。”月饼擦了擦手，“传说中龙生九子，六子霸下，又名赑屃(bì xì)，似龟有齿，喜负重，在世间是驮碑之龟的形象。”

五

“月……月饼，这块王八壳子真是赑屃？”我话都说不利索了，“龙穴里藏着它的肉身？”

“打开不就知道了吗？”月饼从包里翻出一堆大小物件，“你触动了参水猿的机关，说不定那三个人正和赑屃大战三百回合。你先琢磨图案，我检查装备。”

我心说也别在这儿干耗着了，赶紧破解了图形是正事。摸出手机，百度“甲骨文”，根据龟壳图案对照，忙活了半天，也没有找到对应的文字，看来这个推测是错误的。

月饼盘着尼龙绳：“怎么样了？”

“骑白马的不一定是王子，很有可能是唐僧。”我踹了龟壳一脚，硌得脚底板生疼，“谁他妈的说刻在龟甲上面的图案就一定是甲骨文？”

月饼点了根烟，敲着龟壳：“会不会是镇妖物的碑符？”

碑符多见于凶山恶水、鬼邸阴宅，或是人为布置、或是天然格局，这种环境中的活物、物品，极容易受到影响，滋生为妖物。中国自古以来，关于妖物的传说数不胜数，有需求就有市场，捉妖师这个职业也就应运而生。

中国捉妖师，以道士、和尚为主，又细分为天师钟馗、茅山道士、阴阳眼、方士、天师、摄魂师、神荼和郁垒等多个门派，各有各的捉妖法术，其中最有名的当属茅山道士。

这些门派虽说方术不同，不过万变不离其宗，会选玄石制碑将妖物镇压，刻上符咒，避免妖物再次作祟。符咒内容分上中下三部，上部介绍妖物的危害，中部是本派独有的咒语，下部为碑符的开启条件。

中国许多古迹景区立着镌刻奇怪花纹的石碑，其实就是镇妖碑。历史中最有名的镇妖碑当属宋仁宗嘉祐年间，江西信州龙虎山上清宫的伏魔之殿的石碑，后被洪姓太尉解了封印，放出一百零八个魔王，成就了一段英雄豪杰的好汉传说。

书归正传，我对碑符了解不多，但是从图案的形状以及排列来看，应该和符咒没什么联系。而且这些图案完全没有文字或者符咒的构造逻辑，乍一看倒像是小孩子乱糟糟的涂鸦。

我一时间没了主意：“月饼，要不找几块石头把这王八壳子砸了吧？”

月饼弹了弹烟灰：“要是能砸了还能等到咱们动手？”

夜风吹过，烟灰落到龟壳上，灰蒙蒙铺了一层。

看着烟灰，我心里有个模糊的概念，还未等具体成形，月饼眉毛一扬，从包里翻腾出一盒饼干："干吗非要纠结图案？"

"对啊！咱们真是一根筋。"我瞬间明白了。假设龟壳上的图案真是机关，根本不需要参透内容，直奔主题找到开启方式最有效。那三个人如果是用手摁动机关，必然会留下手油，只要找到有手油的图案就能判断出机关的开启方式。

月饼把饼干放到手里搓成粉末，均匀地洒在龟壳上面，用力一吹，有五个方格残留着手印形状的饼干粉，深浅不一。

我正要按照深浅程度摁下去，月饼却拉着我的胳膊："南瓜，你想过没有，他们可能根本没有下去。"

我愣了一下随即醒悟，那三个人即便是进了龙穴，从内部关闭机关，又是谁在外面堆上碎石伪装龟壳？

想到这一层，我下意识地四处看着，顿时觉得有无数只眼睛隐藏在黑暗中窥视着我们。

"月饼，那就不下去。咱就在这儿等着，总会有人沉不住气。"

月饼嘴角扬着冷笑："不管那个人是谁，实在是太了解咱们了，布了一个非做不可的死局。"

我有些想不通："既然是死局，干吗要往里面钻？"

"万一他们真下去了，博文怎么办？那些人怎么办？时间耽误不起。"

月饼这番话说出，我不知道该如何反驳。月饼虽然表面高冷，却总是一腔为别人随时燃烧的热血。有时候，我总会觉得他的血管里流淌的不是血，而是汽油。

我扎着衣袖做准备："You jump，I jump。"

月饼正要说什么，突然注视着我身后，"咦"了一声。我连忙向后看去，什么都没有。正觉得奇怪，脖颈处好像被蚊子叮了一口，酸痒难耐。我刚想伸手去挠，却觉得一阵天旋地转，手臂根本抬不起来，全身如通电一般发麻。

月饼飞快地拍击着龟壳，轰隆声响起，龟壳由中间裂开，露出寒气森森的洞穴。月饼丢进一根照明棒，尼龙绳围着龟壳绑了一圈扔进洞里，摆了个美国军人的手礼笑道："南少侠，这种麻药大概有一个小时的药效，等我回来。”

强烈的麻醉感袭遍全身，我双腿一软仰躺在地上，满天星星幻化成虚无的光线，越来越模糊……

“月无华，你这个混蛋！”

六

不知过了多久，恍惚中，好像有人撬开我的牙齿，清凉冷冽的液体顺着喉咙流进胃里。我打了个激灵，猛地坐起，麻药劲没有完全退掉，我的意识有些迟钝，揉着太阳穴四处看着，身旁放了一个旧式军用水壶，压着一张纸条，歪歪扭扭写着两个字：“下去”。

我这才反应过来，顾不得琢磨到底是怎么回事，跌跌撞撞跑到龙穴旁边，向下望去。

洞穴三十多米深，穴壁结满拳头大小的盐晶，照明棒在穴底亮着幽绿的光芒，把整个洞穴映得一片惨绿，隐约能看出底部空间极大，呈圆形向四周延伸。洞穴东北角，散乱着各种小玩意儿，每一样我都无比熟悉。

我心说“坏了”，四处找着，果然在不起眼的角落看到了月饼的背包。

“月饼！”

洞穴回荡着我的声音，无人回应。

我顾不得做什么准备，抽出腰带用腰扣在绳上缠了个安全扣，一点点松着绳索，脚底探着盐晶缝隙下滑。当我整个人进入洞中，密密麻麻的盐晶映着绿光，倒映着我无数张扭曲变形的脸。可能是洞内氧气不足的原因，我的肺部像是有一双手紧紧攥着，沉闷得几乎喘不过气。

停了片刻，我深吸口气，松绳快速下落两米距离，双腿蹬着盐壁保持平衡，正准备再次松绳，脚底稍一用力，蹬塌了盐壁。大片盐晶“哗哗”落下，露出半透明玉石状的石壁层。

我赫然看到，一个全身长满白毛的人，镶在石壁层里，瞪着苍白的眼仁，直勾勾盯着我。

要不是这几年大风大浪经历不少，我差点就手一哆嗦掉下去了。白毛人一双奇长的手向前探伸，手指粗短粗粝，双腿极短，上身向前微微弓起，半张着的嘴里龇出上下四根尖锐的獠牙，表情极为狰狞，似乎是正向外逃跑的时候被石壁层层包裹。在他身后，还有七八个白毛人也是摆出逃窜的姿势，其中一个横在石壁里，双手弯曲外扩向后滑动，两条短腿半弓，像青蛙游水。

虽然明知道这是死物，可是这么面对面瞅着也是不舒服。我定了定神，摸着石壁表面，触手质感既不像是石头，也不像是玉石，软腻腻略有弹性，倒像是某种胶状物。

我正要用军刀抠一块下来研究研究，忽然洞底有人喊道："南少侠，您是来探险还是来走近科学？"

"月饼？"我低头看去。

月饼仰着脸揉着脖子："赶紧下来。再这么盯着你，颈椎都要断了。"

我"哈哈"一乐，不管什么白毛人了，手脚利索了许多，三下五除二下到洞底，也顾不上观察周围，对着月饼肩膀来了一拳。

"你丫有意思吗？单独下洞也就算了，居然用药把我麻翻了，万一有个后遗症你负责得起吗？"

月饼麻利地侧身躲过这一拳，摸摸鼻子笑道："我这人最大的优点就是没有责任心。"

月饼的声音在洞穴里嗡嗡作响，我略微感到奇怪，对肩一拳是我们俩特有的打招呼方式，从来都是老老实实挨着，绝对不会躲避，不过这会儿也没心思考虑这些。

我观察着洞穴构造，整个洞穴为圆形，直径十五六米，洞顶垂着石笋状的盐晶柱，缓缓滴着水滴。洞壁有明显的刀凿斧琢的人工痕迹，东南西北四方各有一个拱形门，延伸进黑暗的地底。如果把洞穴画个纵切图，很像一只圆肚长脖的水瓶。

月饼收拾着零碎放进背包："看到那几个白毛人，滑脚掉了下来，东西散了一地。话说药劲儿还没过，你怎么这么快醒了？"

我刚想把有人给我灌水留了纸条的事说出来，忽然心头一凉，全身起了一片冷汗。

我进来的时候，盐壁并没有塌，月饼怎么会看到白毛人？

月饼背对着我收拾东西，神态语气与平时没有什么不同，我却越来越恐惧。因为我从盐壁里，看到了惊悚的一幕。

盐壁晶莹剔透，映着照明棒的绿光，如同神话传说中的魔镜。月饼消瘦的脸笼着一层绿光，皮肤起了一层细细密密鳞片，毛孔里钻出无数根白毛，四根犬牙龇出唇外，鼻梁塌陷，活脱脱一只猴子脸。

更诡异的是，一眨眼工夫，这张怪脸又变回了月饼的模样！

我想到《史记·五帝纪注》里的一句话——“魑魅，人面兽身四足，好惑人。”

七

魑魅是传说中木石所变的鬼怪，多生于凶山恶水，阴气聚集之地，能幻化人形，迷惑他人害其性命。

我心说所谓的“龙穴”搞不好就是个魑魅窝子，石壁层里那么多白毛怪人估计是还没开悟灵性的魑魅。当年周、苏两家先人入井遭难，十有八九也是这玩意儿搞的鬼。月饼至今没动静儿，搞不好也是着了这玩意儿的道。当务之急是把它干掉，赶紧找到月饼。

俗话说“鬼吓人，吓跑人；人吓人，吓死人”。琢磨明白了这一层，我心里踏实了，后退两步摸出军刀，轻轻划破食指，把血涂在刀刃上。

我瞅着魑魅脚底板算着距离，“人护天灵，鬼怕涌泉”，带着阳血物件插进阴祟之物的涌泉位置，分分钟就能教它如何做鬼！

我尽量保持语气正常，分散它的注意力：“月饼，还记得咱们刚认识做的第一件事是什么吗？”

“也就你在这时候还有情怀追忆过去，”魑魅居然模仿月饼耸耸肩，“打了老王一顿。”

我已经准备一刀刺下，听到这句话，硬生生停住了手。

老王是宿舍管理员，经常打着检查卫生的旗号进女宿舍偷内衣，我们趁着月黑风高把他蒙头修理了一顿，这事儿只有我们俩知道。魑魅没有“前知过去，后知未来”的能力，根本不可能知道这件事。

月饼似乎察觉到什么，起身面对我扬扬眉毛：“南瓜，以为我是魑魅对吧？”

我彻底糊涂了，含糊地“嗯”了一声。

月饼拍着我的脑袋：“你写小说把这儿写出毛病了？准备一刀捅我涌泉穴？”

我有些不好意思，悻悻地收了刀：“你丫刚才太奇怪，我这也是正当防卫。”

月饼“嘿嘿”一笑，舌尖慢慢舔着嘴唇，瞳孔像是融化的蜡油，覆盖了整个眼白，散发着奇异的光彩，语调刺耳：“其实，你猜得没错。”

“月饼”声音虽然聒噪，我却感到心里宁静，四肢百骸无不舒服，懒洋洋地看着他的脖子再次长出细密鳞片，白毛一根根从毛孔中长出，伸手扳着我的肩膀，张嘴露出犬牙慢慢靠近。

一阵尖锐的破空声从身后响起，魑魅厉声尖叫，弹身向后跃起，三根桃木钉呈品字状钉入盐壁，尾端兀自颤动不停。

“南瓜，清醒！”

又一个月饼从西边拱门跑出，腾身飞起，右腿蜷膝，正中魑魅胸口。魑魅一声闷哼，蹲身扫中月饼左腿，两人倒在地上，毫无章法地打作一团。

我的脑袋“轰”的一声，瞬间灵台清明，惊出一身冷汗！如果月饼晚来几秒钟，我这条小命就算是交代了。

月饼双腿缠住魑魅膝盖，两手摁着魑魅胳膊较劲：“赶紧帮忙！”

“我他妈弄死你！”我心头火起，操刀捅向魑魅脚底。

魑魅一口咬向月饼脖子，趁着月饼躲闪空当，翻身把月饼压在身下。两人几个翻滚，缠作一团，形成角力僵持局面。

我傻眼了！

魑魅又变成月饼，两个人一模一样，根本分不出谁是谁。

两个月饼异口同声：“捅他涌泉！”

“我是真的！”

“我才是真的！”

我瞅瞅这个又瞧瞧那个，心里叫苦："我又不是如来佛，分不清楚真假孙悟空。"

就这么一犹豫的工夫，眼看着其中一个月饼手肘顶着另一个月饼的喉咙，渐渐占了上风。

那一刻，是我人生中最纠结的几秒钟。

如果占上风的是真月饼还好说，可是万一是假的怎么办？而这个"万一"是50%的概率。

被顶住喉咙的月饼嘶哑着嗓子："快帮忙！"

"别听他的，相信我！"

我突然想到，魑魅好歹是妖物，月饼本事再大也不是它的对手，占上风的月饼肯定是假的。拿定主意，我一刀捅去，就在刀尖即将刺入鞋底的刹那，我看到一件东西，转刀刺入另一个月饼的脚底。

假月饼一声惨叫，身体"嘭"地长出浓密白毛，蜷成一团，痛苦地翻滚。我本来还有些紧张，看到这一幕，彻底放松下来，这才察觉衣服被汗水湿透，贴在身上冰冷黏腻。

月饼扔了句"干得漂亮"，摸出一枚桃木钉，摁进魑魅额头，才瘫坐在地上喘粗气。

魑魅手指深深抠进泥土，双腿胡乱踢蹬，额头和脚底"哧哧"冒着黑气，糨糊状的绿色肉浆向外喷着，身体越来越瘪，渐渐变成一张褶皱的白毛肉皮，泡在黏稠的绿水里面。

"骨碌"，两颗黑色的眼球从头部位置滚落，溅起一团绿水，黝黑的瞳孔不偏不倚正对着我的眼睛。

"你怎么知道我是真的？"月饼递给我一根烟。

我别过头故意不看魑魅的眼球："我说是蒙的你信吗？"

"当然信。"月饼估计是还没消气，一脚把眼球踩爆。"咕唧"，红的、绿的、黑的液体从鞋底迸出。

我恶心得浑身刺挠："月饼，你丫乱踩东西的习惯什么时候能改改？要不是我看到你鞋底有几个踩烟头烫的印儿，那一刀就戳你脚底板了。"

月饼四十五度角斜望洞口："这双鞋可是Jordan11复刻限量版。"

“在泰国我还掉了只天伯伦呢。”我抽了口烟，“话说你丫下来这么长时间有什么发现？”

八

“那三个人没找到，”月饼沉吟片刻，“南瓜，你觉得这里像什么？”

“瓶子。”

月饼拔出钉在盐壁的桃木钉，孔洞里淌出黄褐色黏稠液体，蜿蜒下滑，凝固在盐壁上，颜色由黄变白，逐渐结晶，不多时成了盐壁一部分。

月饼用军刀剔下一块，凑在鼻子前闻着，伸出舌尖舔了舔：“盐。”

我接过盐块尝了尝，咸中略带香味，勾的满嘴生津，确实是上等好盐。不由得心中奇怪，盐的成分是氯化钠，咸味主要来自于钠离子，这种液体怎么可能变成盐？不过大自然的神奇之处绝非常人所能理解，南美还有一座活火山定期喷出岩浆，凝固后形成黄金，古玛雅人采金建了黄金之城呢。

“我下来之后也遇到了魑魅，”月饼嘴角微微抽动，有些不太自然，“这玩意儿能幻化成心里最记挂的人，趁着注意力松懈的时候害人。我发现不对，魑魅逃进西边的洞穴。我追了一段，听到你喊我，折头跑回来，还算是及时。”

我刚想问“魑魅别不是变成我了吧”，话没出口随即醒悟，月饼的表情说明魑魅变成了阿娜！难怪月饼这次下手这么狠，连眼珠子都踩得稀烂。

“对了，你进洞时发现了什么？”月饼岔开话题，“我跑进西洞，隧道是弯形的，有个很模糊的想法。”

我先把入了洞的过程简单一说，再讲到有人给我灌水留纸条的事儿，岩壁内部传出“吱吱嘎嘎”的机关咬合声，系在井口的尼龙绳软塌塌落下，那块王八壳子斩断最后一根星光，闭合了。

“锤子！龟儿子要不要这么缺德，这还不给人留活路了！”我忍不住骂道，“月饼，咱咋出去？”

月饼像是什么都没看见，托着下巴直勾勾盯着洞穴，忽然击掌说道：“我明白了！南瓜，你过来。”

我几步跑过去，月饼用桃木钉在地上画了个简易的洞穴纵切图，是个葫芦形状，葫芦的上半层，也就是我们身处的洞穴，东南西北延伸四根半圆曲线，连接着下半层。

“懂了吗？”月饼兴奋地跺着地面，“下面！”

我倒吸一口凉气：“尸芦？”

尸芦，源自东周一个神秘门派。据说此派收集活物放入葫芦，或以葫芦形状制成的容器，辅入符水、九岁男孩精血、乌鸡毛烧灰、十八年尸骨磨粉，阴在三丈三的地下，炼化活物。

这种异术和蛊术的某些法门有些相似，至于具体原因，此派在东周时期忽然销声匿迹，后人也就不得而知。根据这几天得到的线索推断，此派很有可能就是魇族！

书外话，西游记第三十五回“平顶山功曹传信莲花洞木母逢灾”一章，师徒四人着了金角大王的道儿，应了名字被可大可小的紫金葫芦收了进去，贴上“太上老君急急如律令奉敕”的帖儿，一时三刻化为脓水。这个桥段很有可能就来自尸芦。

“月饼，当务之急不是琢磨怎么下去，”我一本正经地指着封闭的井口，“而是怎么上去。”

“我不是蜘蛛侠，你不是蜥蜴。仔细瞅瞅，没长吸盘，也不会吐丝儿，”月饼双手举在我面前，“这盐壁比冰溜子还滑，往上爬就等于送死，往下走搞不好还有机会出去。”

“用军刀抠出窟窿，一格格往上爬，不是没有机会。”我倒不是害怕，只是感觉被周、苏三人和大夯合伙撺弄，心里不得劲，就想爬出去找他们整个明白。

“第一，龟壳很显然不可能从内部打开；第二，这件事不确定就是他们布局；第三，如果你是读者，是希望看到高大帅气的月无华带领吃货南晓楼继续探险，还是希望看到挖坑不埋半吊子文章？”

“月公公，你可以侮辱我的体形，但是绝不能侮辱我的作品！”

“南少侠，你就说下不下吧！”

我一咬牙：“下！”

就在这时，北边的洞穴，传来“嘿嘿”的笑声，细细密密如同蚊蝇在耳边飞来飞去，痒得全身发毛。

我顺声看去，洞穴漆黑一团。月饼把照明棒扔进洞穴，只见幽绿的光芒里，一个头颅奇大，身体苍白，手脚长蹼，屁股长着肉红色尾巴的婴儿，飞快地爬出了光线范围。

忽然，婴儿从黑暗中探出头，绿光映着他的脸，又冲我们咧嘴“嘿嘿”笑了两声，缩了回去。

我使劲咽了口吐沫，眼前残留着婴儿那张脸的影像。

尖尖的耳朵，满脸毛茸茸的胎毛，眼睛幽亮，塌鼻梁延伸至嘴部向前凸起，分明是张猫脸。

“猫……猫婴？”我怔怔地环视着偌大的洞穴，“这里面到底养了多少妖物？”

“如果出不去，咱们也有可能变成妖物，”月饼摸了摸鼻子，“我闻到一股尸油味。”

九

我瞅着猫婴消失的洞穴，照明棒映得洞壁一片惨绿，盐晶层层铺叠，光线交错，洞壁像一截巨大的肠子，微微蠕动。我没来由恐惧起来：“月饼，咱们还是想办法从隧道爬出去吧。我有种不太好的感觉。”

“噤声！”月饼手中扣着三枚桃木钉，侧头盯着南边洞穴。

我大气不敢出，只听见南洞传出极难形容的声音，既像是野兽啃噬骨头的咬合声，又像是箱子拖地发出的摩擦声。月饼踢断一块盐笋，把断块贴着地扔进洞内，盐块碰撞着地面滚进黑暗，声音戛然而止。

忽然，洞内迎面扑来一阵腥风，一道巨大的黑影飞出。月饼甩出桃木钉，那道黑影双翅展开在空中停住，挥翅摆落桃木钉，向我疾冲而来。

我心中大骇，急退几步，后背撞到洞壁再无退路。腥臭味熏得我差点背过气去，眼睛却看得真切。这只怪物两米多长，周身乌黑，裹着一层黏液，头扁口宽，上下颌各有四条褐色肉须，肋部长着一双翅膀，鱼尾左右摆动保持平衡，分明是一只长着翅膀的鲇鱼。

我眼看着怪鲇鱼张开巨嘴，“咕噜”一声，一团黑乎乎的圆球喷了出来。我侧头躲过，正要蹲身从怪鲶鱼腹部窜出，一根尼龙绳套飞了过来，套住怪鲇鱼脑袋。怪鲇鱼双翅扑棱扑棱扇动，挣着劲儿停在了空中。

场面虽然惊悚，我瞅着怪鲇鱼却觉得很滑稽，尤其是它那双核桃大小的绿豆眼，用力过猛凸出眼眶瞪着我干着急，整张鱼脸成了一个特写的“囧”字。

“赶紧过来帮忙！”月饼身体后倾拽着尼龙绳，“这玩意儿劲大得很，拽不住把南少侠吞了可别怨我力气小。”

我麻溜地跑了过去，帮月饼拽着绳子，嘴里也没闲着：“月公公，看不出居然还有这一手。”

月饼太阳穴突突跳动：“你抓着绳子，我去补刀。”

正说话间，怪鲇鱼长嚎一声，发出类似鸳鸯的叫声，身子忽然缩了半圈，绳套顺着它溜滑的身子脱落。我和月饼正使着劲，重心不稳向后摔倒。

怪鲶鱼“砰”一脑袋撞到盐壁，在地上扑腾着几下，衔起魑魅那张白毛肉皮，腾空而起飞回洞里。

我的后脑勺撞到地面，脑子嗡嗡作响，眼前一阵天旋地转，好一会儿才缓过神：“这个畜生居然还会缩骨功。”

“它的目标不是咱们，”月饼用桃木钉扒拉着怪鲇鱼吐出的那团东西，“过来看看。”

我晃晃悠悠走过去，那团东西是一颗被胃液泡得高度腐烂、缠满头发的人头。月饼用桃木钉戳了戳，半张脸皮耷拉着，眼眶里涌出一股脓水。

我看得恶心：“月饼，咱能尊重死者不？”

“死亡不超过三天。”月饼拨开人头耳侧的头发，依稀能看到一行极模糊的“62188”字样的文身。

“你明白了吗？”月饼挂着冷笑仰望洞口，“咱们是食物。”

我心里一亮，如果这个洞穴真是按照尸芦设计，通过某种神秘方式炼化活物变成异兽，需要定期投放食物喂养。很显然，食物自然是活人或者死人。

想到这一层，我恨恨道：“我发誓，只要能出去，一定弄死那几个人！”

月饼在地上画着魑魅、猫婴、怪鲇鱼的形状：“南瓜，他们分别从西、北、南三个洞穴出现，你想到了什么？”

“四方神兽？”

“回答正确！”月饼打了个响指，“假设这三个怪物是魔族用尸芦和活物异化的白虎、玄武、朱雀做守卫，那么下层肯定还有一只异兽是它们的守护对象。”

我立马紧张起来：“难不成东边洞穴还有一只青龙？”

月饼指了指洞顶，我略一琢磨恍然大悟。东洞的青龙，就是压在洞口的那个王八壳子！

所以，东边的洞穴是安全的！

十

月饼取出两根照明棒，我们人手一根进了东洞。这条洞穴和其余三条大不相同，石壁没有层层盐晶，洞顶滴着白色石水，地面层层叠叠潮湿的石笋，洞壁长满墨绿色苔藓，蚯蚓和甲虫钻进钻出。

我绕着石笋，心算着距离，进洞已经十多米，路面逐渐向下倾斜，隐隐能听到类似潮汐的水声。月饼突然停住脚步，我不提防撞在他背上，本来心情就紧张，这一下差点又闹出心脏病。

月饼向前探着照明棒：“看前面。”

就着绿光，我看到洞壁两侧的苔藓被齐刷刷地削掉，石壁打磨得光滑如镜，画着数十张一米多高的图画。可能因为年代久远的缘故，原本红色的图画变成暗褐色，内容更是千奇百怪。

我依次看去，第一幅画是一群身穿兽皮的人围着篝火载歌载舞，一只类似龙的动物盘踞在人群外侧，两个小孩举着球和龙戏耍。后面几幅依然是人与各种异兽共同相处的场景，异兽甚至帮助人类看家护院，背柴运水，气氛很融洽。直到第七幅画，两个人守着一堆面粉形状的东西，手持匕首争吵，几个老人拄着拐杖似乎在劝解，举球的孩子哇哇直哭。下一幅画更是触目惊心，异兽的尸骨堆成小山，人们踩着兽血，兴高采烈地扛着箩筐搬运兽肉，旁边还有几人彼此交换着大大小小的贝壳。倒数第二幅画更为惊心，那两个手持匕首的人指挥着众人挖出葫芦状的巨坑，那几只形状各异的异兽被扔进坑中，几个身强力壮的人肢解着龙首龟壳的异兽，取壳封住洞口。龙首随意丢弃在一旁，半张着嘴，舌头耷拉着，斩断的脖颈汩汩流着鲜血，两行血泪凝固在眼角。透过画面，似乎能听到它的惨鸣。

最后一幅画，经过长时间潮气的侵蚀，早已看不出内容，只剩下乱七八糟一片暗褐色。

我看得心头压抑，点了根烟透透气。月饼从我嘴里拿过烟抽了一口，烟雾喷在岩壁四下散开，越来越淡，像是那些异兽的灵魂，最终消失在空气中。

月饼手指顺着岩壁的图画勾勒："龙，真是人类的图腾？"

如果上古时代真的存在龙和其他异兽，那么这些图画，分明是人类和异兽由共处互助，演变为屠戮杀害的血泪史。所以，我只能默默地摇了摇头。

"我想起那只怪鲇鱼是什么东西了。"月饼一拳砸在岩壁，指缝渗出鲜血，覆盖了那两个手持匕首的人，"邽山，蒙水出焉，南流注于洋水，其中多黄贝；蠃鱼，鱼身而鸟翼，音如鸳鸯，见则其邑大水。"

月饼这句话出自千古第一奇书《山海经》对于蠃鱼的描述，我回忆着怪鲇鱼的形象，倒和蠃鱼有八九分相似。

"月饼，《山海经》里的异兽难道真实存在过？"

"不知道。但我知道，人类欲望带来的邪恶，从来没有消失过。"

"如果是这样……"我话还没说完，洞穴深处忽然传来一阵闷嚎，地面"嘎嘎"震动，石笋群受力崩断，一道巴掌宽的石缝从脚下向洞内裂开，洞顶像是安装了无数个烟雾灭火器，"哗哗"喷着水柱，洞内顿时雾蒙蒙一片。

我扳着一条粗大的石笋才不至于跌倒，五脏六腑都快颠乱了位置，乱糟糟的，无比难受。月饼双脚钉地保持平衡，用尼龙绳分别套住前后两边的石笋，打手势示意我抓住绳子往洞外走。

我刚抓住绳子，石缝里喷出大股水柱，喷了我满头满脸，满嘴都是咸腥的水味儿，呛得喘不过气。水位瞬间就没过膝盖，月饼绷直了绳子吼道：

“赶紧往外走！”

我正要顺着绳子向洞口走，只觉得腿部沉重根本抬不起来，脚踝被什么东西缠住了。就着照明棒一看，水里漂着一具泡得苍白肿大的女尸，团团长发缠住我的脚踝。

我也顾不得尊重死者了，咬着照明棒，双手伸进水里，扳着女尸脑袋手忙脚乱扯着头发。一股激流从石缝里涌出，水势大作，强大的冲击力让我身体失去平衡，仰面摔倒在水中。

那具女尸受到水流冲荡，正好脸对脸压着我，泡烂的脸上漂着无数粒芝麻大小的絮状物，半截舌头像块破抹布在我脸上擦来擦去。我推着女尸，没承想用力过猛，双手反倒陷进尸肉里。

那一刻，我想死的心都有了！

这时，旁边伸出一只手，拖着我的脖子拽往水面。我的眼睫毛挂着水珠，眼前白花花一片，模糊看到月饼单手抓绳：“南少侠，你上辈子造了多少孽，这辈子才这么招女尸喜欢。”

我呕了口脏水，正要回几句话，水里突然探出一条两米多长、布满眼球大小吸盘的巨型触须，缠住月饼的腰拽入水里。我愣了几秒钟才反应过来，憋了口气钻进水里，只见一团照明棒的绿色光晕消失在极远处。

我心里大急，正要顺着绿光游去，又一条触须从石缝里钻出，围着我的小腿缠了几圈，把我拽向洞底。

十一

我根本抗拒不了这股巨力，在水底不知撞断了多少根石笋，全身火辣辣的，如同火烧，耳朵轰轰作响，血液全都涌向脑部，胸闷憋得几乎要炸裂。就在这时，我忽然觉得身体一空，清凉的空气涌进肺里，背部重重砸在坚硬的石面。

我强压着翻腾的内脏睁开眼睛，炽白的光线刺得眼睛生疼，好半天才看清周遭的一切。

我倒吸了口凉气！

如果这个世界真有地狱，那么我现在就身处地狱中。

这个洞穴足有两个篮球场大小，岩壁每隔十米镶着拳头大小的夜明珠，距离地面三米位置有两个石洞，水流涌出，落进岩壁边上的水槽，汇聚在中央的池子里。

池子四周，数十具男女尸体手脚钉着楔钉，大字型固定在池壁上面。尸体腹部都有一道闪电状的裂口，内脏早被掏空，尸体的形状更是千姿百态。其中有一具脑袋被整齐劈开，左右脸耷拉在肩膀两侧，两只眼睛被竹签顶出正对着；还有一具尸体的牙齿缝里塞满锋利的刀片，深深陷进牙肉，表情极为痛苦。显然是有人将他的下巴猛地一合，刀片切进牙床，剧痛而死。

池子前面的空旷处，摆着各类古代刑具——插进下体的木驴、把人碾磨成肉浆的人磨、刷烂皮肉的铁刷、从头顶灌入水银的漏凿子……

我看得头皮发麻，没来由地打了几个冷战。

“砰！”

石洞里掉出一个人，在空中挺腰翻身，安安稳稳落了地。

月饼活动着肩膀：“南少侠，我这姿势还算潇洒吧？”

“你丫绝对不是正常人。”我心里一块石头落了地，“这时候还有心思开玩笑。”

月饼皱眉观察四周：“十八层地狱也不过如此。按照位置，这应该是尸芦第二层，也就是炼制妖物的地方。”

我四下瞅着，洞穴里除了尸体，没有那些稀奇古怪的东西：“丧尽天良的魔族，居然用人喂养妖物。等小爷出去了，一定把他们弄进这里关上三天三夜感受气氛。”

地面又是一阵强烈震动，池子里传出阵阵嘶吼，三条水柱从池中喷出，由清转红，逐渐变成三股血泉，灌满整个池子。血池里波涛翻涌，隐隐能看到某种巨大的生物在血水中游荡，随着嘶吼声越来越响，一口白色棺材从池底漂起。

“轰！”血红色的水花飞溅，一条水桶粗的蛇身驮着白棺送至池边。水中探出一个硕大无比的怪兽脑袋，鳞片开合发出铁器摩擦的“锵锵”巨响，额头中央凹陷拳头大小的骨洞，一双鹿形的角残破不全，向前凸起的嘴边长着两条长长肉须，密布的牙齿闪着寒光，灯笼般的眼睛忽明忽暗，时而凶残时而柔和地看着白棺。

我从未见过这种怪物，如果一定要下个结论，它长得和中国传说中的龙极为相似！

“嗷！”

怪物发现了我们，张开血盆大口狂吼，一阵罡风扑面而来，我脸上的肉都要震到后脑勺了。怪兽巨大的尾巴拍腾着水面，要从池中冲出。

我吓得差点站不住脚。只见怪兽刚扑到池边，似乎被一条无形的锁链束缚，吃痛地吼了几声，又退回池中，“呜呜”哀嚎。满池血水的颜色更加浓烈，一波波荡出池子，浇到那些尸体上面。

“它出不来，”月饼扬扬眉毛，“看它身上。”

我这才发现怪物的身体插满半透明的管子，连接至池子后边的石壁里。每当怪物挣扎，身体里的某种液体就顺着管子汩汩流进石壁。

“这是什么玩意儿？”我不由得奇怪，“魔族研究的困龙术？尸体又是怎么回事？”

“还记得那几幅图画吗？”月饼双掌合十竖在面前，“魔族需要它的体液制造某种东西。”

怪物流出不少液体，身体似乎小了一圈，眼睛闭合，头颅搁在池边低声哀嚎。

水池里又冒出连串气泡，我们在洞穴中遇到的猫婴、赢鱼浑身浴血钻出水面，舔舐着怪物躯体。赢鱼爬到池边，咬下一段人尸手臂送至怪物嘴边。怪物萎靡不振，探着鼻子闻了闻，微微睁开眼睛，把人手推到地上。

赢鱼又衔起人手，轻轻拱到怪物嘴边，像一只小狗反哺年迈的母狗。猫婴蹭着怪物脖子，呜呜哀鸣，哭声如同婴儿。

怪物抬起下巴碰触着猫婴的小脑袋，轻声哼着。

我的眼眶有些湿，一种莫名的情绪压得心头喘不过气。

月饼低声说道：“我们好像不该打死那只魑魅。”

怪物似乎听懂了月饼的话，怔怔地望着我们，眼神中透着深深的哀伤。

赢鱼执着地拱着半截人手让怪物进食。猫婴歪着头看看怪物，又看看我们，飞速爬了过来，睁着大眼睛可怜巴巴地抬头望着我们，咬住我的裤腿向怪物扯去。

我突然觉得这只恐怖的猫脸人身婴儿很可爱。我试着摸它的小脑袋，猫婴畏惧地缩着头，身体战栗却一动不动，任由我把手掌放了上去。

柔软光滑的皮毛，还有接受人类抚摸的畏惧。

不知不觉，我的眼泪滑落，滴到猫婴鼻尖。它伸出舌头舔着，又舔了舔我的掌心。痒痒的，很温暖。

“咱们过去吧。”月饼紧了紧背包向怪物走去。

“骨碌”，一个骨白色的圆球从月饼背包侧兜里滑落，滚了两三米，打着旋慢慢停住。

气氛有些压抑，我故意岔开话题：“你丫真是人才，背包居然还没丢。”

“你放的球？”月饼问道。

我摇摇头，看来月饼也不知道是怎么回事。

十二

猫婴看到圆球，凑着鼻子闻了闻，摇着尾巴对怪兽“哇哇”叫着。虽然看不出它的表情，仍然能从声音中听出兴奋。

怪兽似乎来了精神，定定地盯着圆球低吼，麟角顶着白棺，眼中滚落两滴硕大的血泪。

“周一平说过，魔族有一颗尸丹。”月饼拾起圆球在掌心转动着，“或许这就是。”

“怎么会在你包里？”

“喜宴吃饭的时候，我出门找你，背包挂在椅子上，大夯坐我旁边……”月饼举起圆球遥控对着怪物比量着，“和它头顶的凹洞大小正合适。”

我已经没心思琢磨大夯和周、苏两家设计这个局让我们进龙穴是为什么，脑子里出现了第一幅壁画的内容——两个小孩举着球和龙戏耍。

中国的传统舞龙艺术中的“二龙戏珠”，戴着娃娃脸头套的艺师举着圆球，舞龙师操纵两条龙追逐嬉戏，在喜庆节日表演，带给人们吉祥欢乐。

这门艺术有个古老传说——

相传天池山中有个深潭，有两条青龙在此修炼，它们关心附近百姓的疾苦，时常行风播雨，百姓们过着衣食无忧的太平日子，两条龙也备受人们的爱戴。

天池潭也是天宫仙女们洗澡的地方，每当月洁风清时，仙女们就到这里洗澡嬉戏。一次，仙女们在池中正洗得尽兴，一个浑身长毛的怪物猛扑过来，对裸身的众仙女进行调戏，她们高呼求救。两条青龙听到呼救声，立即披甲持械奔向天池潭，见是一只熊怪正在撒野，二龙齐心英勇奋战，熊怪战败被擒。

众仙女把青龙搭救之事，告诉给了王母娘娘。王母一时善心大发，从宝葫芦里取出一颗金珠，给青龙送去，让它们早日修炼成功。

金珠只有一颗，它们谁也不想独吞下去，你让给我，我推给你。推来让去，一颗金珠在二龙之间蹿上跳下，金光闪闪。时间一长，此事惊动了玉皇大帝，忙派太白金星下凡查看。

太白金星视察后，把两条青龙潜心修炼、心地善良的品德对玉帝汇报了一遍。

玉帝也受感动，便又取出一颗金珠。于是，它们各吞下一颗金珠，成了天上神龙。

想到这里，我觉得口干舌燥，心跳加速。传说终归是传说，最真实的原因，或许很快就会揭晓。

尸丹裹着一层夜明珠的柔光，晶莹剔透，在月饼掌心骨碌碌转个不停。月饼合掌攥住尸丹，手腕却抖个不停："它在自己转动。"

月饼摊开手掌，尸丹悬至半空极速旋转，白光更加炽烈。

怪物昂首吸了口气，尸丹颤巍巍地停止转动，顺着气流飞向怪物。

猫婴一声欢叫跃上池子，抱着怪物脖子蹭个不停。羸鱼飞起衔住尸丹，送到怪物额头正要安放，却被怪物的巨尾扫飞，尸丹落入池中。

羸鱼撞到洞壁重重落下，很委屈地低鸣着。怪物用麟角抵住白棺，推开棺盖，里面躺着一具身材矮小、皱巴巴的黑色干尸。怪物默默盯着干尸，像慈祥的父亲望着熟睡的女儿，温柔欢乐。

羸鱼懂了，钻进池中，再出来时，嘴里叼着尸丹。怪物小心翼翼地咬着尸丹，放进棺材。

白光从棺材中冒出，整具棺材由白转青，逐渐变得透明。干尸在白光的笼罩中，扁皱的黑皮变得光滑如玉，血管如蛛丝遍布全身，肌肉隆起，干涸的头发充满光泽……

棺材里站起一个十一二岁、长发覆臀、美貌绝伦的裸体少女，两颗晶莹的泪珠顺着脸庞滑落，在下巴凝聚成一滴，轻轻摸着怪物的脑袋："小青，你还好吗？对不起，你受苦了。"

那一刻，我看到怪物笑了。

十三

"你受苦了，"少女捧着尸丹放进怪物额头，搂着怪物脑袋亲吻着，"你们对我们那么好，现在却只有三个朋友了。"

水池里，伸出几根巨大的触须，对着少女弯曲着点了点，好像是在点头打招呼。

少女拊掌笑道："横公，你也在呀。太好了！"

我忍不住想问几句，却被月饼阻止了。

少女对着我们吐了吐舌头："谢谢你们。"

"等一下！"我话音刚落。怪物巨大的身躯猛烈扭动，扯断了连接在身上的管子，巨尾拍打水面，卷起巨大的漩涡。少女跨上怪物的脖颈，抓着麟角冲我们挥了挥手。怪物昂起巨大的身体，竖立在池中，猛地钻进池中。

池水激起巨大的浪花，旋转着向池底流动，水面越来越低，露出池底一处巨大的黑洞。

失去了尸丹的光芒，尸群乱七八糟横了一地。少女、怪物、羸鱼、猫婴、横公全都消失了。

洞穴鸦雀无声。

如果不是掐了一把大腿感到生疼，我真以为是做梦。“月……月饼，他们就这么走了？”

“嗯。”

“你在想什么？”

“我在想，”月饼摸摸鼻子，“咱们怎么出去？”

“这么大的事儿，你丫居然在想怎么出去？”

“废话！出不去这事儿想破天都没用。”月饼走到池边向洞里扔了块石头，石头滚落的声音显示这个洞并不深。

我也凑头看去，黑洞冒着森森潮气，心里有些发毛：“照明棒用完了，黑灯瞎火万一在里面迷了路，咱就算是交代了。”

月饼笑得很诡异：“南瓜，这满洞的夜明珠，随便抠一块，这辈子家里都不用点灯了。”

我心说惭愧，发生的事儿太多把这茬儿忘了个干净。当下也没废话，费了好半天劲，才用军刀剜出最大一颗夜明珠，地洞顿时照得透亮。

“出发！”月饼紧了紧背包，扳着洞壁凸起的石头向下攀爬，“敢不敢打赌？咱们的老朋友绝对在外面等着。”

说到这个，我憋了一肚子火：“就算他们不在，跑得了和尚跑不了庙！”

下了五六米距离到了洞底，左边是一方漾着波纹的石潭，右边是一条斜斜向上的隧道。

我们不是鱼人，自然选择了隧道。我边走边嘀咕：“这辈子钻的地洞都不如这一晚上多，从小到大哪遭过这种罪！”

月饼却吹着口哨乐得清闲，遇到造型奇怪的岩石居然还用手机拍照。心真大！

“月饼，背包质量不错，手机都没进水。”

“那是！OSPREY，牌子货！”

一路风平浪静，地表的泥土由潮湿变得干松，长时间在地底的胸压感也渐渐消失，离地面应该不远了。我心里轻松，走得也快了许多，又往前走了十多米到了隧道尽头，出口处压着一方青色石板。

月饼推着石板，纹丝不动。我急了眼，挤到前面，吃奶的劲儿都使出来了，石板就像是焊在地上，根本没有反应。

我有种饿了两三天，好不容易攒够钱下馆子要了碗饸饹面，结果服务员脚底一滑，饸饹面摔了个稀碎的挫败感。

“挖！”我用军刀发狠抠着碎石烂泥，“愚公他老人家还能移山，我就不信挖不出去！”

“别扯没用的。最后还不是天帝让大力神把山搬走了？上面有人一句话比你干几辈子都管用。”月饼居然打了个电话。

我累得胳膊发酸，索性不挖了：“你丫给天帝打电话呢？”

“给上面的人。”月饼指了指石板，笑得很狡猾。

“你说神话呢？上面怎么可能……”

我还没说完，石板外头居然真响起了手机声。

“吱嘎吱嘎”几声巨响，石板由中向两头裂开，清凉的空气涌入洞中，一张硕大的胖脸挡住了满天星星，脸颊的肥肉把眼睛挤成两条细缝。

“南……哎哟！”

“我操！”我一拳击中大夯鼻子，“你他妈的还敢露面？”

十四

我和月饼坐在饭桌靠门的位置虎视眈眈，大夯鼻子塞着卫生纸坐在对面毕恭毕敬。

“晓楼、无华，这事儿说来话长，”大夯满脸堆笑，“咱们边吃边聊。”

月饼“刺溜”喝了盅二锅头：“要不是你把我们弄回来，兄弟欠你个情义，我当场能拆了你骨头信不信？”

大夯点头称是，我越看他那张胖脸堆笑就越有气：“大夯，你这肥头大耳面相憨厚，看不出长了一肚子花花肠子。”

月饼和我一唱一和：“干脆把他做成‘猪血泡’下酒得了。”

俗话说“盐商怪吃，无奇不有”。“猪血泡”是将活的大肥猪四蹄捆住放倒，用楠竹筒盛煮得滚开的糯米稀饭，撬开猪的嘴巴硬灌下去，随即杀猪，开膛剖肚取下猪口腔、食道、胃子里被烫起的血泡，配上各种作料烹炒而成。这道菜虽然肉嫩味美，做法着实残忍，换我是万万不敢下筷子。

“无华，别介啊！好歹咱们也是高中同学，”大夯擦着脑门的汗珠子，“再说我这‘三高’的烂肉，塞了你的牙可担当不起。”

月饼手指弹着饭桌：“说说吧，怎么回事？”

大夯也不知道是真惦记这口吃的还是故意岔开话题，一本正经道：“没有一顿酒解决不了的事儿，咱吃完再聊成不？这可是贡城最好的盐帮私房菜，一般人想吃都吃不到。”

我瞅着小饭店破破烂烂的样儿，心头的火噌噌直冒：“我们的忍耐是有限度的！”

大夯敛住笑容；“成！不说明白了也吃不痛快，趁着没上菜我先说道说道，我爸是唐德忠。”

我听着这名儿特熟悉，一时没想起来。

“罗布泊，医族，唐德忠。”月饼提示了我一句。

我突然想起周一平讲述的“八族深赴罗布泊”的事情：“你……你爸怎么可能是唐德忠？”

“废话！我叫唐有明，我爸凭啥不能是唐德忠？”大夯小眼一翻，“要不要看看户口本证明我爹是我爹？”

以下是大夯的讲述——

唐德忠表面粗莽，其实心细如发。这次罗布泊之行太过仓促，众人又各怀鬼胎，尤其是明博和李文杰，每天晚上都偷偷摸摸地商量事儿。他明白，即使找到所谓的终极任务，也少不了自相残杀。为了自保，他每天捕食蜥蜴、蜘蛛这类毒虫，用医族药物把毒性融进血液，一旦发现不对，光是这身毒血就能放倒其余成员。

他念着文族的张丽君是个小姑娘，几次想用毒虫帮她，偏偏张丽君不领这个情。想想也是，换谁送条蜥蜴让对方吃下去，没被扇两个耳刮子就算给面儿了。

唐德忠干着急又不能明说，暗中和魔族结了盟。周、苏三人也早就察觉事情不对，痛快答应了。李文杰向魔族订了杀人计划，周一平当天晚上就告诉了唐德忠。

李文杰施展幻术之后，唐德忠假意跑出营地救助齐秀梅，又假装中了幻术装死，却利用魇族的尸丹保得心思清明，趁着混乱偷偷溜到早就商量好的集合点，和周、苏三人逃出了沙漠。

经过这件事，几个人成了生死之交，唐德忠本就是光棍一条，跟着他们来到了贡城。原因有二，一来如果李文杰那几个人没死找上门，彼此多少有个帮衬。二和魇族历代受到的诅咒有关。

在远古时代，中华大地存活着各种生性善良的异兽，帮助原始人类建筑家园，抵御猛兽，繁衍生息。随着人类智商开悟，文明越来越发达，对自然的畏惧和异兽的崇拜让人类分成了两大派。

其中一派始终与异兽保持着和睦互助的关系，而另一派却认为要想得到更强大的征服自然的能力，就必须从异兽身上获取力量。最简单直接的办法就是把异兽驯化成杀戮机器，捕食其他异兽吃肉喝血，以此获得神秘力量。

大夯讲到这里的时候，我心里哆嗦了一下。至今还有人认为虎鞭壮阳，虎骨强身，以至于老虎在地球濒临灭绝；捕猎者在非洲残忍地猎杀大象、犀牛，只是为了得到它们的牙齿和角；鲨鱼的鱼翅被称为“滋补圣品”，每年都有2.73亿条鲨鱼被割去鲨鱼鳍丢回海里，凄惨地死去。更不用说耕牛成了桌上佳肴，围在贵妇人脖子上的狐狸皮，可可西里堆积如山的藏羚羊尸骨。或许，人类是最排斥其他物种的生物，也许真的有一天，这个世界只剩下人类……

十五

两派人对峙数年，终于展开了一场旷世大战，双方都驱动了异兽助阵，最终亲兽方获得胜利，把敌兽方驱赶到西南部。

敌兽方元气大伤，靠着豢养的异兽重新建筑家园，蛰伏了数年，终于有一天，他们在最大的一条异兽流出的体液中，发现了一种神奇的东西——盐！

这种东西不仅能让人充满力气，更能通过交易获得更大的利润。于是，一场更惨无人性的杀戮开始了。敌兽方把仅存异兽残杀殆尽，按照上古传下的驯兽法建了地下尸芦，把产盐的异兽周身插满管子，获取体液凝固成盐，再掘井开采。为了防止外人盗盐，他们留了几只异兽在尸芦里守卫。

自此以后，敌兽方自称盐族，也就是魇族的前身。魇族本与其他七族没有关系，东周时期八族聚集，魇族之所以参加，是因为一件可怕的事情。

凡是魇族，都会在十八岁那年，身体溃烂，只有遍寻龙骨磨粉制药，才能缓解病情，又由此分出了盐帮、药帮两个帮派。魇族参加八族聚集，也是为了寻到《道德经》下半部，获得治愈怪病之术。

时代越来越久远，怪病始终诅咒着魇族，关于异兽的传说，却早已消失在历史的长河里。

直到盐帮挖到尸芦，也就是龙穴，盐、药两位帮主下井探寻，从残存的壁画中推测出部分真相。

药帮帮主和魑魅搏斗过程中搭上了一条手臂，盐帮帮主却意外获得了一样东西——尸丹。

具体过程不得而知，只知道盐帮帮主发现尸丹能够操纵尸体，两人推测魇族的怪病应该是自古传下的诅咒。为了赎罪，盐帮帮主操纵尸体送进龙穴接受酷刑当作祭祀，立下了“后世不得再开此井”，“魇族后人年满十八岁必食尸餐”两条规矩。

说也奇怪，困扰魇族的怪病竟然好了。

自此，盐、药两帮掌门代代相传“控尸入穴”的秘密。

唐德忠身为医族传人，自然是见病心喜，可是无论用什么方子，却始终治愈不了魇族怪病。大夯九岁那年，唐德忠认为“凡是病源所在必有治病之物”，不顾阻拦执意入龙穴寻药。

过了整整一夜，唐德忠出洞时已经奄奄一息，手中紧攥两片鳞片，留下一句“让孩子们吃了”这句话就昏迷不醒，在医院住了半个多月去世了。周博文和苏佳妍服用了鳞片，果然没有出现身体溃烂的异化。周、苏两家为了感激，把大夯抚养大。只是这事儿太过诡异，对所有人隐瞒不说。

剩下的事情，我们从周一平了解了七七八八，两方一推测，基本知道了大概。

月饼又问了三个问题：

大夯为什么成了我们同学？

为什么冥婚之后周一平不直接告诉我们反而要合伙设计这个局？

我上高中时丢的手机是不是大夯偷的？

大夯憋红了脸，坚决否认偷过我的手机。至于另外两个问题，大夯没有解释，从钱包里摸出两张信纸。

第一张信纸标明了我们高中那所学校，要求周、苏两家通过关系把大夯转入学校，每隔一星期把我们的行动写在笔记本上放到门口小卖部。第二张信纸更是蹊跷，日期是半个月前。内容大体是周博文和苏佳妍会出现意外，举办冥婚才能有转机，还详细画了酒席的格局布置，列出必须遵守的各种婚礼禁忌。而且一定邀请我们到场，诱使我们进入龙穴。

落款是同一个人——李文杰。

“周叔说魇族罪孽深重，如果能把两个孩子救活，就散财求福积点阴德，两家从贡城搬走隐姓埋名，多做善事。”大夯抓着乱糟糟的头发，眼圈通红，“他们把房产都过户给我了，早就收拾好东西，你们进了龙穴后，他们就连夜搬走了。我担心你们出事，又不敢下去，只能在外面等着。”

“晓楼，无华，我知道对不起你们，实在是有苦衷。”

真相大白，又根本没有真相！

十六

我快把手指头揉进太阳穴里面，才不至于让巨大的信息量把脑子冲乱。虽然我早就知道这些年匪夷所思的经历和八族有关，却没有想到李文杰对我们的监视已经到了无所不在的地步。

我们至今不知道，李文杰究竟是谁，到底在哪儿。

这件事细思恐极。

“他们真没告诉你搬到哪里了？”月饼问得自然是周、苏两家。

“真没跟我说。”大夯脸憋得快滴出血，“我都说了这么多，还有啥事儿要藏着掖着？”

月饼盯着大夯足有两三分钟：“我相信你。”

店伙计端着盘水煮牛肉从厨房出来。不多时，葱烧岩鲤、葱白回锅肉、农味冷吃兔、口蘑肝膏汤堆了满满一桌。岩鲤半张着嘴，灰白色的眼睛半浸在汤汁里；回锅肉泛着晶亮油星子，冒着腾腾热气；一整只兔子烧得通红，脑壳还有临死前敲砸的裂纹……

满桌佳肴红绿相间，香气扑鼻。

我眼前浮现着那只怪物全身插满管子，痛苦哀嚎的场景，没有任何食欲。虽然任何一个种族的生存都是以其他种族的死亡为基础，可是仅仅为了口腹欢愉，就应该以残杀为代价吗？

月饼起身：“大夯，我们走了，自己小心。如果有什么信息，第一时间联系我们。”

“无华，晓楼，我……对不起。”

“咱们是同学啊。”月饼站在门口，阳光斜斜照着，亮了嘴角的笑容，“我们还活着，魔族诅咒解除了，干吗道歉？”

大夯使劲抽着鼻子，我摆了摆手：“大夯，你丫如今也是别墅豪车的土豪了，别忘了多买几本我的书支持支持。”

“你……你们，照顾好自己。”

月饼突然问了句莫名其妙的话：“大夯，1995年成都那件事，和魔族有关吗？”

“哪件？”大夯愣了片刻，“哦！你说的是那件事？那年博文全家去成都旅游，晚上几个大人喝酒，博文岁数小，翻包把尸丹翻出来了带到街上玩，整出了那件事。”

月饼点点头：“南瓜，走吧。”

十七

回到房车，月饼枕着胳膊躺在床上，久久不语。我也一肚子心事儿不愿说话，索性打开车载音乐。

“曾梦想仗剑走天涯，看一看世界的繁华。年少的心总有些轻狂，如今你四海为家。曾让你心疼的姑娘，如今已悄然无踪影。爱情总让你渴望又感到烦恼，曾让你遍体鳞伤……”

许巍的歌声依旧苍凉悲伤，我打开笔记本电脑，记录着经历的一切。

“从昨夜酒醉醒来，每一刻难过的时候，就独自看一看大海。总想起身边走在路上的朋友，有多少正在醒来……”

不知为什么，我写不下去了。月饼闭着眼睛似乎睡着了，我关了音乐，百度着“活取熊胆”的视频图片。

一只只困在铁笼子里的黑熊，原本黑亮的毛发结着泥绺，瘦得仅剩一张熊皮包着骨头，眼神浑浊呆滞。它们的腹部插着钢管，另一端露在外面，胆汁一滴滴流出。裸露的伤口永远不会痊愈，常年流淌着感染的脓水。为了增加胆汁的流出量，人类会用特制的针管抽扎进胆囊取胆汁。每到这个时候，仅剩生理机能的熊才会疼得发出几声惨嚎。

它们生存的价值，仅仅存在于几滴据说可以清热解毒、平肝明目、杀虫止血的胆汁。

我突然觉得，我们其实就像锁在笼子里的熊，禁锢在尸芦里的龙形怪物。我们存在的意义，仅仅是为了一个莫名其妙的任务，始终被控制着，忍受一次又一次痛苦，永远无法挣脱。

月饼伸着懒腰：“不知道那个小女孩怎么样了？”

我关了百度网页：“肯定活得很快乐。毕竟，她的朋友，是龙。”

“但愿如此。”月饼从储物箱拿出两包方便面，“南瓜，为什么动物比人类要相信人类？那条龙没有攻击咱们，哪怕魑魅死在咱们手里，而且它遭了那么大的罪，最想做的事情还是要用尸丹救活小女孩。”

月饼这个问题我不想回答，也无法回答。或许小女孩是它的主人，从小把它养大；或许在那些人屠杀异兽的时候，只有小女孩不惜用生命阻止；或许人们正是利用了它对小女孩的感情，把小女孩的棺材放在身边，让它心甘情愿守护着，哪怕是忍受活取体液制盐的千年痛楚。

这是一个好的故事素材，我完全没有一点儿想写出来的兴趣。

“换个话题。”月饼往方便面里冲着热水，“知道临走前为什么问大夯那件事吗？因为我突然想到，魔族连夜搬走的真正原因不仅仅是诅咒解除，而是逃避，以保住另一个秘密。”

“魔族通过尸丹控制尸体，最廉价的劳动力自然是死人。也只有死人，才能保守住盐场真正的秘密。盐帮、药帮自古争斗，死人肯定少不了，这是一个为了得到尸体的幌子。”

贡城自古产盐，鼎盛时期“盐工昼劳夜休，入夜盐场封闭，外人不见。众云，夜间盐场设道坛，邀神兵相助，不眠不休。每每天明，盐量尤甚。”

我脑补着一群僵尸在盐场采盐的种种画面，不寒而栗。

突然，车外风声大作，飞沙走石，乌云如同惊涛骇浪，从天际最极限的边缘滚滚而来。几道闪电烫裂了乌云，雷声轰轰，隐隐几声长长的啸声回荡。

只见天空清晰地划分为两半，一半云海翻腾，一半晴空万里。太阳被云海遮掩了一半，阳光把云彩映得或明或暗，云影似一条苍龙昂首跃然，龙首处好像有一个小孩骑跨，向成都方向飞去。

行人们纷纷拿出手机拍着异象，发着微博、朋友圈。

“南瓜，你说得对！她的朋友是龙，她活得很快乐！”我把音乐开到最大。

“让我们干了这杯酒，好男儿胸怀像大海。经历了人生百态世间的冷暖，这笑容温暖纯真……”许巍吟唱着《曾经的你》，“嘀嘀哩哩嗒嗒，走在勇往直前的路上！”

“所以，出发！下一站，金陵！”

“急什么？车马未动，粮草先行。”月饼端着方便面，“我难得整顿饭，吃了再走。”

“两包方便面也叫做饭？月公公您有点节操行不？好歹来瓶二锅头啊。”

“酒驾扣十二分！”

“月公公，那场亲兽派和敌兽派的旷世大战，知道是哪一场吗？”

“我又不是没学过历史，当然知道。”

异闻一：

1995年，成都流传着一件恐怖的传说。华阳某人上公共厕所忘了带纸，有人给他递上了一张草纸，他接过一看，是烧给死人的黄表纸。他觉得奇怪，抬头一看，站在面前的是一具僵尸，当场吓昏过去。当天晚上，成都府南河附近传出“僵尸袭人”的说法，一时间人心惶惶，家家自危。后来此事不了了之，关于这件事的版本更是多如牛毛，在此不一一列举。

异闻二：

2015年11月23日，成都天空出现壮观的一幕。天空被云彩整齐地分成两半，一半云海翻腾，一半晴空万里。

对此，不少网友调侃，好像小说中武林高手对决时双方气场相冲的场景。也有人说，这是“潜龙腾渊”之兆，有一条龙修炼成形，腾飞而去。

第六章 凶路

公路禁忌：

一、不要一直盯着反光镜；

二、高速公路上，不要在途中停车方便；

三、高速公路上遇到超车，不要侧头张望；

四、下了高速公路立刻洗车；

五、平稳路段发现车内饰品剧烈晃动，立刻点烟，抽一半时扔到车外；

六、前方车辆尾灯颜色如果是绿色，立刻超车且不要从后视镜看那辆车驾驶位；

七、高速上遇到被撞死的动物，能避就避，实在避不过碾压尸体后，找就近休息区清洗轮胎（糯米水最佳），并在轮胎位置放三根点燃香烟，燃尽再出发；

八、从车灯范围内始终看到有东西一闪而过，连摁三声喇叭，每次间隔三秒；

九、行驶过程中发现车速正常却有种速度越来越慢的错觉，千万不要看右前方！否则，你会看到……

一

贡城到金陵三千多里地，按照导航设定的路线，大概需要20个小时。我和月饼开到沪渝高速，在休息区补了个觉，醒来时已经晚上八点多，索性去餐厅吃点东西祭祭五脏庙。

填饱肚子已经十点多，想到还要开夜车，月饼去超市买烟、红牛，我溜达着消食儿。休息区停了不少大货车，司机们三五成堆摆着龙门阵。无非是"几点上路""哪个路段闹鬼""哪个休息区特别邪性，厕所经常听到哭声""小情侣高速路兴之所至车震被发现""前几天连环车祸特别惨烈"之类的话题。

其实在高速路修建过程中，很多地段会破坏堪舆格局，导致地气与人气相冲，产生影响。比如高速路正好贯穿地势格局白虎位的虎睛，开车路过时会感到头晕目眩、精神恍惚；如果高速路横断朱雀位的雀爪，就会有特别兴奋、体热如火的异状。这也是某些高速路段明明可以直接修筑通过，偏偏绕了个弯，在这个位置安放塑像、建造花池，或者修高架桥跨过的原因。

中国华东某省有条特别邪乎的高速路，某一路段常年大雾，是事故高发区。后来道路维修时，工人从辅道旁挖出一具缺胳膊少腿儿的骷髅，骨架有严重撞裂痕迹。估计是夜间横穿高速的行人被撞飞，肇事司机逃逸，撞断的肢体被后来路过的车辆碾成肉沫，粘在车胎、底盘带走了。说也奇怪，自此这个路段再没出现过大雾。

这种路段，统称为"凶路"。

有经验的司机经过凶路时，都会往窗外扔几张卫生纸、盛着水的饮料瓶子、点着的香烟，当作纸钱、素酒、香烛做供奉，保得一路平安。

司机们东拉西扯地聊着，我听了一会儿再没什么新意，回车里坐在休息区打盹儿，月饼拎着东西上了车。我们面对面喝着红牛，谁也没说话。

想想也是，与其坐着分析，不如着手行动。那个天杀的李文杰总不能这会儿推开车门，满脸堆着笑说"哎哟，两位，我来说说这到底是怎么回事儿"吧？

一罐红牛进肚，困劲儿熬过去了，我拿着钥匙进了驾驶室。月饼睡不着，坐在副座陪我唠嗑解闷儿。

“南瓜，阴气最重的地方是哪儿？”月饼支着下巴找音乐。

“坟地？”

“亏你还号称懂点什么。每天高速路上都会撞死各种生灵，自然阴气最重。喏，这条路像不像通往地府的黄泉之路？”

此时，高速公路的车已稀少，路中央隔离带的反光牌映着灯光，延伸至夜幕深处。偶尔几辆车呼啸而过，尾灯闪烁，越行越远，像是指引游魂进入地府的冥车。连绵起伏的群山静静地盘踞在公路两侧，突兀的岩石仿佛随时都会崩塌砸落。

我轰着油门骂道：“月公公，你丫的乌鸦嘴就不能消停消停？”

月饼“哈哈”一乐：“心魔自祟。”

“人吓人，吓死人！”

我无论如何也没想到，这段路是我人生中经历的最恐怖的一条路。

二

“南少侠，这都一个多小时了，才开了八十多公里，”月饼摸着鼻子，“就你这速度，准备在车上跨年？”

我老脸一红：“最近赶稿子电脑用得多，视力有些下降。”

正说话间，又一辆货车准备超车。我侧头一看，货车拖挂蒙着帆布，鼓鼓囊囊不知道运送什么东西，副驾驶座的女人正好也在看着我，看来是夫妻俩做运输生意。

两车速度差不多，处于相对静止状态，女人面容看得真切，还颇有两分姿色，我忍不住又多看了几眼。女人贴着玻璃冲我微微一笑，货车一个油门超了过去。

我心里有些奇怪，觉得好像有什么不对劲的地方，又想不出来到底怎么回事，继续本着“宁让一分钟，不争六十秒”的安全原则，慢悠悠开着。

月饼闭目养神，嘴上也没闲着，不住地说着“看来正月十五也要在路上过了”“这速度可以申请吉尼斯世界纪录”云云，倒也没有真的催我开快些。这时后面又追上来一辆货车，强光闪了几下，我把车开到中道，让出左道方便对方超车。

货车超过的时候，我下意识地看了一眼，这一看不打紧，手一哆嗦，房车如同脱缰野马，斜斜扎向应急车道。

我急忙狠踩刹车。“吱嘎”，轮胎发出刺耳的摩擦声，车头在即将撞上防护栏的时候堪堪停住。

月饼身体受惯性往前一冲，被安全带绷了回来：“打瞌睡了？”

我死死抓着方向盘，冒了一身白毛汗，大口喘着气，车玻璃笼了一层白雾。

“月……月饼，我看到了一辆车。”

“废话，高速公路难不成看到飞机？”

瞬间的刺激让我的脑子有些刺痛，我又使劲喘了几口气，回忆着刚才看到的画面：同样的货车，蒙着同样的帆布，同样的女人，同样的笑容……

“我的意思是，我看到了相同的一辆货车超过咱们两次。”

月饼扬了扬眉毛：“同一辆车，两次？”

我点了点头，脖颈僵硬地“咯咯”作响。

又一辆货车呼啸而过，虽然速度极快，但是那一刻，眼前的景象宛如慢动作重放。

还是那辆车，还是那个女人！

我惊得手掌摁着车玻璃，在雾气里留下一张清晰的掌印。我定定地看着掌印，终于想到刚才为什么觉得不对劲了。

那个女人贴着车玻璃对我笑的时候，玻璃上并没有呼气留下的白雾！

“是这辆车？”月饼指着远去的货车，原本红色尾灯忽然变成绿色，在夜幕里留下两道飘忽不定的绿影，如同跳动的鬼火。

“你怎么知道？”

月饼指着后视镜：“它又从后面过来了。”

我顺着后视镜看去，一道模糊的车影由远及近，车灯颜色由绿转黄，照亮了前方的一个警示牌——“高危路段，谨慎驾驶。”

更不可思议的是，那个女人端坐在副驾驶，侧头望着窗外。驾驶座，根本没有人！

这次看得真切，我反倒不害怕了，心里冒出一个古怪的念头：变形金刚？！

“应急车道停好，打开双闪灯，我下去看看。”月饼解开安全带下了车，往前跑了几步，站在应急车道举起手机。那辆货车驶过时，手机闪光灯亮起。

我把车并入应急道，正准备下车时，挂在反光镜上的佛珠忽然动个不停。我握着佛珠想要让它停下来，佛珠却在手心跳动得厉害。这时，我从反光镜里看到休息舱坐着一个模糊的人影，缓缓起身，笔直地向我走来。

我急忙打开车厢灯，心脏如同被一根针刺穿，疼出一身冷汗。

反光镜里，那个女人低着头，长发半遮着脸，站在我的身后！

她慢慢抬起头，苍白的脸上泛着灰青色，嘴角挂着笑：“你是来陪我的吗？”

三

我拽断佛珠向那个女人甩去，佛珠触到她的红色连衣裙，像是嵌进一坨黄油，漾开几道波纹，融进身体。

女人突然僵住不动，全身筛糠似的颤抖，裸露在衣服外的皮肤冒出一大片花生大小的疱，撑得皮肤锃亮，糨糊状的白浆“啵啵”挤出，阴灰色烟气“哧哧”冒着。

女人低头看着手臂上大大小小的疱，眼神茫然地摸着坑坑洼洼的脸：“我……我怎么变成这样了？”

我偷偷打开车门正要溜下去，眼角余光扫过反光镜，看到镜子里面是一具骨骼寸寸断裂的骷髅。我忍不住又看着那个全身冒烟的女人，她似乎从车窗看到了自己的倒影，嘴角微微抽搐，嘴巴渐渐张成“O”形，“啊”的一声尖叫，手指抠进头发疯了似的撕扯。

而我从反光镜里看到的，却是一具骷髅在头骨上胡乱抓着。

不知过了多久，女人的身体像遇热融化的蜡油，扭曲变形，化成一摊车厢里的液体，“咕嘟咕嘟”冒着泡，渐渐消失了。

我咽了口唾沫，嗓子刀割般剧痛。镜面上蒙着一层白雾，车厢里除了几颗佛珠，空荡荡的什么都没有。这种镜子与现实截然不同的视觉反差，让我根本分不清楚哪个才是真实发生的事情。

“砰！”

一只手突然从车前伸出，用力拍着玻璃，印出乱七八糟好几个掌印。我的心理素质再强大，也遭不住这么接二连三的惊吓，张着嘴连声儿都没发出，差点直接昏过去。

车灯强光里，冒出月饼好大一张脸，拍着玻璃指着右前方：“快下来！”

我瘫在车座里，冷汗早就透了衣服和座椅粘在一起，腻歪歪的很不舒服。

“你个乌鸦嘴，先上来！”

月饼上车后，我把刚才的事说了一遍，他捡起佛珠闻了闻：“没有怨气发出的恶臭味儿。南少侠，你别不是红牛喝多兴奋大劲儿脑子蒙圈了？”

“月公公，”我指着脑袋，“这里面是脑浆，不是糨糊。”

“有趣。”月饼扬了扬眉毛，围着车厢转了两圈，犄角旮旯翻着，“会不会是有人下厌胜术了？”

想到刚买车那个晚上出现的猫脸女人，我的汗毛都竖起来了：“有可能，搞不好就是那个李文杰干的，说不定下在车外面了。”

月饼眯眼憋着笑：“你还真信啊。”

“你丫不信是不？”我有种上当的感觉，鼓了一肚子气，“我编个鬼故事糊弄你很好玩？”

月饼打开手机递给我：“刚才拍的，自己看吧。”

我接过手机，照片里闪光灯范围内，高速公路空无一物，哪里有什么蒙着帆布的货车？

我突然想到大学时美术系师姐遇到的一件事——

四

师姐名叫周子涵，自幼父母双亡，祖母把她带大。

穷人的孩子早当家，也是祖母无微不至的疼爱，周子涵从小特别懂事，品学兼优，考上大学后就没让祖母操过心，她兼职做家教，不但学费挣出来了，每个月还给祖母不少零花钱。

暑假，周子涵和几个关系要好的同学开了个补习班，每天早出晚归。虽然日子挺累，但是想到生活有奔头，祖母能过上好日子，周子涵没有一点儿怨言。

周子涵家住老式居民楼，回家要穿过一条又宽又长的巷子，没有路灯，走夜路的时候，穿堂风一吹，脚步回声一响，格外阴森。

前段时间听说巷子里发生了抢劫事件，周子涵怕祖母担心没有说，在网上买了个防狼手电防身。估计祖母也听到了传言，每天都亮着卧室的灯，直到周子涵回家才熄灯睡觉。周子涵看到祖母屋子亮着灯，心里特别温暖。

如此过了半个多月，也没什么事情发生，周子涵踏实了，授课又特别累，回家倒头就睡，早晨天蒙蒙亮就起床赶地铁。

最近三天，周子涵夜归时，发现总有人举着手电跟在后面。每次走到巷子口，那个人就关了手电，再回头看，已经没人了。起初她并不在意，以为是同路回来的邻居，可是每天都这样，事情就有些蹊跷了。

人就怕琢磨，周子涵越琢磨越觉得害怕，又联想起抢劫案，更是心惊胆战。第七天晚上，她约了一同授课的男生宋存良送她回家，说也奇怪，这次身后再没有手电亮起。

宋存良本来就对周子涵有好感，见此机会更是不放过，一路说着："别说是没人，就算真有坏人，这几年健身房的成果也算派上用场了。"边说边有意无意亮着肱二头肌。

夜路地邪，有些事儿不经念叨，巷子走了一半，几个混混从黑影里走出。看到周子涵长得漂亮，更是动手动脚。

宋存良这时也没了吹牛时的气势，扭头跑了。周子涵喊着"救命"，拼命抵抗着混混骚扰。就在这时，巷子口亮起一道手电光芒，一个女人喊着：

"有流氓，快来人！"

几个混混受到惊吓，一溜烟窜了。

周子涵跑回家，心里委屈害怕，哭着跑进祖母屋里。祖母躺在床上一动不动，一双布鞋还沾着湿泥，枕边放着一柄老式手电。

周子涵摸摸祖母的手，冰冷僵硬。她这才看到，祖母脸上、手上布满尸斑，尸水浸透了床单，凝固成硬块……

法医经过尸检，祖母早在七天前死于心梗。警察百思不得其解的是，周子涵不断重复着两句话——"是奶奶救了我。""奶奶，我对不起你。"

警察认为周子涵受到连番惊吓，精神出现了问题，强行送进医院精神科做康复。这期间根本没有同学来探望，周子涵想起平时对同学的好，尤其是逃走的宋存良，如今却是这个结果，心里更是凄苦。

康复回校后，周子涵察觉到同学们看她的眼神很怪异，同寝室的女生更是对她避而远之，连晾衣服都和她的衣服保持很远距离。

她弄不懂是怎么回事，曾经和她关系最好的闺密支支吾吾说了真相。

她住院后，宋存良跟同学们说，周子涵明着开补习班，其实暗中和学生家长们做性交易赚钱，还结识了些不三不四的朋友。连祖母死了都不知道，一点良心没有。那天他送她回家，亲眼看见她和一群混混逛夜店去了。

周子涵这才明白了，在警察局的时候，她为了宋存良的名声，把他逃走这件事隐瞒没说。没想到宋存良反咬一口，为了掩饰真相四处造谣。

这年头，许多人有"仇优心理"，盲目迷信家境好、颜值高的人，却永远不会认可一个普通人能通过努力改变人生。

周子涵长得好看，学习好，每学期都拿一等奖学金，手里又不缺钱花，已经遭人嫉恨。宋存良这么一说，无异于火上浇油，舆论风向自然对准了周子涵。

周子涵气不过，在学校论坛发了个帖子，把事情原原本本解释了一遍，却引得无数骂声。

"她一个孤儿，哪来的那么多钱？"

"想赚钱想疯了，连自己奶奶死了都不知道！"

"亏她还编了一个'奶奶诈尸救她'的故事，心机婊！"

“人家宋存良家里有的是钱，造你谣有意思吗？”

此事惊动了学校，教务主任把周子涵叫到办公室，色眯眯地打量着她：“小周，你的事对学校声誉造成了很恶劣的影响，校方讨论你的学业问题。当然，本着不放弃一个学生的原则，我很维护你。有些事，你懂。”

周子涵在他的脸上留下血红的掌印，当天下午就交了一份退学申请回家了。

过了两天，校长亲自去周子涵家道歉，承诺再不会发生类似的事，把周子涵请回了学校。

原来，这天上午，宋存良闯进学校播音室，举着麦克风把事情原原本本说了个清楚。

宋存良突然良心发现？当然不是！

我躺宿舍里闲着没事，难得上了一次校园论坛，看到了这个帖子，顺口跟月饼讲了。

说来也巧，月饼做过周子涵的肖像画模特，两人偶尔聊几句，对她印象不错。月饼看人挺准，觉得周子涵不是那种人。我们俩一合计，晚上去那条巷子调查情况。

我沿着巷子走了两个来回，心里有数了。这条巷子出口位于坤位，也就是西南角，周子涵居住的楼房在东北角艮位。八卦分八门，“生伤杜景死惊开休”，艮为生，坤为死。

这种路称为“阳世黄泉路”。如遇死丧，死者生前有未完成的心愿，一口怨气不散，会从此路由死门至生门来回徘徊。体阴的人走过此路，哪怕是炎热的夏天，也会觉得光线暗淡，遍体生寒，听到些奇怪的声音。

想来周子涵祖母担心孙女，死后不肯离开，每晚仍在保护她。明白了这一层，自然是宋存良说谎。

我们当天晚上就去堵宋存良，至于用了什么手段不方便说，反正过程很恶心，不过收拾这种人，用什么方法都不为过。

周子涵早我们两年毕业，出国深造了一年回国，去年开了个人画展，现在是国内小有名气的画家。

前段时间我还在微博看了她最新画作——《走》。

一双布鞋巧妙地构成了老妇人的脸，浑浊的眼瞳里，是一个佝偻身躯的老人牵着小女孩的背影……

五

书归正传——

这条高速路贯穿南北，分别是离位（休门）、坎位（景门），和阳世黄泉路完全不搭。东边是山右边旷野，也不像是哪种怨气成形、入脑成祟的格局。

我的脑子里不停闪现着那辆货车和红衣女人，乱哄哄的，头晕得厉害。

“右前方，”月饼指着车外的西南角，“死门。”

我顺着看去，半人多高的杂草随风起伏，依稀能看到五十多米远的位置有个圆形土包，草丛里时隐时现两团绿光，忽左忽右飘忽不定，在黑夜里留下两道绿色残影。

我有些明白是怎么回事了。这段路封印着极重的怨念，到了特定时间，怨念化成阴气，影响过往行人产生幻觉，不断重复显示着生前遭遇的不幸。

月饼背起背包：“把车往前开一段，关了双闪，去看看究竟怎么回事，省得再祸害别人。”

我把车往前开一百多米，跟着月饼下了车。越过防护栏踏进乱草丛，鞋底踩着杂草“沙沙”作响，草叶扫着衣服，总感觉好像有什么东西随时会从草丛里扑出。

月饼倒是胆儿冲，捻着桃木钉扔上扔下：“南瓜，一会儿要是有不干净的东西，你堵住生门撒糯米，我从死门抄后路。估计一根桃木钉就解决了，要是实在太厉害，就用你的童子血。记住，一定是中指，阳气最足。”

我想想咬破手指，肝儿就发颤：“干吗不用你的？”

月饼接住桃木钉塞我手里：“You can you up。”

我琢磨了一下自己的暗器水平，把桃木钉还了回去。

这么斗着嘴倒也不紧张，眼瞅着土包越来越近，那两团绿火突然消失了。

月饼猫腰没入草丛往西南角跑去：“别让它跑了，去生门！”

我左手糯米，右手军刀，几步跑到土包东南角三丈远的安全位置蹲下，压着心跳，单等月饼动手撒糯米了。

等了一分多钟，月饼那边没有动静，我心里奇怪又不敢乱动，倒是把土包看了个清楚。

土包半米多高，顶端放着一块石头，压着几张残破的黄表纸，前面一米见方的范围，野草全都被拔掉了，泥土烧得焦黑，还有几块碎酒瓶子，倒像是一座野坟。

我等得正着急，土包后面忽然站起一个人，手里拎着一尺多长的东西。

我吓得一哆嗦，正要劈头盖脸把糯米撒过去，那个人说道：“别开枪，是我！”

逆着光看不太清楚，我攥着糯米没敢大意：“月饼？”

“该小心的时候不小心，这会儿倒学起柯南了。”月饼把那个东西往坟包一丢，“虚惊一场，黄皮子。”

我一时没反应过来，念了几句“黄皮子”才明白了到底是怎么回事。走过去一看，一只毛发都已经发灰的死黄鼠狼趴在坟前。看伤痕是被人打死的。

月饼对着黄鼠狼拜了几拜，嘴里念叨着：“扰着您了，见谅。”

桃木钉插进黄鼠狼脑壳，一团隐约可见的灰气从它鼻孔冒出，在夜风里打着旋儿，忽地散了。

六

黄皮子就是黄鼠狼的别称，也有些地方叫“黄大仙”。黄鼠狼邪性得很，夜间视力特别好，老辈儿说黄大仙能通阴，看见常人看不见的脏东西。它的眼睛就是阴气进出的地方，体内阴气聚得多了，就要用鸡血压制。鸡、狗的血至阳，能克阴物。这也是民间“黄鼠狼爱偷鸡”“狗抓黄鼠狼，玩了命了”说法的由来。

村里老人常跟小孩说的一句话是“黄大仙不能打”。打死了黄鼠狼，阴祟飘出，不懂门道的人会被侵体，上身后就像是变了个人，又蹦又跳，直到累得口吐白沫昏过去。

关于黄鼠狼上身的传闻很多，就不列举了。遇到这种情况，在被上身的人脑门贴一张泡过鸡血的黄纸，撬开牙关灌进糯米水，再用脏扫把拍打全身，睡一晚上自然痊愈。

民间还有一种“三大忌”的说法：“白天莫过坟，夜路莫问人。遇到黄皮子，夜坟化成人。”

大体意思是白天过阴气重的坟地，阳气消散，会生重病。体阴之人夜间不要随便问人道路，有可能那个“人”不是人，会给你指条死路以求自己托生。最凶煞的当属夜间在坟堆子里遇到黄鼠狼，眼前会出现坟里尸体死前的各种场景，轻则吓疯，重则毙命。

高速路经常发生车祸，有些人家为了让枉死的亲人消掉怨气，会偷偷在事故发生地方附近的野地里立坟祭拜，保得家人平安，死者托生。

一切都解释通了，正如月饼所说，虚惊一场。

我心说难怪这里竖着“高危路段，谨慎驾驶”的牌子，心里格外舒坦：“月饼，咱算是做了个好事吧？”

月饼忽然拔出桃木钉，拽着我躲在草丛里：“噤声！”

沉闷的刹车声响起，路边停了一辆蒙着帆布的货车，一个人打着手电爬过防护栏向土包走来。

我心说碰到来祭祀的正主了，要是犯了别人的忌讳不太好说话。再说二半夜的我们俩从草丛里冒出来，这还不把他吓出三长两短？于是打定主意耐性子等祭祀完再回车里。

那个司机走到坟前，手里果然拎着一塑料袋祭品。他用火机点了纸钱，一张张往火堆里放着，火光映着他的脸，正是刚才在休息区摆龙门阵的其中一个司机。

“兄弟，你和你媳妇受苦了。”司机洒了半瓶酒倒入火堆，火势一旺，把他的脸烫得通红，“那天晚上雾大，我真没看见你下车，刹车来不及了……我心里害怕，跑了。”

我清楚地感觉到月饼摁着我肩膀的手指一紧。

"第二天我听说这里撞死夫妻俩，尸体都碾成肉酱了，"司机抹了把眼泪，"看来是你媳妇下车呼救，被后面的车撞死了。"

"我心里有愧，天天担惊受怕，好几次想自首。可是……可是我也有家，老婆孩子全靠我一个人。我进去了，这个家就垮了。兄弟，你和弟媳地下有知，多担待老哥吧。我在这儿给你们竖了坟，每次路过，老哥都来看看你们。"

货车开走了，火堆燃成灰烬，几缕纸灰顺风飘走，只剩几片烧黑的纸亮着红光。

我和月饼慢慢起身，相互看着，不知道说什么好。

"南晓楼，这个世界，有许多事情，很无奈。"月饼摸摸鼻子，"好人难当。"

我默然。如果举报了那个司机，虽然对得起良心，可是为了已死之人，毁掉另外一个家庭，似乎又对不起良心。

我们能做什么？我们该怎么做？

"今晚的事儿，就当没有发生。"月饼耸耸肩向房车走去。

不知不觉间下起了薄雾，奶白色的雾气萦绕着野草，如同一缕缕游魂，留恋世间不愿离去。

我向远处望去，月饼已经隐入雾中。这片雾更是奇怪，只在这方圆一百多米的范围聚着，其他地方月朗星稀，没有丝毫雾气。

我想着司机说的话，突然想到一件事情。所有的记忆碎片串成一条线！货车、帆布、红衣女子、佛珠、司机、龙门阵、黄皮子、野坟，死门、生门！

我终于明白了！转身扒着坟包，手指生疼。"噗隆"一声，坟包塌陷，露出坟坑。

我全身起了一片鸡皮疙瘩："月饼！这段路是回阴路！"

七

我举着指甲渗血的双手吸着凉气："再快点，时间来不及了！"

“你确定？”月饼轰着油门，车外景物化成一条线，稍纵即逝。

我点了根烟镇痛：“他们摆龙门阵的时候，那个司机说四点出发，现在是十二点，还不到时间。”

“我百度了，这条路段确实发生过严重车祸，三死一伤，怨气不散。坟堆对着高速路的生门，建在死门位置，肯定是懂点门道的人故意建在这里，又打死一只黄鼠狼放在坟头，阴气聚重，形成怨雾，这个格局是回阴路。车内如果挂着克阴的物件，会提前预示灾祸。”

“咱们经历的都是幻觉？”月饼超过一辆货车，握着方向盘的手指青白。

“不是幻觉，而是即将发生的事情。”我狠狠抽了口烟，“我在图书馆看过一本书，‘回阴路，有亡魂。生门开，心清明。配吉物，通阴阳。八字合，可预知。’古人用这种方法提前判断凶吉，和占卜差不多，只不过是提前经历。我知道这么说你听不明白，我也说不清楚，你相信我！”

“我当然相信你，”月饼扬扬眉毛，“咱这速度还没追上那辆货车，肯定有问题。”

这个世界，如果还有一个人值得我信任并且同样信任我，除了月无华，还有谁?

导航语音提示前面有收费站，月饼拐进岔道轰着油门进了收费站，交钱出站又导航回那个休息区。午夜车少，红绿灯也关闭了七七八八，一个多小时后，我们绕回了高速，进了休息区。

果然，那几个司机还在摆龙门阵，我彻底松了口气!

“那两个娃子怎么又回来了？”

“走错路绕了个弯弯。”

司机们抽着烟一阵哄笑。

我顾不得奚落，正想跑过去解释，被月饼一把拉住：“我不把你当疯子，他们呢？”

我顿住脚，愣住了。

这时，一辆红色轿车进了休息区。车刚停下，一个穿着红色连衣裙的女子哆哆嗦嗦往厕所里跑。

男子从驾驶室探出头："路上喝那么多水，披个外套，冻也冻死了。"

女子头也不回："你也没少喝。"

男子看样子也想去厕所方便，听到女子这句话，故意拗起脾气，坐在车里闷头抽烟。

那个女子，正是我在高速路上见到的女子。

"该走了，老婆、孩子在家等着呢。"那个之前我们见到祭拜的司机拎着水杯上了车。

我仿佛看到男子开着红车超过了货车，半道停车方便，被货车撞死，女人下车呼救，被后来的车辆撞死的场景。

我一咬牙："要不咱们打他们一顿？只要错开时间段，什么都不会发生。"

月饼忽然狡猾地笑了笑，猫腰跑到红车后面，没两秒钟工夫，偷偷跑了回来。

"搞定！"

"你做什么了？"

"我一刀把轮胎捅了。"月饼打了个响指，"没有轮胎，就没有伤害。"

"你丫这都能想出来？"

"比智力，你离我还差那么一点点。"月饼双手伸开一米多距离，"累了半晚上，上车喝酒，就地休息！"

我和月饼喝着小酒，隔着车玻璃看着小夫妻围着瘪了气的车胎急赤白脸团团转，从没觉得做个坏事居然这么痛快。

月饼灌了口酒："南瓜，坟里有什么？"

我摇了摇头："你别问了，我不会说的。"

月饼眯着眼笑了，再没多问。

我想到坟里看到的东西，打定主意，不管怎么样，我都不会说出去。

万物有灵！

异闻：

曾经有人在国内著名汽车论坛发过一个配图帖子，声称下了高速洗车时发现轮胎花纹里卡着一枚价值不菲的女士钻戒。众车友纷纷表示车主运气好。唯独一人回帖，说不定是高速路撞死了女人轧成肉酱，尸骨无存，车主正好轧到女人手指，戒指卡在轮胎里。

车主立刻回帖喷此人“吃不着葡萄说葡萄酸”。

一星期后，车主删除原帖，新开帖子只留了一句话：“我错了。”自此再无音讯。

据平日和车主关系好的车友私下说，车主自从捡了钻戒，开车时怪事不断，直至误闯红绿灯发生车祸，左手无名指齐根折断，从此缺了根手指，再不开车。

另：做个小调查，你路过某处，做某事的时候，是否有过似曾相识的感觉？并且接下来的事情完全和你预想的一样？

第七章　秦淮祟影

河边禁忌：

一、走在老河岸边，要把紧靠岸边的脚印踩乱；

二、在岸边发现衣物、鞋子且河中无人游泳，切勿靠近，保持三丈距离，顺着原脚印倒退回去，边走边把脚印抹掉；

三、不要在树枝垂入河中的树下休息；

四、河边行走，鞋子湿了，须在正午时分把鞋子放在东窗晒干，鞋泥敲掉倒入马桶冲掉；

五、久站河边，如果莫名产生跃入河中的冲动，立刻用力掐虎口，视线转到东南方向；

六、据说月牙夜，子时一刻，点燃一块犀角，把黑色石头丢入古河，默数水纹荡到岸边次数。第七次时，注视水面，会从水纹中看到前生……

一

沿着高速去金陵，我们走走停停，没有着急。倒没有别的什么原因，“凶路”的经历造成的心理阴影面积实在太大了。我们把车开得小心翼翼，生怕撞着什么东西，就连一只鸟从车窗前一闪而过，都恨不得立马踩刹车。

我和月饼东拉西扯了一路，无非就是围绕着“晓楼残月，金陵遇水”这句西夏文的喻示。前半句显而易见，是我们俩名字的隐称，至于后半句却大有文章可做。

简单来讲，是“南晓楼、月无华在金陵遇到和水有关的东西”，这个范围就广了。

“水”代表什么？名字里面有水的人，带水或者水字旁的地名，或者某一个地方正好下雨，会显示出什么东西？

我们琢磨着都不太靠谱，名字里有水的人多了去了，总不能逢人就查身份证。估计单单一条湖南路狮子桥步行街，随手就能抓出百八十个名字里有水的人。金陵十一个区两个县，和水有关的就有六个！说好的探险又不是金陵深度十日游，转完这些地儿估计都春暖花开了。至于最后一个想法更不现实，就算是江南，大冬天的这雨也不能说下就下吧？

我们又推测可能与河、湖有关。金陵除了长江，还有秦淮、金川、珍珠好多条河，莫愁、玄武、琵琶大大小小的湖泊也没少到哪儿去，无异于大海捞针。想想就丧气！

月饼想到一点，既然是金陵，自古至今最有名的当属“十里秦淮”。死马当活马医，我们把目标定在秦淮河。

到了金陵正是中午，下了高速进入市区，道路瞬间变得拥挤不堪。各式车辆像多米诺骨牌排得密密麻麻，任由电动车扬长而去。我们的房车太大，许多导航道路限行，还有些路根本过不去，只能边走边停逢人打听，偏偏金陵当地口音听不太懂，这一路开得异常焦躁。

“月饼，下次进城你开！”

“人总是慢慢成长嘛。”月饼舒舒服服半躺在座位里，“虽说大城市建筑格局差不多，金陵六朝古都的气势犹在啊。”

二

在中国地图上，沿着昆仑山、祁连山、秦岭、大巴山、太行山、燕山画一条线，山形走势特别像条龙。长安、洛阳处龙头之上，北京处在龙头之下。山为石，属阳，这三座城市为石龙之首，势沉气稳，建都此处，国气长久。

金陵却处于水龙（长江）之首，水属阴，有形而常流。诸葛亮出使江东，感慨此地“中阜龙蟠，石头虎踞”。城内外有三山一水，山北水南，山西水东，本来是帝王之都的好格局。可惜地势南高北低，东高西低，皆为阴，故有王势而气不足。

虽然金陵又名石头城，以名补势，借此稳固江山基业，可是格局大势先天形成，故建都六朝都是短命王朝。

金陵以水成势，沉稳不足，灵秀充盈，自古就是文风颇盛，风花雪月，才子佳人辈出的名城。

“千古龙蟠并虎踞，从公一吊兴亡处，渺渺斜风吹细雨，芳草渡，江南父老留公住。公驾飞车淩彩雾，红鸾骖乘青鸾驭，却讶此洲名白鹭，非吾侣，翩然欲下还飞去。”苏东坡这首《渔家傲》的词就是描写宋代金陵美景。

关于金陵，还有几个传说。

《舆地志》记载：“秦始皇时，望气者云‘江东有天子气’，乃东游以厌之，又凿金陵以断其气。今方山石硊，是其所断之处。”大体意思是，秦始皇出巡经过金陵，随行方士见此地格局有王气，秦始皇下令开凿钟阜（江宁方山），使淮水流贯城内，泄散王气，流金类似发水，自然就是现今的秦淮河，自此金陵难成天下大势。

这就是“秦始皇断金陵王气”的传说。

正所谓“怀璧其罪”，金陵城千百年来为兵家必争之地，历经无数战火洗练，百姓遭难。

七十多年前，金陵城更是经历了一场毫无人性的大屠杀，三十多万人遇难。有一种说法，“金陵城每一寸土地都埋着累累人骨”。虽然夸张，可想而知那次屠杀多么惨无人道。

另一个传说更有趣——公元前333年，楚威王熊商灭越后，在金陵城外高山埋金钟以镇王气，所以此山名为钟山，又名紫金山。

据说在南宋，有人在紫金山挖到一块碑，碑文写着“埋金之处不在山南不在山北”。于是金陵百姓涌到紫金山里去挖金子、挖财宝，却一无所获。时间久了，此事不了了之，但是“钟山藏金”的说法由此流传下来。

紫金山是“江南四大名山”之一，山高为陵，又埋着金子，古金陵盛产金（并不是黄金，而是铜），这就是金陵的城名由来。

我正感古怀今正起着劲儿，月饼突然说道：“三点钟方向！”

“有发现？”我顺着方向看去，几个穿着洋气的漂亮丫头有说有笑地逛着街。

“自古江南出美女，果然名不虚传。”月饼满脸惋惜状，“走得太快，没来得及拍照。”

虽说是冬天，但丫头们穿得不多，身材婀娜多姿，腿长腰细，白白嫩嫩的着实可爱。我直勾勾望着，舍不得拔眼：“月公公，您老人家也动了凡心？”

“我是看你发呆，万一来个追尾，还不够添堵，”月饼摆弄着手机，“给南少侠提提神。”

“DNA优异啊！”我一本正经地科普，“五胡乱华，西晋迁到江南建立东晋，中原士族南迁避难，大多聪慧俊美，后人能不漂亮吗？再说江南水汽足，吃得清淡，小丫头长得不水灵那才叫没天理。”

“看不出挺有研究啊？”月饼扬扬眉毛，“要不南少侠在这儿找个情投意合的丫头，生几个大胖小子，秦淮河畔洗洗尿布终老一生，也不失为一段佳话。”

“计划生育是基本国策！”

“前几天看新闻，马上放开二胎政策。”

这么边说边聊，两个多小时才挪到秦淮区大石坝街的白鹭宾馆，在停车场按照门岗老大爷满嘴金陵话指挥了十多遍，才把车停端正了，我也冒了一身汗，只恨没有自动泊车功能。

之所以住在这里，一来宾馆名儿取自于金陵白鹭洲，文化气息颇浓；二来紧靠着夫子庙和秦淮河，行事方便。

这个时节不是旅游旺季，房间充裕，估计服务员对我们俩满脑袋头发茬子造型起了疑心，捏着身份证对照好几遍才给房卡。

拎着行李进屋，顿感寒气逼人，只觉得阴冷透进血液凝到骨头，我打了个激灵："好重的阴气！"

月饼打开空调："江南没暖气。"

三

"这么眼珠子大的包子二十块钱一个？"我愤愤地咬了一口，溅了满脸汤水，更是火大，"就这还要排队买，还有没有天理？"

月饼用吸管对着蟹黄汤包插了个洞，慢条斯理嘬着汤水："南少侠，早跟你说了旅游区的小吃不便宜，你非要吃，怪我咯？"

我眼巴巴瞅着月饼吃得有滋有味："汤味儿香不？"

"你脸上就有，自己舔舔。"月饼长嘘一口气，"固城湖蟹黄包名不虚传！"

我本来想再买一个，想想还要排半天队，也就消了这个念头："你丫就是个吃货。赶紧吃，还有正事要办。"

"南晓楼什么时候这么有责任心了？美食相伴，不亦悦乎？"月饼咂巴着嘴，"尝尝鸭血粉丝汤去。"

虽然是初冬季节，夫子庙人来人往热闹非凡。我们满街溜达着看景儿，倒也不着急什么"晓楼残月，金陵遇水"的任务。

在宾馆简单收拾了行李，我们抽烟商量，根据以往的线索得出一个结论：异徒行者的任务，只有我们俩可以完成。最希望我们完成任务的人，是始终未曾露面的李文杰。也就是说，他在借助我们的手达到他的目的。

想到这一层，我和月饼反倒不着急什么任务了，天底下哪有"皇帝不急太监急"的道理？我们越不当回事儿，李文杰就越容易露出破绽，很有可能暴露行踪。

我就不信一个幻族老东西还能比月无华厉害了！

边走边转到了牌楼，瞧见一家“回味”鸭血粉丝汤，装修很现代化，干干净净，食客们也不少。我们进店要了两碗，翠绿的芫荽，晶莹的粉丝，沉浮着细碎的鸭胗、鸭肠、鸭肝，红的白的分外好看，清爽的香味直往鼻孔里钻，馋虫子在肚子里“咕噜噜”乱转。

我咬了块鸭血，只觉得香气从齿间轻轻爆开，鸭血在舌尖粉嘟嘟地滑着，哪舍得咽进肚子。再喝口汤，浓厚的滋味更是在嘴里萦绕徘徊，只觉得香暖袭人，温润的热气熨着身体，十万八千个毛孔无不通透。

“金陵人民真是心灵手巧啊！”我大加赞叹，“普通的玩意儿都做得这么精致！”

月饼心思明显不在鸭粉汤上面，胡乱扒拉几口：“吃完该进夫子庙了。”

我正准备多要一碗，一听这话急了：“你丫刚才不还优哉游哉没事儿人，不差这一会儿。”

月饼指了指窗外：“马上天黑了，月亮很快出来，或许能找到‘晓楼残月’的线索。”

我顿时没了“舌尖上的夫子庙”的兴致，不情不愿跟着月饼出了门。

“月饼，和你一起旅游真没劲！吃都吃不痛快！”

“南瓜，你摸着十二指肠说，哪次没让你吃饱喝足？”

四

夫子庙位于秦淮河北岸的贡院街旁，始建于东晋成帝司马衍咸康三年，根据王导提议“治国以培育人材为重”，立太学于秦淮河南岸。孔庙是宋仁宗景祐元年以东晋学宫为基础扩建而成，是供奉和祭祀孔子的地方，故又称“夫子庙”，中国四大文庙之一，更是明清时期金陵文教中心，大名鼎鼎的江南贡院就在这里。明朝时，夫子庙作为国子监科举考场，考生云集。

内秦淮河“桨声灯影连十里，歌女花船戏浊波”“画船箫鼓，昼夜不绝”，描写的就是秦淮河当年的繁华景象。

此时天空擦了一抹青黛，秦淮河畔的江南建筑白墙黑瓦，华灯初上，屋檐亮着各色彩灯，几艘游舫载着游客，轻滑于碧波之间，水纹荡到河岸，悠悠折回，倒很有些“十里秦淮”的旧日景象。

我们从“夫子庙”三个大字的大红牌坊进了中轴路，南北两排既有民俗特色的小店，又有现代化的服装、饮食品牌，古今辉映，置身其中，一时间竟分不明“今夕是何年”。

往来游客有说有笑，很多小丫头戴着绿草饰品，乍一看像是头上长了草，很是有趣。再往前走过江南贡院，南边豁然开朗，灯火将秦淮河映得波光粼粼，成排的游舫静候游客，河对面是一墙“双龙戏珠”的照壁，红墙金龙，气势非凡。

“看来设计照壁的人懂点儿门道，取龙气补金陵先天格局不足，”我心算着方位，“龙长三十三丈，对面立‘天下文区’三门牌坊聚气，把整个格局盘活了。”

月饼摸着鼻子：“有个事儿不太方便说。”

我兴致正高：“但说无妨。”

月饼指着牌坊：“那字应该念‘枢’吧？”

我定睛一看，“天下文樞”四个大字赫然印在牌坊顶端，干咳了两声：“木字旁正好有块阴影挡着，没看见。”

月饼耸耸肩装没听见，转悠到牌坊底下拍游客照的摊子。上了岁数的老板立刻来了精神，满脸笑容地推荐在哪个地方拍照最合适。月饼塞给老板一把钱，用手机拍了竖在摊子旁的照片墙。

我莫名其妙：“拍这玩意儿有什么用？”

月饼把照片微信发给我：“发生在日本秋叶原街头凶杀案，警方破获的线索就来自一名游客的街拍。这个照相摊子挺有年岁，20世纪90年代到现在的照片不少，也许能发现什么线索。”

我心说这不是“死马当活马医”吗？又不好扫了月饼兴致，把照片放大了逐一看着。

别说老板摄影技术不错，构图、光线、景色有模有样，照片里有男有女，衣着发型标示着每个时代特有的印记，拍摄时间从早晨到晚上都有。

我翻了几张没什么发现，也就没了兴致，点了根烟往前看去。此时正好新月初升，斜挂在中枢街尽头一处建筑物的檐角。太阳刚刚落山，屋檐映着一丝残红，冷月红光交错，悬挂于建筑物正顶端的铜质方牌在光影中放着幽幽黄光。

我细看铜牌，镂刻着类似于荆棘的花纹，正中是个欧洲人的头像。我心里奇怪，这种古建筑安这么一个不伦不类的牌子，违和感实在太强。太阳余晖消退，月亮顺着屋檐略略升起，正好挡住半边。建筑物灯光大亮，映出建筑物的名字——得月台。

我默念了几遍“得月台”，心里猛然亮堂了！

晓楼，晓为日，楼是得月台。残月，此时月亮正好被挡着半边，是残月。

“月饼，我找到‘晓楼残月’线索了！”

“南瓜，我找到‘金陵遇水’线索了！”

月饼把手机举到我面前快速翻着照片，我看着那几张不同年代傍晚拍的照片，打了个冷战。

秦淮河南岸，照壁西边巨龙尾巴前面的树下，始终蹲着一个低头看水的女子。

尽管时代变迁，她穿的服装有所不同，仍然能从身材和姿势看出她是同一个人。尤其是一头长发，发梢几乎垂进水里，更是不存在巧合的可能性！

我向河对面那个位置看去，除了那几棵树，空无一人。

“你发现什么了？”

我觉得脊背发凉，指着得月台说不出话。

这时，月亮升起，脱离了屋檐。月光映着铜像，那双凸出的铜眼流光闪动，一抹隐约的光线照向河对岸。

一个穿着牛仔裤、薄羽绒服，头上戴着绿草饰物的女孩，就那么很突然地出现在老树下。远远看去，她往河里扔了块石头，蹲身看着河面，发梢扫着水面。她好像察觉到我们的存在，微微抬头，对着我们森森笑着。不知道为什么，这么远的距离，我居然看清楚了她的脸。

她的相貌，异常熟悉！

我脑中飞速闪过一堆乱七八糟的人脸，最终定格在一张曾经在网上浏览过的，和金陵有关的人脸。

尖尖的下巴，略微椭圆的脸形，苍白的脸色，还有那双茫然无神的眼睛。

“月饼，她……她是……”我惊得不敢再说下去了！

那是一个极度恐怖的事件！

“是她，”月饼眯眼望着那块铜牌，“以铜为镜，可以正衣冠。那个铜牌，是面镜子。”

我懂了！

五

据说在中国古代诸多避邪物件中，铜镜驱邪能力最强。古人使用铜镜，不仅是当作工艺品或者生活器具，而是通过铜镜“观照妖魁原形”。

葛洪《抱朴子》言，世上万物久炼成精者，都可假托人形惑人神志，“惟不能易镜中真形”。意思是精怪在铜镜中能显露原形。古代方士除妖时，会先用铜镜识破精怪真身，再用方术除之。

古代武士甲胄的后背、前胸部位，多嵌有“护心镜”，明着是抵御伤害，暗着是战场死人众多，铜镜能够镇吓阴气。江南地区更是流行把圆镜镶在民居建筑的大门顶端镇邪驱怪。传统婚礼风俗中，新娘穿着缝嵌铜镜的新衣上轿去婆家，入婆家大门前，还要由“迎婆”用铜镜在轿厢内照一遍，洞房里更是竖着一面铜镜。甚至举行丧葬，死者入棺进墓，墓穴顶部和棺床四角也会安置铜镜避邪。

铜镜中显示出的精怪，在古代有个统一的称呼——祟。

“祟”喜好趴在人的肩膀露出半个脑袋观察气色，如果人的双眼发黑，阴气太盛，祟会趁机由鼻孔处入体夺舍。

“衣冠”在古代有“身体”的含义，如果谁家有人去世而尸骨无存，会立“衣冠冢”代替遗体。唐太宗李世民那句“以铜为镜，可以正衣冠”，实际是指通过铜镜可以察觉到是否有祟，以此来正体驱祟。

我清晰地感受到汗毛根根爹起：“她死后变成了祟？”

月饼扬扬眉毛：“看看周围吧。”

我这才看到，夫子庙整条街上，好像蒙了一层水雾，灰蒙蒙地视线不清。几乎每个戴着绿草头饰的女孩身后，都紧贴着一个身形模糊的影子。

“突然觉得好冷呢，”一个女孩缩了缩脖子，“凉风顺着衣领往里灌。”

男友握着女孩的手暖和着：“买杯奶茶喝吧。”

女孩娇嗔：“前段时间听说了一个奶茶的禁忌，心理阴影面积好大呢。”

轻微的马达声响起，一艘游舫驶入河心，慢悠悠从面前漂过。左右两排座位满满坐着游客，中间过廊蹲着好几个“人”，凑在脸旁观察着他们的眼睛。

“河里是比岸上冷。”

“忍忍吧，谁叫咱们冬天来夫子庙旅游呢。”

游客们神色自若，我却感受着“看到别人看不到的东西却无法明说”的矛盾心情。

月饼把桃木钉扣在掌心：“水、木招祟，金陵果然是埋骨之地，阴气好重。”

“月饼，不需要大张旗鼓，”我迅速算着方位，“夫子庙的气眼就在这‘天下文枢’的牌坊位置。只要在子时阴气最重的时候布下‘五位纯阳阵’，就可以驱祟。”

就在这时，铜像眼睛的幽光随着月光转到了“二龙戏珠”的红珠位置。满街璀璨的灯光中，谁也没有注意到，红珠反射着三缕微光，直直射入“樞”字里面的“品”字之中。

牌坊的三条横檐灯光大盛，光线所到之处，那些“人”化作一团团乌烟，飘进横檐。

我数了数，横檐总共亮了十七盏灯，左右五盏，居中七盏，正是依照“五位纯阳阵”最关键的阵眼“十七仙真”布局。

“看来有人早就布下了这个阵，”月饼收起桃木钉，“省得咱们操心了。”

我暗暗佩服布阵之人，居然能利用夫子庙的建筑，西铜（得月台铜牌）、东红（入庙牌坊）、南照（“二龙戏珠”的照壁）、北镇（天下文枢的牌坊）、中水（秦淮河），布下如此精妙的大阵。

这个巨型“五位纯阳阵”最霸道的地方在于利用了“河水携阴”的道理，每逢日落月出时分，通过秦淮河消除着整个金陵的阴气。且不说此人对阵法的精通，单是这份气魄胸怀我这辈子是赶不上了。

月饼望着河对岸的女人：“就剩她了。”

那个女人又往河里扔了块石头，水纹荡到岸边的时候，她抬头对着我们招了招手。

“南瓜，敢不敢过去？”

“身体和灵魂，总有一个要在恐惧的路上。”

六

从江南贡院那条南北走向的小街绕到双龙照壁东边，那个女人还在河边蹲着。

我本着“小心驶得万年船”的基本方针，虎口、太阳穴、人中抹了二锅头固阳气，随包携带的手串、挂链满当当挂了一堆，“咣啷”直响。

“哪吒，你这是准备大战龙太子？”月饼指着照壁上面的巨龙，“要不要捡根棍子当火尖枪？”

“你会使虫子，我光棍一条，有个三长两短谁陪你走遍大江南北？”

月饼把桃木钉插进腰带：“我倒觉得没什么危险。”

“当年那么大的案子，这么重的怨气，连五位纯阳阵都收不了她，你敢说没危险？”

月饼耸耸肩不置可否，只顾自向前走。

此时秦淮两岸的“祟”被收得七七八八，温度略有回升。远远看去，那个女人不太在意我们靠近，依旧往秦淮河里扔着石头，直到波纹彻底消失，又扔进一块石头，专注程度像个第一次到河边玩耍的孩童。

她看似平常的举动，在这种氛围里愈发诡异，我有些沉不住气：“别不是在招水猴子准备把咱们做了吧？”

话音刚落，那个女人跪在岸边，双手撑着身体俯身盯着河面。由于长发侧挡着脸，没法看到她的表情。只见她跌坐回岸边，双肩颤动，左手捂着嘴，似乎从河里看到了什么恐怖的事情。更奇怪的是，她居然在解着鞋带。

月饼愣了一下，扔了句“赶紧”，向她跑去。

我心说月无华你脑子里有没有“小心”这个词儿，说不得也咬牙狂奔。

眼看离那个女人越来越近，她解开鞋子放在身旁，缓缓站起身，侧头对着我们凄然一笑，“扑通”跳进河里。河面平滑如镜，没有激起一点水花，那种感觉很难形容，她就像一片落雪，轻飘飘坠在河里，融化进去了。

我永远忘不了她的眼神——绝望、凄苦、茫然、无助……

很难想象，一个人的眼睛里竟然能融汇这么沧桑复杂的情绪，像一枚尖细的针，轻轻刺进心脏，微酸酥麻的疼痛。我的心情也跟着低落，默默地站在岸边。

秦淮河水浓绿稠浑，水纹轻荡，如同凝固的巨型墨绿翡翠，深不到底。我也不知道该做什么，心里空荡荡的没着没落，对什么事情都提不起兴趣。

“我记得在哪儿听说过这双鞋。”月饼拨弄那双老式红色绣花鞋，鞋帮沾着干了的河泥。

江南关于“红色绣花鞋”的诡异传闻很多，月饼听过也不奇怪。我没心思解释，只想跳进河里找到那个女人。这个冷不丁冒出的念头，在心里越扩越大，仿佛有个女人对我说：“下来吧，下来吧……”

那个声音轻柔魅惑，充满磁性，我觉得很舒服。恍惚间，水里浮出那个女人苍白的脸，隔着一层浓绿的河水，在水纹荡漾中扭曲变形。她微微张开眼睛，白色瞳仁散发着冰冷的光晕：“南晓楼，我在等你。”

我不由自主地挪动双腿，向河里走去……

“你疯了！”耳边传来月饼擂鼓般的喊声。我猛地惊醒，才发现脚踝已经没入水里。

“月饼，我好像听到……”我话还没说完，小腿突然一紧，有“人”在水里抓住我的腿，手指抠进腿肉，火烧般疼痛。

我急忙拔腿，脚底踩到河泥一滑，身体失去平衡，被一股怪力拖进河里。

七

慌乱间我什么都看不到，耳朵嗡嗡作响的全是气泡声，口鼻灌进河水，呛得鼻腔酸痛。我踢着腿踩水往河面扑腾，双腿被无数根细绳缠住，越勒越紧，根本无法挣脱。我蜷身缩腿向脚底击出一拳，力量受到水的阻力，远不如平时迅速，还打了个空。有个东西顺着腿爬上后背，摁着我的脖子往水里压。

我探手抓去，像是触到一条鲇鱼，“刺溜”脱手。一条绳索从后背绕了一圈紧紧缠住我的胸口，勒得肋骨“咯咯”作响，胸腔顿时缩成一团。我大口吐着肺里的空气，身体如同压了块千斤巨石，再没力气挣扎，直挺挺坠落。

水压挤得眼球鼓胀，河底居然亮着一米见方的白光，乱七八糟地堆着残缺不全的人头骨。

就在这时，一道人影游了过来。水波翻滚震荡，几声“吱吱”闷响，我觉得脖子一紧，被生生拔出了水面，

我大口喘着气，新鲜空气涌进肺里，又呛得一阵剧咳，嘴里、鼻子里不住歇地喷着河水。

“幸亏河水有浮力，”月饼爬上岸就地一坐，“不然你这体重我还真拽不上来。”

我刚要说话，嗓子眼一阵痒，又吐了几口水，居然还带出了几根水草。想到那堆头骨，我又是一阵恶心，要不是吐得肚子里没什么存货，估计能把肠子吐出来。

我坐在月饼旁边：“谢谢！”

“嗯。”月饼没有多说什么。真正的友情就这么简单，不需要慷慨激昂的承诺，简单几个字，足够了。

一阵夜风吹过，我打了个寒战。月饼从背包里摸出二锅头灌了半瓶塞我手里。我喝了个干净，身体多少暖和点儿了：“那玩意儿是水猴子？”

“水太浑，没看清。体型没有水猴子那么大，像是一只猫。”月饼磕掉鞋泥，鞋底各绣着“教坊”“挹翠”四个古字。

“猫妖？”我随口说出又觉得不对。虽然有过几次“猫化人”的诡异经历，可是猫妖是旱物，遇水而逃，两者八竿子打不着。再说也没听说猫妖还有穿绣花鞋的异装癖。

月饼又拧开一瓶二锅头往左手倒着。我这才发现月饼手背有一道极深的伤口，皮肉外翻，几乎能看到骨头。酒液流进伤口，我看得自己的手都抽得生疼，月饼额头冒了一大片黄豆汗，脸上却还是那副“今儿天气不错”的表情。

“没想到月公公也能失手。”我嘴上说着手里也没闲着，从背包里找出香烟，点了几根烧成烟灰，抹在月饼伤口上面。

月饼一本正经举着手：“南瓜。”

“啥事，直接说！”

“这他妈的是人手！不是医学模拟课的假手！疼！”

八

包扎完毕，我和月饼坐在河边抽烟取暖，想不出所以然。那只水怪再没出现，我也没有了“跳河”冲动，除了全身湿透，一切就像没发生过。

我和月饼分析，那个女人长相极似金陵二十年前恐怖凶杀案的受害人，怨气成祟，被五位纯阳阵吸引到夫子庙。死前怨气太重，阵法化不掉，成了缚地灵，吸引体阴或懂门道的人产生幻觉，跳河而死，化解祟的怨气，这也解释通了我在河里见到的成堆人头骨。

至于那团亮光，“骨浸阴水百年，有尸光”。

说到尸光，这里有个小插曲——

民国时期，湖南长沙郊外浏阳河旁某乡住着几户老百姓。某天夜里，一户人家正在熟睡，突然被急促的敲门声惊醒。推门一看，是两家喝醉的邻居，说看到他家屋顶亮着白光，仔细一看，光团中站着一个女人，围着屋顶来回走了几趟，飘进院子。

这人家哪里肯信两个醉汉的话，把他们轰走了。说也奇怪，夫妻俩好不容易入睡，又被床边“窸窸窣窣”的脚步声惊醒，睁眼一看，六岁大的儿子从床边探出脑袋。

妻子以为儿子起夜，喊了几声，儿子没应声，忽然口吐白沫躺在地上抽搐，满嘴说着听不懂的话。

夫妻俩吓坏了，以为遇到了黄大仙，按照老法子给儿子驱邪。可是过了三天，儿子还不见好转，高烧不止，眼看着没活气了。丈夫想起那晚邻居醉汉说的话，寻思着家里招了不干净的东西，举家搬迁，儿子居然就这么痊愈了。

自此，那几处人家怪事不断，再无人居住，成了谈之色变的凶地。三十多年过去了，此处来了一支考古队，挖掘出著名的汉代墓葬群，并从中发现了一具女性湿尸。形体完整，全身润泽，部分关节可以活动，软组织尚有弹性，在考古学中尚属首次发现，震惊中外。

让人费解的是，湿尸吸引了不少学者、游人参观，后来却被解剖，躯体和内脏器官均陈列在一间特殊设计的地下室内。

我和月饼上大学选修历史，觉得事有蹊跷，查了许多资料和相关人物，得出了“天地万物，循环不休，逃不开一个‘缘’字”的结论。

详细原因，不方便多说。

书归正传——

整个过程我们推断的应该差不了多少，那只差点把我置于死地的怪物，很有可能是落入河中淹死的猫。

猫这种动物很邪性，最易沾染阴气（《日本异闻录》“化猫”一章有详细记述）。祟在岸上以人形惑人，在水中以猫形害人。我们来夫子庙是傍晚转黑夜，正是天地阴阳交替之时，五位纯阳阵启动，祟显人形出现在岸边。

那个女人再次出现，应该是明天这个时候。

我甚至推测这个“五位纯阳阵”，很有可能是和“异徒行者”有关的某个人暗中做的设计。

一切似乎解释通了，我心里松快了许多。准备拍屁股走人回宾馆洗个热水澡换身衣服，好好睡一觉，天亮购置些物件再来守株待兔。月饼却皱着眉头翻来覆去研究那双鞋：“这是古苏绣针法，明清时期盛行于青楼。如果那个女人就是她，为什么会穿着几百年前的绣花鞋？”

“你怎么这么轴（不懂变通）呢？”我想都没想就说，“老鞋招祟，那鞋说不定是秦淮八艳在画舫刷鞋失手落进河里的。”

月饼眉毛一扬：“你说什么？”

我刚想重复一遍，突然心中一动，想到一件事情！

九

教坊司源于唐代宫廷音乐机构，最早称为教坊，专门管理宫廷俗乐的教习和演出事宜，明代改为教坊司。

北京东四牌楼南边有条本司胡同，原本是教坊司胡同，其实就是红灯区。这里的青楼不同于一般妓院，是隶属于教坊司的官家妓院。官妓大多出身官府世家，自幼学习琴棋书画，或因家道败落，或因官员涉案，才被卖进青楼，侍奉权贵皇亲，名士才子，比烟花柳巷的普通妓女档次高得多。

江南出美女，自然也成了才子富商流连之处。明朝时期的扬州一带，甚至出现众多经过才艺培养，准备嫁与富商做小妾的年轻女子。这些女子以瘦为美，苗条消瘦，因此被称为“扬州瘦马”。

这种事情很不人道，在当时却是穷人家女娃最好的出路。还有些更贫苦的人家，生了模样周正的女儿没钱培养，七八岁时卖到秦淮河，在画舫当丫鬟。成人后若是色艺俱佳，顺理成章成了画舫的新主人，夜夜迎欢侍客，最著名的当属“秦淮八艳”。

我随口说出“秦淮八艳”，无非是有感而发，却无意中找到一条很矛盾的线索！

明朝时期，北京、金陵都有教坊司，绣花鞋上的“挹翠”是青楼的名字，鞋主身份不言而喻。矛盾点在于，历史里只有北京的教坊司有一所挹翠院，并且和一位青楼奇女子凄惨一生的传说有关。

月饼翻开鞋面，鞋子内底绣着一个“嫰”。

我有些恍惚，那个传说难道是真的？

古代青楼女子有个规矩，一生侍奉万千男子，身子不干净，把名字绣在鞋里，日夜肮脏践踏赎罪净身。只有赎身嫁人之后，才可换掉鞋子，放入箱中时刻提醒曾经身份。

这个“孅”字，显然是鞋主的名字。那位青楼奇女子的名字里，正好也有个“孅”。她临死前确实穿戴整齐曾经在青楼时的衣物。

“她的鞋，怎么会出现在南京，又怎么会被她穿着？”

月饼这句话我听得明白，第一个“她”，是青楼奇女子；第二个“她”，是二十年前金陵凶杀案的受害人。

她们之间，是否存在某种神秘联系？

月饼忽然捡起石块扔进河里，模仿那个女孩子的姿势，俯身盯着河面。

波纹由石块落水的位置悠悠荡着，一圈圈推到岸边又弹回，水纹交错，渐渐乱了，不多时平静如初。

月饼又用力扔了一块石头，这次水花更大，波纹到岸时，几株老树垂进水里的枝条随波晃动。

我发现了一件奇怪的事情：“月饼，那棵树！”

在我们身旁两三米的位置，有一棵老树垂入水中的枝条绷得笔直，根本没受水波影响。

月饼两步跑了过去，拽着枝条用力一拉，末端竟露出一截绳子，“咯咯”作响，水里有东西在反着较劲儿。月饼双脚钉住地面，用力后仰，绳子一点点拖出水面，水花四溅乱响，隐约能看到一团黑影在水里挣扎。

我正要去帮忙，身后突然有人说道：“不要伤害它！”

是那个女人的声音！

十

我和月饼把女孩夹在中间，并排坐在岸边，场面很尴尬。

女孩挥手在鼻尖前扇着风：“你们俩就不能少抽点烟？”

我心说你突然从背后来那么一嗓子，差点没把我吓死，抽根烟压压惊还不行啊？要不是看你颇有几分姿色，早打你满脸开花了！

当然，这些心里话只能默默吐槽，我和月饼老老实实地把烟摁灭，等着女孩自我介绍顺便解释发生了什么事儿。

偏偏女孩是个慢性子，要么就是韩剧看多了，闷了半天居然来了一句：“夫子庙肯德基的炸鸡啤酒超美味呢。”

我恨不得一脑袋扎进秦淮河和那只怪物战个痛快，也比在这里坐着听她的台词，整得心里不上不下强得多。

“到底怎么回事？”月饼伸了个懒腰，故意碰了女孩肩膀。我心里有数，月饼在判断女孩有没有问题，也有可能下了蛊。

“你不是跳河了吗？怎么又突然出现了？”我故意分散女孩注意力。

女孩抿嘴笑着：“月无华，你给我下蛊了？”

月饼点头“嗯”了一声缩回手再没言语，继续望着河水。

女孩说出月饼名字的时候，我脑子里面就“咯噔”一声差点短路。这玩笑开大了，月饼和她认识？难怪她突然出现月饼二话不说，就撒手不和水怪拔河了。

“南晓楼，你的书什么时候写完，我追得很着急呢。”女孩点开微信朋友圈，“每天给你点赞，知道我是谁了？”

我忽然想到一个人，舌头都大了两圈：“你……你……你是……”

“对啊，是我。”女孩扬扬手机，莞尔一笑，“是不是没想到？。”

我把这些经历写成书出版，为了推广需要注册了微博，个人介绍里有微信号，很多朋友加了我的微信。这个女孩微信名是一个戒指图标，头像是很萌的卡通女孩，每天都给我的朋友圈点赞。

我看过她的资料，地区是“江苏金陵”，个人相册关闭。我还特地小窗说了声“谢谢”，她从来没回过话。如今看来，她认识我和月饼，说不定还和月饼聊过。

月饼问道：“你们认识？”

我回道：“你们不认识？”

女孩说道：“你们不认识我，我认识你们。我叫李念念，我的父亲是李文杰。”

我“腾”地跳了起来：“你说什么？”

月饼更是直接，一把攥住女孩手腕：“你再说一遍！”

李念念使劲甩着手：“你弄疼我了！”

月饼红着脸缩回手，摸出烟正要点上，想了想又把烟放了回去。

李念念揉着手腕嘟着嘴：“我的同学都把你当男神，没想到这么粗鲁！”

月饼更是脚都没地儿搁了，搓着手坐也不是站也不是，挺白净的脸臊得通红。我头一次看到月饼这种窘状，要不是场合不合适，我铁定笑岔气。

李念念从坤包里拿出一块黑色角质物：“不和你们开玩笑了，按照父亲生前的嘱托，一定要让你们看到这些，看完就明白了。”

我和月饼对视一眼：李文杰死了？

李念念又从包里摸出一块黑色石头用力丢进河里，皱眉数着波纹：“有火机吗？”

我把火机递给李念念。她点燃黑色角质物，蓝色火焰“突突”冒着，白烟里裹着一股类似骨头燃烧的怪味儿。

“月牙夜子时一刻，点燃犀角，把黑色石头丢入古河，默数水纹荡到岸边次数。第七次时，水纹中可以看到前生。”李念念把燃烧的犀角放进河里，犀角浮在河面光亮大盛。

光线范围内，波纹潾闪，映着我们扭曲变形的脸。

忽然，犀角环射出一圈柔光，像块横放的电影银幕铺在水面，闪现出一幅幅画面。

“这些，都是我临死前的前生。”

十一

画面一：

“娘子，你对我真好。”

“既然是一家人了，相公莫跟十娘客套。”

“娘子说的是，我一定奋发读书，考取功名谋个前程，到时候谁还敢说你是青楼女子！”

“相公，你若这么说，想是在意十娘身子污秽。”

“老天在上，皇天有眼，李甲若是今生负了杜十娘，必生生世世万死赎罪。”

船舱里，李甲竖指立誓，容貌艳丽的女子捂住他的嘴：“有相公今生陪伴，十娘足矣，不想来生。”

李甲憨笑着把十娘搂入怀里：“来生，我还娶你！”

“答应我，不管发生什么事情，都要爱我疼我。十娘自幼风尘，能遇相公，此生无憾！”

杜十娘温顺地靠着李甲肩膀，如同一只慵懒的猫，只是眉宇间那一抹风尘，在烛火跳跃中愈发浓烈。

月夜，孤江，小船，慢摇，烛光熄了，星星眠了。李甲轻微的鼾声透着疲惫后的幸福。

“咕……咕……咕……”岸边树林传出三声猫头鹰夜鸣，杜十娘从船舱小心翼翼地钻出，回头望着熟睡的李甲，狠咬嘴唇，目光哀怨地上岸进了树林。

“小娘子，等你等得好苦！”星眉剑目、相貌堂堂的书生从草丛里钻出，双手放肆的揉着十娘的胸口。

“柳遇春，这是最后一次！”杜十娘美目微闭，两行清泪顺着眼角流到下巴，凝成晶莹一滴。

“我那一百五十两银子，足够在青楼睡你百次，”柳遇春解着十娘的围腰，“你有钱却瞒着李甲，让他四处借钱碰壁给你赎身，受尽同伴侮辱、家人唾弃，他还会爱你如初吗？”

杜十娘扭头躲开柳遇春的嘴：“你卑鄙！”

“呵呵，我卑鄙？”柳遇春狠狠咬着杜十娘的耳垂，“李甲给你赎身当晚，你在床上可是说我是人间极好的男人。如果李甲知道这件事……”

“我……我那晚喝醉了。”

“那就多醉几次吧。”

乌云悄悄遮住月亮，天地阴暗，野草乱晃，似乎不忍再看世间最丑陋的一幕。

树枝折断的声音清脆响起，柳遇春弹弓般弹起，赤裸着上身低吼："谁？"

树林静寂，万物皆眠。

另一艘停泊在岸边的商船，油头肥脑的孙富把一堆白银推到李甲身前："公子，我早说过'婊子无情，戏子无义'，若不是前晚起夜让我偶然撞见，你还蒙在鼓里，今天看到了吧。不如收了这些银子，把十娘让给我。有了这笔钱，公子买个官，明媒正娶一户人家女子。再说江南有的是扬州瘦马，还愁找不到合适的小妾？何必要娶青楼女子当正房，污了名声？"

李甲面如死灰，嘴里喃喃低语："怎么会这样？怎么会这样？十娘和我两情相悦，她怎么会背着我和柳遇春苟且！"

"想开点儿，她本就是青楼女子，你这绿帽子戴了都不知道多少顶了，"孙富眼中寒光一闪，从席铺下摸出一柄尖刀，"要不你现在去杀了他们，出这口恶气。"

李甲打了个激灵，握着刀柄，手臂"簌簌"颤抖，终又把尖刀扔掉。

"既然不敢杀人，那就卖人。"孙富把卖身契轻轻放在银堆上面，"摁个手印，银子归你，十娘归我。我保证，柳遇春活不过三日！"

"此话当真？"

"言出必行！"

"罢了！"李甲哀叹一声，在卖身契上匆匆几笔，"十娘，你不仁，休怪我不义！"

十二

清晨，初秋的江水透着些许寒峭，天阴地暗，天地交接处，雷声隆隆，乌云滚滚，似乎在为即将上演的人间悲剧做谢幕的伴奏。

孙富脚边堆着白银，手里举着卖身契隔船喊道："李公子，我来接十娘了。"

杜十娘惊醒，掀开窗帘看得真切："相公，这是怎么回事儿？"

李甲缩在船舱角落，低着头不敢正视杜十娘。

"十娘，李公子昨晚已经将你卖与我，跟我走吧。"孙富哈哈笑着，油肥的肚子忽忽颤动。

杜十娘极慢地转过身，艰涩地问道：“你……你把我卖了？你为了银子把我卖了？”

李甲胸口剧烈起伏，疯了般吼道：“你这个婊子！我真心对你，四处筹钱为你赎身，受尽嘲笑，你却背着我和柳遇春做出这等下贱之事！如今还有脸问我？婊子！婊子！”喊到最后一声，李甲嗓子破了音，宛如厉鬼嚎叫。

杜十娘慢慢地瘫坐，原本艳丽的容貌蒙了一层灰气，长长的睫毛颤动着，蕴出两颗晶莹的泪珠。

“好……好……好个今生不负我，来生还娶我。”

李甲一声哀号冲出船舱，摔在岸边，双手抠着湿泥号啕大哭。

“孙富，等我片刻，盛装嫁你！”

“能和娘子共度良宵，等一时又何妨。”孙富高声回话，随即低声对李甲说，“看到了没？这就是青楼女子，翻脸比翻书还快。”

李甲嘴角挂着痴傻的笑容，胡乱说道：“嘿嘿，书中自有颜如玉，书中自有黄金屋。”

孙富心中暗喜，这个书呆子眼看就要疯了，正好人财两得。

一炷香的工夫，杜十娘身着青楼盛装，脚穿绣花鞋，怀抱深红色檀木小箱，浓妆艳抹地立在船头。

李甲痴痴地望着杜十娘：“十娘，你真好看，就如初次见你。”

杜十娘凄然一笑，掀开箱盖，顿时珠光宝气四射，箱内满是稀世珍宝。

“李甲，看到了吗？这是我毕生积蓄，当初你要赎我，青楼欢客，哪有真情实意？为验你对我真心，我瞒下不说。你为我吃苦，我看在眼里，记在心头。本想后半生侍你如君，却被柳遇春污了身子。”杜十娘抓起一把珍珠撒入河里，“也罢，我对不起你在先，你食言在后，皆是报应。”

孙富见到满箱财宝，大惊失色，踏入江里急道：“娘子，我对你一片真心。莫做傻事，跟我回去。我休了家中婆娘，娶你做正室！”

“孙富，你娶妻时，也说过对她一片真心这句话吧。”杜十娘冷笑着，“世间男子，都是猪狗！”

“你真美，”李甲嘴角淌着涎水傻笑，“绣花鞋真好看。”

杜十娘柔声说道：“相公，十娘今生最后一次叫你相公。和你相处的日子，是十娘最快乐的回忆。若有来生，你对我说，绣花鞋真好看，我便知是你来寻我了。”

说罢，杜十娘怀抱百宝箱，纵身跃入江中。江水滚滚，水花化作波纹，荡到岸边，浸透了李甲衣衫。

“轰！”

乌瞰人间的乌云再也忍不住，倾盆大雨，如泪。

李甲仰天狂笑，披头散发跌跌撞撞走了：“绣花鞋真好看，绣花鞋真好看……”

孙富满脸肥肉抽搐得扭曲变形，尖声对杂仆吼道：“还不快去捞！”

树林里，两个人影一闪而逝。

“你确定那个东西就在百宝箱里？”

“这时候你还有心思想任务？”

“你收拾孙富，我处理柳遇春。”

“好！”

“对了，我不反对你把这件事记录下来，能不能把杜十娘写得好一些？她很无辜。”

“我懂。”

十三

画面二：

硝烟压城，呛鼻的火药味弥漫着金陵。炮火声此起彼伏，房屋毁了大半，随着炸弹的轰炸“簌簌”落着碎石瓦砾。秦淮河已被鲜血凝固，河面结着一层厚厚的血膜，漂浮着乱七八糟的人体残肢。

千疮百孔的街道满是炸弹留下的弹坑，街上空无一人，残存的居民躲在屋内，等待着末日审判。

唯有秦淮河畔得月台，乐器声依然响着，十几个身穿旗袍、盘着发髻的女子面色苍白地轻声弹唱。几名士兵喝得酩酊大醉，醉眼迷离地随着歌声拍掌应和。

终于，一个女子再也忍不住，“哇”地哭了，摔掉琵琶，夺门而出。

“砰！”枪声响起，女子被轰掉了半边脖子，鲜血从焦煳的烂肉里迸出一蓬血雨，随着惯性又往前冲了几步，仰面摔倒。女子捂着脖子，嘴里“咯咯”喷着血沫，雪白的大腿微微抽搐，沾满鲜血，煞是刺眼。

其余的女子停了弹唱，目光漠然地目送伙伴死去，没有任何表情。

对于她们来说，死亡，只不过是时间早晚而已。或许这样死去，是最好的解脱。

脸上有道斜疤的士兵吹着枪口的青烟，满不在乎地喝了一口酒：“老子守了这么多年城，从来没机会听曲儿。如今，那些常来得月台的人们全跑了，你们这些婊子，平时跟着达官贵人摆着臭脸高高在上，现在还不是全都留下了？他妈的，给老子继续唱！”

“砰！砰！砰！”疤脸举枪对着屋顶猛扣扳机：“哈哈哈哈……金陵亡了，全他妈的会死，谁也活不了……”

“轰！”一声惊天动地的巨响，得月台晃了两晃，原本死寂的大街忽然涌出蚂蚁群似的人潮，每个人都疯了般喊着：“城破了，日本鬼子进来了！”

早已喝醉的士兵们如遭电击，起身站在窗口。极远处，坦克插着膏药旗，碾压着残破的建筑，身穿黄军装的日本鬼子如同饥饿许久的狼群捕到猎物，扑进金陵城！

“亡了，真亡了！”疤脸把枪管塞进嘴里，沉闷的枪声响起，一团红白浆液夹杂着碎骨从后脑喷出。疤脸上身像是从中折断，直挺挺地挂在窗沿，落入秦淮河。

士兵们举枪高声喊道：“城在人在，城破人亡！金陵，老子为你尽忠了！”

枪声大作，士兵们纷纷倒地。

“啊！”弹唱的女子们如梦初醒，踩着满地血泊往楼下逃去。

“姐妹们跟我去教堂，我认识一个美国神父，”年纪稍大的丹凤眼女子挥了挥手，“日本鬼子不敢进那里。小珠，你去哪儿？快回来！”

小珠撕掉半截旗袍，跑得更加快了：“妈妈和弟弟还在家里。”

“别去了！活一个是一个。”丹凤眼嗓子破了音，“落到日本鬼子手里，可就……”

“姐，你的恩情小珠领了，不见到他们我哪儿也不去。”小珠转身凄然一笑，对着丹凤眼深深鞠躬，“姐姐们一定要好好活着！”

十四

“妈妈，弟弟——”小珠推开家门，“啊”地惊呼，手背死命捂住嘴唇，顺着门板缓慢地、缓慢地瘫坐。

妈妈赤裸地横死在床角，老皱的身躯满是牙印、指甲印，全身血肉模糊。一根筷子从弟弟天灵盖插了进去，嘴里的牙齿全都生生拔掉，眼眶里塞着两颗弹壳。床下是弟弟豁成两半的身体，内脏摆在床沿，兀自冒着热气。

小珠像个提线木偶，机械地走到床边，捧起一团肾脏，放进弟弟身体，然后是热腾腾的心脏……

就这样，小珠如同老手艺人，把内脏一块块放回摆正，嘴角挂着癫狂的笑容。直到拔出弟弟天灵盖的筷子，一溜脑浆溅在脸上，她用手擦拭，舔舐着手指，眼神愈加疯乱：“我要报仇！”

她坐在梳妆镜前，勾勒眉眼，涂抹口红，白皙的脸蛋铺上香粉，又从床底衣柜里取出干净的绸缎旗袍换在身上，把一柄精致的小剪刀别在腰间，端庄地坐在床沿，守着母亲、弟弟的尸体，唱着金陵小调。

“咚！”门板踹开，两个日本鬼子冲进屋子。年龄稍长的胖鬼子见到浓妆艳抹的小珠，先是一愣，随即淫笑着解开衣服，一步步靠近。

岁数小的日本鬼子似乎被小珠惊人的美貌惊住了，稚气未脱的眼睛躲躲闪闪，不敢直视。

小珠莞尔一笑，食指微勾，轻启朱唇：“来呀。”

胖鬼子正要扑上，忽然“嘿嘿”笑着，指着小珠对年轻鬼子叽里呱啦说了一通。年轻鬼子偷偷瞥着小珠，咬着嘴唇唯唯诺诺地缩到门外。

胖鬼子大怒，一掌拍在小鬼子脸上，登时留下了五条带着血迹的指印。

年轻鬼子捂着半边肿起的脸，哆哆嗦嗦进了屋子，紧盯小珠吞咽吐沫，眼中的色欲越来越高涨。

“来呀！”小珠解着旗袍排扣。

年轻鬼子筛糠般抖着，“扑通”跪在地上，目光正好对着小珠那双红色绣花鞋。

胖鬼子直勾勾看着小珠高耸的胸部，狼嚎一声，把年轻鬼子踹到一边，肥重的身体扑了上去。小珠闭上眼睛，右手伸到背后握住了剪刀。年轻鬼子如同痴了，自顾望着绣花鞋。

胖鬼子突然一声惨叫，猛地起身，双手胡乱虚抓，仰面摔倒，双腿踢蹬了几下，死了。眼眶中，还插着半柄颤动的剪刀。

小珠咬着嘴唇闭上眼睛，对着母亲、弟弟的尸体微笑：“妈妈，弟弟，小珠给你们报仇了。”

年轻鬼子仿佛没有看见同伴死去，只是不停说着：“绣花鞋真好看。”

这句话如同神秘的咒语，传入小珠耳朵。小珠全身一颤，睁开眼睛：“你说什么？”

年轻鬼子好像听懂了小珠的话，捧着她的脚放进怀里，爱怜地抚摸：“绣花鞋，真好看！”

小珠好像听懂了年轻鬼子的话，眼泪模糊了瞳孔。雾气中，年轻鬼子幻化成清瘦的白衣书生，轻摇纸扇，站在青楼门前，深深作揖：“小生李甲，敢问姑娘芳名？”

“你来寻我了，对吗？”小珠捧起年轻鬼子的脸庞，擦拭着干了的血迹。

年轻鬼子点了点头，他似乎看见这个容貌清丽的女子，身穿古代盛装，顾盼风情，手帕遮着半边俏脸：“奴家出身官府，家道中落入了青楼，排行第十，姐妹们称奴家杜十娘！”

如果语言是人与人之间最简单的隔阂，那么，几世情缘，前生夙债，没有界限！

两个人，历经数生数世，却如此相遇。

纷飞的战火，简陋的小屋，两个不同国度的人，战争的仇恨，消失了。

只有陌生而又熟悉的拥抱，只为千年前最后的约定。

金陵，亡了；他们，活了！

短暂即永恒！

嘈杂的脚步声，一队日本鬼子进屋。年轻鬼子“啊啊”狂叫，拉开枪栓对着同伴，把小珠挡在身后。

为首的鬼子森森笑着，用额头顶着枪口，手指敲着脑门，戏谑地笑着。年轻鬼子端着枪，手臂颤动，终于没有扣下扳机。

“唰！”刀光一闪，年轻鬼子的脑袋飞起，在空中转了几个圈，落在小珠怀里。那双尚有生气的眼睛，蕴着一抹微笑。

“能见到你，真好。”小珠捧着人头轻轻一吻，使劲搂在怀里，嘴角渗出两丝血迹，缓缓闭上眼睛。

为首的鬼子用刀尖撬开小珠嘴巴，半截舌头掉落下来。刀尖一转，划破小珠的衣服，完美的胴体残留着生命的弹性。战争带来的变态兽欲，即将在小珠尸体上发泄！

年轻鬼子的手指动了一下，一颗手雷环扣拉开，掉在地上，爆炸！

鲜血泼染的烟雾里，依稀能看到两条模糊的人影飘起，彼此伸出双手探寻，终于握在一起。

“十娘，对不起。”

“若有来生，你对我说，绣花鞋真好看，我便知是你来寻我了。”

十五

画面三：

刘美英考到金陵三个多月，紧张的课程让她平时松不得一口气，每天“三点一线”的学习、生活，连校门都没有出过。前几天她在图书馆读了关于秦淮河“才子佳人”的典故，勾起少女情怀，坐车来到夫子庙。

元旦刚过，寒意料峭，夫子庙略显冷清，秦淮河畔没有夏天的繁华，刘美英略有些失望，信步走进丝绸店打发时间。

售货员见刘美英衣着朴素，听口音又是本地人，不像是花钱买东西的游客，客套了几句再没说话。刘美英也觉得无趣，正准备离开，忽然看到削价处理的摊铺里摆着一双红色绣花鞋。

她随手拿起，鞋底各绣着“教坊”“挹翠”四个古字，鞋帮红绸略有暗红，看上去年代挺久。

说也奇怪，刘美英越看越喜欢这双鞋，穿在脚上试了试，大小正合适。

“这双鞋多少钱？”

售货员懒洋洋瞥了一眼，心里嘀咕：“哪儿冒出来的鞋子？”出于职业习惯，随口报了个价钱。

刘美英算算兜里的钱，买了鞋还能剩下回去的路费，连鞋都没脱，付了账把原本穿的鞋放进袋子里拎走了。

售货员见刘美英走远，偷偷把钱塞进口袋，美滋滋地收了这笔意外之财。买了喜欢的东西，刘美英心情大好，沿着秦淮河溜达。

此时初月升起，游客寥寥，刘美英逛得累了，正准备坐公交车回学校，看到河畔蹲着一个中年男子，慢条斯理地往河里扔着石头。她一时好奇驻足多看了几眼，男子扶着眼镜对她微微一笑，镜片后的眼神异彩连连。

刘美英一阵迷糊，只觉得那双眼睛如同漩涡，吸引着她不得不走过去。

“你穿了这双鞋？”男子的声音柔和低沉，“我叫李文杰。”

刘美英顺从地挨着李文杰坐下，胳膊传来中年男子特有的成熟气息，心头又是一阵狂跳。

李文杰摸着刘美英的脚背：“绣花鞋真好看。”

酥麻的感觉一直痒到心里，刘美英脸烧得通红，根本没有听到李文杰说了什么。

李文杰略感诧异，又重复了一句：“绣花鞋真好看。”

这次刘美英听得真切，耳畔“嗡嗡”作响，眼前浮现出许多莫名其妙的画面。

许久，两行清泪从她眼角滑落：“是你吗？”

李文杰嘴角闪过一丝不易察觉的微笑，从兜里取出一块犀角点燃：“陪我看完，好吗？”

刘美英点了点头，凝视着河面水纹。

然后，她看到了那一幕幕生离死别。

当最后一幅画面随着水纹消失，刘美英早已泣不成声："咱们为什么不能在一起？为什么遇见就会死亡？"

"彼此背叛了誓言，只能以死承诺最初的爱情。"

刘美英怔怔地盯着河面，仿佛又看到了前生任由柳遇春、日本鬼子玷污的身体。

"不！我不要这样的生命！我再也不要见你，哪怕今生……现在死了，来生我想好好活一回！"

李文杰瞳孔如同一汪墨汁染透了眼白，散发着螺旋状的光芒："我有一个办法，切断咱们的孽缘。"

"我决定了！"

李文杰拍拍手心的尘土："跟我走吧。"

刘美英像个毫无意识的木偶，茫然地跟着李文杰走了。

十六

阴潮的地下室，一盏低瓦数的灯泡晃动着幽黄的暗光，笼罩着血迹斑斑的钢丝床，器具盘里堆放着冷冰冰的解剖器械，床缝已被凝固的尸油浸透，映着李文杰的倒影。

"脱衣服，躺上去吧。"李文杰戴着手术手套，语调里依然是无法抗拒的蛊惑。

刘美英一件件脱着衣服，赤裸的身体在寒冷的地下室起了一片鸡皮疙瘩。她安静地躺上钢丝床，身下的油脂受到挤压，糨糊般从身侧挤出。

李文杰弹着注射器，用橡皮管扎住刘美英的胳膊，拍打着血管，针头刺入，针管里的液体缓缓注入。

"打了这个，就不会疼了。"

"这样，我就可以解脱了对吗？"

"要想破除前生的诅咒，只能用血祭祀。你死后，我也不会独活，很快就去陪你。”

刘美英眼皮越来越沉重，痴痴说道：“来生我再也不想看到你了。”

李文杰举起手术刀，顺着刘美英胳膊轻轻一划，“哧”，一溜血珠顺着雪白的皮肤滑落。

“你没有来生了。”

昏暗的灯光下，李文杰熟练地切割者少女的身体，直到床上堆着数千块整齐的肉块。

李文杰把肉块按照器官进行分类，有条不紊地放进早已烧开的锅里沸煮，地下室顿时弥漫着浓浓肉香。

他舀了一勺肉汤，凑在嘴边呼着气，肉汤慢慢凝出一层油膜，他才小心地嘬了一口，似乎不满意味道，摇了摇头，用铁锤把所有骨头一点点敲成混着骨髓的黏沫，倒入锅里。

沸腾的肉汤消了油泡，不多时再次破裂着眼球大小的泡泡。李文杰又尝了一口，微微点头，拿筛子捞出肉块，分成三堆用塑料袋扎绑结实，又取了几个矿泉水瓶盛满肉汤，连同塑料袋一起塞进背包。

秦淮河畔，李文杰把肉汤倒入河里，隐约看到一条黑影游到水面，吮吸着肉汤。

“好好守着它，等着下一个能穿上这双鞋的女孩。”李文杰倒完肉汤，背着包消失在黑夜，“不知道谁会捡到这些肉，也许会当猪肉吃了。”

水中黑影吸饱了肉汤，慢慢退回河里。

十七

我和月饼看完这几段画面，许久没有说话。如果前两段带给我的是震撼悲痛，那么最后一段，却让我恶心愤怒！

李文杰的模样比照片里老了许多，眉目轮廓毫无疑问是同一个人！他这么做的目的到底是什么？难道真是为了解除千年前的诅咒？

显然不可能！

毕竟，目睹一个变态杀人魔活生生肢解了一个少女，换谁都不会相信居然是为了这么荒诞的理由！

李念念哽咽着："我的前生，你们了解了吗？"

我刚想说话，月饼打了个手势让我噤声。我胸口压得慌，使劲喘着气平复情绪。此时已是下半夜，寒气冰冷，像一把刀在肺管搅动，我又是一阵咳嗽。

"念念，李文杰怎么死的？"月饼直截了当地问道。

李念念把烧了一半的犀角收回坤包："我十八岁生日那天，爸爸送给我这双绣花鞋，我穿着大小正合适。爸爸说'绣花鞋真好看'，我突然记起了前生种种，爸爸笑得很欣慰。他这些年一直生活在对刘美英的愧疚中。因果循环，他抚养了来生的我，为了让我活下去……"

我听得满肚子气，这种话居然也有人相信，忍不住打断她的话："一个肢解活人的变态说的话你也能信？他是不是你父亲更难说！"

"你怎么可以这样说？"李念念瞪大了眼睛，"父亲告诉了我一切，在我面前自杀。我实在不想回忆那一天发生的事情。"

月饼轻声安慰道："他是个好父亲，没想到他就是李甲转世。"

我心说月无华你丫脑子进水了？起码的判断力都没有了？正想再争论几句，月饼摆了个"幻"的嘴形，我一下子明白了。

李文杰出身"幻族"，诱拐刘美英心甘情愿赴死，也是使用了幻术。由此推断，李念念的反应异于常人也是因为中了幻术，包括目睹李文杰自杀。想到这点，我又深想了一层，刚才我们看到李念念跳入河里，而真正的李念念却出现在身后，难道也是中了幻术？

也就是说，李文杰就在我们身边！

我的心脏猛跳了几下，环视着四周，夫子庙早已空无一人。

"父亲很疼我，对我很好。"李念念眼睛空洞洞的完全没有活人的精气神，"他嘱托我，每个月初的时候，一定要来这里，用犀角喂养它，消掉它的怨气，才能彻底消掉生生世世的孽债。"

我再也听不下去了！眼前这个美丽的少女，居然是一具被李文杰完全洗脑的傀儡！

"呵呵……"月饼扬扬眉毛，笑了。

李念念笑得很天真：“我就知道，只有你们会相信我。父亲有一种神奇的能力，他可以看到一些未来。他在临死前对我说过，将来有一天，你们会来到这里，也只有你们，能够陪我看前生今世。他还说……”

“你的母亲是谁！”月饼突然高声问道，“如果你是你，那么我们是谁？我们为什么可以看到你的前生？我们的前生为什么看不到？难道我们就是你，你就是我们？或者，我们不是我们，你不是你？所以，我们到底是谁？你到底是谁？”

“月饼，不要再说了！”

我知道月饼在做什么。这种做法极度危险，稍有差池，造成的后果比现在还严重！

李念念嘴角的笑容慢慢收敛，瞳孔忽大忽小，嘴巴张成“O”形，突然“啊”地尖叫，拼命撕扯头发：“我是谁？我到底是谁？谁是我？”

“月无华你个混蛋！”我扳开李念念双手，大拇指摁住她的左右风池穴，“她会疯掉！”

“她现在这样，和疯了有什么区别？”月饼语气虽冷，手背却假装不经意地擦了擦眼睛，“一个从小就被幻术迷惑，相信转生、死亡这些鬼话的人，不用猛药可治不了。她看过这么多恐怖的生死，心理承受能力早已非同常人。她一定顶得住！”

李念念在我怀里拼命挣扎，力气大得惊人，我哪顾得上再和月饼争论，腾出一只手顶着她的神庭穴，只盼着能起点作用。

月饼手掌如刀，对着李念念的大椎轻轻一击。李念念呼出口气，靠着我的肩膀昏了过去。

我搂着她坐在地上，她枕着我的胳膊，长长的睫毛微微颤动，呼吸均匀，面色渐渐红润。我搭着她的脉搏，圆滑有力，虽然不知道醒来会怎样，但是目前没有大碍了。

月饼注视着李念念：“幻术相当于高深的催眠。李文杰不但催眠了她，还让她陷入了‘卡珊卓情结’。”

所谓“卡珊卓情结”，指的是具备预测能力的人往往要承受精神上巨大的孤独。当一个人知道未来发生的一切却又无法改变、无法向别人诉说的时候，沉默、压抑、痛苦的心情往往会摧毁心智，在一切到来之前先毁灭自己。

我想到河里那个怪物，想到经历的一切，打了个冷战："如果咱们不出现，能穿上绣花鞋的李念念会在特定的时候跳入河里自杀？"

"你终于明白了。"月饼往秦淮河里狠狠扔了一块石头，"五位纯阳阵也好，李念念也好，还是其他的狗屁玩意儿也好，都是为了河里那个怪物！还记得第一个画面发生的事情吗？树林里有两个人说，东西在杜十娘沉江的百宝箱里！"

就在这时，平静的秦淮河冒出无数个细碎的气泡，溅起一片雪白的水花。

水花中央，漂出一团头发，随着气泡散布在河面。慢慢地、慢慢地，头发越来越多，在河面铺盖成一米大小的圆涡。忽然，头发从里冒出两只皱巴巴长着肉蹼的小手，一只很奇怪的东西扒着乱发，吃力地爬出来。

它的脸只有拳头大小，布满黑色血丝，鼻梁完全塌陷，眼睛占了半张脸，嘴角几乎咧到肉团似的耳朵，周身褶皱的白皮长着一层青色绒毛，一根细长的肉条垂在尾部。

我把李念念护在身后："婴儿尸？"

月饼反手扣着几枚桃木钉："魃。"

"哧！"魃咧嘴叫着，那团头发突然从河面腾起，如同数条黑色绸缎向我们卷来。

"退后！"月饼跳到我身前甩出桃木钉，被头发半空击落。

这一切发生得太快，我还没来得及反应，头发已经把月饼双臂缠得结结实实。又有数团头发沿着河面扑上岸，绕过月饼直接扑向我。

"它的目标是李念念，"月饼后仰身体和头发团绷着劲儿，"快带她走，保护她！"

"那就给它！"我把李念念往前一推，数团头发把她裹得像个黑蛹，向河里拖去。

我顺着推力跑到月饼身边，用这辈子从没有过的速度摸出军刀，割断了缠着月饼的头发。

“看你的了！”

“我懂了！”

李念念已经被拖进河里，月饼纵身一跃抱住李念念，借着力又向前一跃，双手夹着桃木钉，整个人平行在河面上飞扑至魃的身前，桃木钉插进它的胸口。

十八

魃“呀呀”厉啸，几股白浆从胸口喷出，溅到月饼衣服上，如同强酸腐蚀，“哧哧”冒着白烟，很快渗进皮肤，瞬间鼓起数个燎泡。

月饼落在水中站定，闷哼一声，双臂剧烈颤抖，显然在忍着剧痛，桃木钉一点点摁了进去。

我急忙跳进河里，正准备刺出军刀，月饼哑着嗓子说道：“先救她！”

“你别扯淡！”

月饼回头吼道：“她不该死！”

我这才看到月饼的脸上被白浆烫起了一片水疱，一丛头发绕过他的脖子，越勒越紧。

魃喷出一股灰气，月饼面色一黯，身形略略佝偻，随即挺直胸膛，双臂奋力前推，桃木钉齐根没入。魃的身后又竖起大片头发，像一片巨型水浪拍中月饼，发丝根根缠绕，瞬间包裹到月饼胸口。

“你死不了！”我踏水前冲，身体踉跄摔进河里，才发现双脚被头发缠得结实。我正要挥刀斩断头发，魃突然后撤，生生拔出桃木钉，双脚蹬水高高跃起，双手指甲弹出，凌空扑向李念念。

“哼，休想！”月饼扬着眉毛，嘴角挂着轻松的笑容，“南晓楼，我哥哥最后一句话还记得吗？活着，是为了骄傲地死去！”

“爆！”月饼仰头，嘴里喷出一股血箭击中正在下落的魃。几条一厘米长短、类似于蚯蚓的虫子随着血水吸附在魃的身上，顺着伤口爬了进去。

魃忽然亮了一下，身体里传出几声闷响，脑袋如同正在充气的气球，迅速膨胀，两颗眼球“啪”地迸出，红的、白的、绿的液体从眼窝喷出。魃从空中直直落到月饼背上，爪子嵌入肩膀，往水里拖着。

“这是我最后的蛊术了。”月饼低头咳了一声，身子软软地晃着，“先救她。”

缠绕双脚的头发松开了，我探手去抓缠绕月饼的头发，滑溜溜地根本抓不住，头发从指缝滑落，眼睁睁看着魃拖着月饼往水中滑着，“咕嘟咕嘟”冒出几个水泡。

“月无华！”我正要潜进河里，余光瞥到李念念，缠裹她的头发已经消退，她脸上漾着带着安详的笑容，慢慢沉入水中。

一瞬间，我懂了！

月饼不说那些话，李念念不会受到刺激导致精神错乱；月饼不把她击晕，李念念也不会轻易被魃缠住。

月饼这么做，是因为他的内疚。

“月无华，你这个什么事情都往自己身上大包大揽拼命自责的混蛋！”

我抱着李念念上了岸，使劲吸了口气正准备跳进河里，忽然看到身前的树影里，有一条瘦长的人影。

“南晓楼，你好。”

声音有种说不出的别扭，既像女人，又像是男人故意捏尖了嗓子。

我抬头顺着树影看去，一个消瘦的中年人迅速躲到树后。我心里一凛：“李文杰？”

“果然聪明，不愧是真正的异徒行者。”树后响起拍掌声，“当年我们如果有些耐心，也不会变成现在这种情况。”

十九

换在平时，我肯定操刀冲过去，眼下却进退两难。魃中了月饼的桃木钉和爆蛊，用最后一点力气把他拖进水，我现在下水时间还来得及。可是李文杰突然出现，想都不用想，根本不可能让我营救月饼。何况我怎么可能把李念念自己留在岸上？

“月无华中了魃的尸怨，大罗金仙也活不了。”李文杰语调更加奇怪，根本不带丝毫情感，“幸好被发蛹包住，不但死不了，还能复原，就是需要点儿时间。当年我在瓜洲江里找到被发蛹包裹的魃，活了千年不死，也算是科学界一大发现。”

我不明白李文杰说这些话的意义，但是知道他没说假话，心里有了计较，月饼暂时没有危险，当即回道：“废话少说！”

“含怨而死的女人，临死前遇水、木化成魃。发为人之精气根本，以怨成形护主。很多墓中女尸，死后头发依然生长，假以时日，也可成魃。”

我心里暗暗盘算，李文杰这个王八蛋这种时候居然有心思跟我科普魃的来历。我正准备假装打断他的话分散注意力，一刀把他搞定，李文杰却“嘿嘿”笑道：“南晓楼，不要有别的想法，听我说完。”

“自古以来，盗墓分为官、民两类，不仅仅是为了墓中那点儿明器。据说，寻到魃，食之，可长生，这才是目的。土族对此深信不疑，这也是上次行动的时候，其余七族坚决反对土族加入的真正原因。换作是你，也不愿意身边有几个以吃怪物长生为信仰的人做队友吧？其实土族大错特错，他们哪里知道，吃了魃不但不能长生，反而会尸毒入体，成了守陵尸，这算是防盗墓贼的一种守墓方式。”

我心说“五十步笑一百步”的理由总是能自欺欺人，忍不住嘲讽：“你们在沙漠似乎也是靠吃人逃出来的吧？”

“那是没办法的事情。活着总比死了好。”李文杰的口气很不以为然，“如果我们都死了，又怎么会有你和月无华？”

这句话很难理解，我勉强能听懂几分，忍不住心头狂跳：“你这话什么意思？”

“呵呵……跑题了，到了终极任务，你们会明白。只有异徒行者才能完成所有任务，我们犯的错误是太心急，认为另辟蹊径跳过异徒行者这个环节，也可以找到完成任务的方法。

“我寻到魃，发现任务目标就在发蛹里，麻烦的是怨气实在太强，根本无法取走目标。我只好利用金陵先天格局产生的阴祟，布下五位纯阳阵，把它养入秦淮河。由魃食祟，以祟消怨。还特地用绣花鞋下了符咒，只要穿上鞋的人会中幻觉，心甘情愿没有怨念成为魃的食物，用阳气加快抵消怨气。

没想到弄巧成拙，魃的戾气越来越重，根本无法接近，由此死了不少伙伴。唉，可惜……”

我想到河里的那些人骨，心说，就别“猫哭耗子假慈悲”了，这些所谓“伙伴”十有八九是中了你的幻术，下河当了炮灰，还觍着脸敢说“可惜”？

“把月无华捞出来吧，加快时间完成所有任务，时间快来不及了。这次迫不得已出现，是不想任务失败……”

李文杰接着说的话，就像是手机信号不好，话筒里断断续续全是杂音那种感觉。

我一下子明白了，几步绕过那棵树，地上有一串脚印，树杈里架着一个人偶娃娃，血红的嘴开合着“咿呀咿呀”含糊不清。我心里懊恼，先入为主地认为李文杰就在树后，却没想到“借物传形”这一层，就这么白白放他跑了！

“借物传形”属于幻术的一种，源自“玉女喜神术”，施术者利用自己的血远程控制人偶做出完全相同的事情。简单来说，血涂在木偶哪个部位，哪个部位就能做出施术者正在做的事，最远距离是四十九丈。古代心术不正的术士，利用这种法术坑骗百姓，借此招摇撞骗获取私利。两晋时期被明令禁止，通晓此种法术的术士要么被杀，要么隐姓埋名，渐渐演变成了魔术戏耍，现今国内只有三个著名魔术师会使用。

按照“借物传形”的法门，李文杰肯定是边走边说，此时已经远在一百五十米以外。夫子庙格局错综复杂，找是找不到了。

我憋了口气跳进河里，按照第一次落水的记忆游过去，果然看到隐隐亮光。包裹月饼的发蛹架在人骨堆上面，魃被一根竖起的骨茬穿透，眼眶兀自流着絮状物，早已死了多时。

骨架里还有一个开了盖的小箱子，里面放着一把古玉钥匙，正是这玩意儿放着光，看来就是李文杰所说的任务目标了。

这个场面多少有些恐怖，我肺里气不多了，扳着骨架拿到钥匙，拖月饼上岸，用军刀割开发蛹。

月饼闭目沉睡，伤口居然痊愈了，脉搏正常，心跳平稳。我摸不清门路没敢乱弄，正要翻开月饼眼皮看看瞳孔，月饼忽然说道：“不许人工呼吸。”

月饼冷不丁这么一下子，差点没把我吓得直接跳进河里：“你丫诈尸前能不能先打个招呼？”

“南少侠，你的脑子有时候真是让我无语。”月饼摸着脖子从发蛹里坐起来，“李文杰明明用了借物传形，你居然没反应过来。”

我这下子奇怪了：“你怎么知道的？”

月饼扬扬眉毛：“我在发蛹里恢复得很快，耳力比平时灵敏很多，你们说的话我都听到了，就是没法动弹干着急。”

“也就是说，你早就醒了？”

“嗯。”月饼老老实实点着头，“大战一场累了，多歇会儿也是可以理解的。”

我这才觉得全身酸痛，累得肌肉直哆嗦，索性坐在地上：“他说的话你有什么看法？”

“懒得分析，只有两种选择，”月饼把那堆头发卷起来扔进河里，抱起李念念扭头就走，“一是放弃任务，面朝大海春暖花开；二是继续任务，百折不挠，水落石出。”

我掏出古玉钥匙摩挲着，摇头苦笑。

有些路，开始走了，无法回头。

“月饼，咱把李念念送医院？”

“当然是宾馆！两个大男人，抱着一个昏迷的美貌少女进医院，估计会有热心群众报警吧？”

“咱们抱着她回宾馆就没热心群众了？”

“总不能扔这儿吧，”月饼挺了挺脊梁，“我一定把她治好。”

二十

为了不太扎眼引起麻烦，进宾馆前我和月饼一左一右架着李念念，偷偷摸摸往电梯溜。好在服务员后半夜也是困了，趴着打盹儿压根没注意。我们做贼一样把李念念带进屋，往床上一放才算是松了口大气。

“她要是一直醒不了，咱不能守一辈子吧？”我还是第一次和女人共处一屋，尤其是躺着的女人，忍不住多看了几眼。

“南瓜，君子色而不淫。”月饼拿着根烟却不点着，估计是怕熏着李念念。

“你哪只眼看见我色了？”我拿干净衣服去洗手间换着，“要不是我，你十有八九还在发蛹里追忆过往。”

“李文杰说的找到魃可以长生那个事儿，估计是说发蛹的这种功能，而不是真的长生。”

我换好衣服出了洗手间：“裹在头发里就算活一万年，还不如死了算了。”

正说着话，李念念直挺挺坐了起来，眼神呆滞地左右张望，目光停留在我和月饼身上，突然眼睛一亮，双手在衣服上胡乱摸着，面色越来越惊恐，嘴巴微微张开，憋了几秒钟，才发出声嘶力竭的叫声：“救命啊！臭流氓！”

这玩笑开大了！

月饼脸红得像块猪肝，两只手摸着裤子不知道该怎么办。我满脸堆着笑结结巴巴道：“我……我们……”

“滚开！别碰我！”李念念往床角一缩，甩起枕头砸了过来，“快来人啊！”

我被枕头砸了个正着，耳膜几乎被李念念的声音刺破，心里叫苦不迭，也不知道宾馆隔音效果怎么样？这要是招来了警察，跳进秦淮河也洗不清。

人慌无智，我抱着枕头，想一把闷住李念念让她别出声的心都有，至于会不会失手闷死就不在考虑范围内了。

还是月饼反应快，运足气咬牙瞪眼：“闭嘴！”

李念念惊住了，半天才回过神：“你……你们要什么我都给，包里有钱、银行卡、手机，密码是我的生日。求求你们放我走，我不会报警！”

“这是你的吗？”月饼从背包里摸出那双绣花鞋。

“是……”李念念抓着被子把自己裹得严实，“下午在夫子庙买的。”

“谁卖给你的？”

"天下文枢牌坊底下的照相摊。"

我隐约捕捉到一条线索：难怪能从相片墙里找到线索，或许那个老板就是李文杰。

月饼摆出一副"如果这个世界还有一个人值得相信，那就是我"的认真表情："我们真的没有恶意，请相信！请把下午买鞋的经历说一下，这很关键。"

也许是月饼特真诚的帅脸起了作用，李念念居然点了点头，讲了买鞋的经过——

李念念是无锡人，考到南京财经大学，今年刚上大一。下午约了闺密到夫子庙刷小吃，结果闺密临时有社团活动，她本想改天再来，想想团购搞活动不吃可惜，就自己去了夫子庙。

路过那个照相摊，她偶然看了几眼，老板忙不迭地推荐拍张照留念。李念念没什么兴趣刚准备走，老板拿出鞋子，说了句"绣花鞋真好看"。她心头一阵模糊，有种特别熟悉的感觉，糊里糊涂穿鞋试着大小正合适，就掏钱买了。

剩下的事情，李念念什么都不记得，再清醒过来就躺在宾馆里了。

当着李念念的面不方便说，我和月饼根据这番话暗自分析，估计是表情挺凝重，李念念又害怕起来："你……你们到底是谁？"

我想到一件事，拿起手机点开微信，给李念念发了个红包："看微信。"

李念念警惕地瞪着我，从包里摸出手机紧紧攥着，偷偷瞄了一眼。

我又发了一个红包："第一个红包8.88，第二个红包88.88，我发的。"

李念念的嘴巴又张成"O"形，惊诧中不忘收了红包，随即满脸兴奋："你是羊叔？你是活的？真有南晓楼？那你一定是月无华了。我的天啊！"

我和月饼尴尬地点了点头。

"啊！"李念念从床上跳了起来，惊叫声再次刺入我的耳膜，"月饼……月饼，好帅！你的头发怎么这么短？你不是斜刘海吗？你真会蛊术？哇，果然一米八多……送我一枚桃木钉做纪念好不好？我要和你合照发朋友圈！"

李念念语无伦次地激动着，月饼手足无措地傻站着，我满心失落地郁闷着……

难不成我是隐形的？这还有没有天理了！

眼瞅着李念念都要冲月饼怀里了，我干咳一声：“小李啊，跟你说个事儿。”

二十一

我把发生的事情简单讲完，当然关于月饼大义凛然舍己救人这段儿故意忽略不提，李念念睁大了眼睛居然更兴奋：“我被李文杰催眠了？我成了你们这段经历的女主角？好幸福哟！”

我心说看年龄也就差个五六岁，怎么大脑构造就差那么多呢？正不知道怎么接口，倒是月饼从窘劲儿里爬出来了，扬扬眉毛：“这件事情希望你能保密。”

“阿西吧！你真的会扬眉毛哎！”

月饼两条眉毛“嗖”地平了，伸手要摸鼻子，举到半空放下了。我差点没把肺叶笑出嗓子眼，又觉得不太合适，假装一本正经：“小李，很多事情不是你想的那么好玩。等我们把所有环节琢磨明白了，第一时间告诉你。这样吧，先回学校，还是那句话，希望你能保密。”

李念念可怜巴巴地皱着鼻子：“四点多，寝室回不去呢。”

我立马没词儿了。李念念眼睛骨碌碌转着，“扑哧”一笑：“你们俩不会真是……”

“一起斗地主吧！”月饼再也忍不住了。

斗到天亮，李念念其间问了不少事儿，我们捡着不重要的事说了。李念念以“保证不说出去”为条件合了影，用手机软件叫了辆出租车。出于安全起见，我们把她送上车，叮嘱一旦有什么事情，立刻打电话，这才挥手作别。

她喜滋滋的状态，根本就没把昨儿的经历当回事。想想也是，她始终处于被催眠过程，根本不知道做了什么，当然也不能感同身受，就当我讲了个诡异故事而已。

月饼总算能抽烟了，狠狠抽了一口，两道笔直的烟柱从鼻孔喷出。

“我输了二百多。”我摸摸钱包一阵肉疼，“你呢？”

“我们再去趟夫子庙——没输多少，”月饼说，“不愧是财经大学的。”

二十二

再到夫子庙，虽说就这么短短几个小时，我竟然有种恍如隔世的感觉。天亮了看得真切，得月台的黄铜头像蒙了块红布，正上方还镶嵌着一弯铜质弯月。

月饼比量着弯月大小：“我终于明白龙都那句话的真正意思了。”

我也正好想到这件事：“早明白能节省多少弯路。普通话很重要啊！”

“丛林之神”的那段经历，龙都解释了西夏文的含义是“晓楼残月，金陵遇水”。现在想想，那个“水”应该是“祟”，只不过龙都的方言太浓，我们想当然认为是“水”。

围着夫子庙溜达了几圈，我们分析着李文杰的目的，其实昨晚他已经说得很清楚，只不过有些疑点需要继续完成任务才能彻底弄明白。始终被人暗中监视控制的滋味不好受，我们聊了几句也就没了兴趣。

游人渐渐多了起来，照相摊子也开张了，换了两个三十来岁的中年人。我们去套近乎聊了几句，才知道昨天压根没出摊儿。由此推测，李文杰心思阴沉得实在可怕，每一步的布局都缜密严细，想在金陵找到他，估计是不可能了。

我正郁闷着，月饼突然顿住脚步，直勾勾地望着昨晚遇见魃的地方：“南瓜，我懂了！”

“李念念会有危险？”

“不！”月饼狠狠捶着胸口，“我做错了，咱们都错了！”

“你丫快说，别说没头没尾的半截话。”

“魃，头发，长生，三段画面，李念念，李文杰，幻术，你明白了吗！”

月饼的话如同一道连锁闪电劈开我的脑子，把所有的事情串了起来，我的额头冒了一层冷汗：“李念念，真的是……”

“这不重要，最关键的是，咱们错了！”月饼深吸口气平复着情绪，“李文杰，等着吧！”

以下是我和月饼相互讨论补充推理出来的真相——

杜十娘怒沉百宝箱，遇水积怨，变成了魃。

李文杰带领“八族”罗布泊铩羽而归，明白了“天命难违，终极任务必须由真正的异徒行者完成”这个道理。

他在瓜洲寻到魃却无法获取任务线索。这柄古玉钥匙，也有一种可能，他就算拿到钥匙也不能完成任务。于是他在金陵建造了“五位纯阳阵”，养魃入秦淮河，以祟豢养把它变成厉兽，保住古玉钥匙不被别人偶然得到。

魃吸食祟过多，体内阴气过剩，需要阳气互抵。整件事最关键的一点就在这里！

昨晚遇到魃，它最初的目标是用头发裹住李念念，而发蛹不会伤人，反而是救人的法门。也就是说，魃并无恶念，它在秦淮河待了这么多年，不得不以活人为食，本性却是纯良。当它看到绣花鞋和李念念，知道这是李文杰准备的食物，趁着李文杰不在，准备把李念念保护起来。

我和月饼却以为它要伤害李念念，动手之后月饼负伤，魃用发蛹护住月饼治疗，却被月饼用蛊术爆死了。

再反过来推理，李念念买了绣花鞋的时候被李文杰催眠，中间的过程无从得知。李文杰把绣花鞋摆在河边，控制李念念在恰当时辰过去成为食物。魃在河里看得明白，制造了李念念跳水的虚景，类似于“凶路”经历中的死亡重复，提醒能看到景象的人。

我们在河里看到的三段画面不是李文杰制造的幻觉，确实是犀角点燃，魃受到感应，展现出来的前生画面。

我们看到魃恐怖的外形，先入为主认定是凶物，造成了无法挽回的后果！

也只有这样，才能顺利得到任务线索。

二十三

“美丽的事物总是容易得到更多的眷顾；丑陋的事物总是蒙受不公正的偏见。”月饼倚着护栏望着秦淮河，“咱们错得太离谱。”

我想起昨晚和魃的战斗，居然是它想拼命保护我们，而我们却要杀掉它，觉得很荒唐。

“换作是谁在当时的情况，都会像咱们那么做。”我虽然这么说，心里堵得难受。

“也许吧。”月饼仰头伸了个懒腰，“对它来说，死亡，是一种解脱。”

我不去想李念念是否和那双绣花鞋有前生今世的纠葛，只希望她遇到“李甲”，不要再出现不可逃避的死亡诅咒。

月饼懂我的想法：“它死了，怨气散了，诅咒也就解除了。”

“对不起！”我对着秦淮河双手合十。

但愿寂静的秦淮河，是魃最好的归宿。尘归尘，土归土，生命不休，如同这条千年古河，生生不息。

“南瓜，把五位纯阳阵破了吧。”月饼摸了摸鼻子，“一切都结束了，就不要再把金陵的祟吸到这里。万物都有存在的意义，谁也没有权力控制彼此的生死。何况万一有体阴之人夜游秦淮，看到祟也不是好事。”

我默算着五位纯阳阵的方位，推出了阵眼位置。

至于怎么破的阵就不多说了，阵眼在哪里，其实很明显。经常去夫子庙的细心游客，也许会发现有一个标志性的东西略微有改变。

回到宾馆，月饼从手机里调出下一个任务的照片。

湖水中竖着三个竖点，右侧一座长桥，远处群山起伏，左右两山各立着一个塔状建筑。

也许是这段经历导致心情低落，脑子跟不上趟儿，我和月饼分析了半天没有得出所以然。正好李念念微信报了平安，我顺手把照片发过去。

不多时李念念回了信息：

“这肯定是临安西湖，中间是三潭印月，那座桥是断桥，两座塔是夕照山的雷峰塔，宝石山的保俶塔。去年高中毕业，我们去临安玩了几天，印象很深刻呢。”

月饼百度了临安西湖的风景照，两相对比，相差无几。

下一站，临安！

异闻一：

金陵夫子庙，秦淮河畔得月台，悬挂着一方铜质欧式人头像，正对东方，与得月台的整体风格非常违和。奇怪的是头像白天用红布包裹，只有在夜间露出真容。

异闻二：

金陵游舫幽影。网上可以搜到许多拍摄到幽影的照片，多出现于城堡、老宅、废楼、古地、灾难现场。有些人坚信拍到了幽灵，有些人则认为是PS或者特效制造的后期效果。难以解释的是，许多照片年代久远，根本没有PS、特效的可能性。在这些照片中，有一张拍摄于金陵秦淮河一条游舫，照片中很清晰地能够看到，左边第二排座位情侣并肩而坐，在他们的肩膀中间，多了一个长发人头的影子。

第八章 天空之城

睡觉禁忌：

一、手脚冰凉者，不分男女，切勿睡前饮用雄黄酒；

二、梦中打鼾者，不分男女，切勿面对面相拥而眠！

夜间熟睡，梦中醒来，发现枕边恋人变成了一条蛇，细碎鳞片的蛇头正枕着你的胳膊，长长芯子扫着你的脸庞，你会害怕吗？

如果这时恋人醒来，看到你的脸，惊恐尖叫，为什么？

一

“月饼，这也太冷了吧？”我缩缩脖子，捂着手呵气，“不是说‘上有天堂，下有苏杭’吗？天堂要是冷成这样，也不怪七仙女下嫁牛郎，好歹有个人能抱着睡觉取暖。”

月饼也冻得够呛，使劲抽着鼻子：“冬天下江南太遭罪了，天寒地冻，蛇都冬眠了，人还要靠一身正气。也不知道当年白娘子和许仙怎么过的日子。”

从金陵出发到临安，当天就到，我和月饼寻思着临安好歹在金陵的南边，多少能暖和些。为了赶时间也没添置衣服，结果到了临安，顿感寒气透骨，立马跑小卖部买了几瓶二锅头。

我提议先找个宾馆寻个馆子好吃好喝一顿，养足精神再执行任务，月饼轴劲儿上来了，非要直奔西湖。我嘴里不情不愿，心里明白月饼是对李文杰动了真怒，通过任务找到他的蛛丝马迹，于是打了个车到了西湖。

虽说天冷，西湖游人虽然比旺季少许多，可是也颇为壮观。路上我们分析这次任务应该和三潭印月、断桥、雷峰塔、保俶塔有关联，索性到了西湖也没废话，月饼沿途搜索细节，我研究西湖的格局走势。

根据《汉书·地理志》记载：“钱唐，西部都尉治。武林山，武林水所出，东入海，行八百三十里。后又有钱水、钱唐湖……”临安古称钱塘，西湖最初名为钱塘湖。

之所以称为西湖，一是因为钱塘湖位于临安西边，白居易的《西湖晚归回望孤山寺赠诸客》和《杭州回舫》这两首诗中，称其为“西湖”。北宋以后，名家诗文大都以西湖为名，苏轼的《乞开杭州西湖状》，则是官方文件中第一次使用“西湖”这个名称。

鸟瞰西湖，形状像一口鼎，断桥、白堤恰似鎏金鼎沿，保俶塔居北，雷峰塔位南，三潭印月居于中央，应了“鼎中三炷香，财气通南北”，使得整个西湖形成聚宝盆格局。

故此自古以临安为都的国家均富饶无比，尤其是1127年南宋定都临安后，经济更是处于空前鼎盛时期。

我推演了半天，西湖格局取的是“聚财旺气”，极为正统，并没有什么利用先天地势设计的封印之阵，一时摸不着头绪。转头一看，月饼正和几个摇舟船夫唠风土民情，就凑过去听听，正巧听到了保俶塔的传说。

二

南宋年间，西湖边宝石山下住着姓宋的两兄弟，长得非常相像。弟弟八岁时，父母双亡，靠着哥哥拉扯长大。日子虽说过得不济，兄弟感情却没的说。

转眼过了十年，哥哥宋友康娶了妻子。宋嫂出身贫苦，颇有两分姿色，典型的贤妻良母，善待邻里，乡亲和谐，里里外外料理得井井有条。偏巧还有一手做豆腐的手艺，一时间远近闻名，就连大户人家都隔三岔五差遣小厮购买。

平日里宋友康上山砍柴下湖捕鱼补贴家用，赶上鱼汛昼夜不归，弟弟宋友德年纪还小，就在家里帮衬嫂子豆腐营生，日子越过越红火。

宋嫂磨豆腐的时候常念叨，攒够了钱给小叔子娶门好亲事，做个小本买卖，苦日子也就到头了。

“人怕出名猪怕壮”，原本乡邻都是相同生活水准，没有高低之分，还能保持一团和气，眼睁睁看着宋家兴旺了，自然有人眼红。

时间久了，闲话就出来了。

哥俩儿本来长得就像，宋友康又经常不归，左邻右坊谣言就出来了：宋嫂长得那么水灵，其实就是个狐媚子，勾引小叔子滋阴驻颜；叔嫂俩晚上磨豆腐，磨着磨着就摸到床上去了……

一时间谣言铺天盖地，食客们嫌弃豆腐腌臜，好好的生意就这么冷落下来。

这些话多多少少传到宋友康耳朵里，老实本分的宋友康生性朴实憨厚，根本没把这些话当回事儿，反而安慰妻子和弟弟宋友德：“豆腐生意不做了，我多砍柴打鱼，有我在，还害怕养活不了这个家？”

宋嫂虽没念过书，做人道理却懂得精透，深知“树大招风”，谣言起来了，四处争论是欲盖弥彰，也就安心料理家务。

宋友德是个明白人，哥嫂忍着名声疼他，自己不能不懂事儿。就跟哥嫂借了笔钱，往返苏杭做点绸缎、雨伞的小本生意，常年不回家。哥哥看在眼里疼在心里，晓得弟弟是个要脸的人，也就不再多说什么。

转眼又是一年多，宋友德风来雨去，生意做得颇有成色，重阳节更是坐着四人轿子回乡，邀请左邻右坊大摆宴席，酒到酣处当众跪拜哥嫂，发誓一生敬若父母，哥嫂当场热泪纵横。

人心就这样，开个豆腐作坊，邻里看不过眼乱嚼舌根子，如今宋友德成了大商人，反而都服气了，争先恐后抢着敬酒，阿谀奉承。

当晚喝得尽兴，送别宾客，一家三口借着秋意喝了两盅雄黄酒，聊聊这几年生活，唏嘘感慨，到了三更时分才回屋而睡。

四更时分，宋友德睡得正香，忽听隔壁宋嫂一声惨叫，他急忙披衣起身，守在屋外询问。

宋嫂嘶声哭泣："你……你哥，不行了。"

宋朝礼教极为严苛，无论何时擅入哥嫂卧房都是伦乱纲常的大事。宋友德急忙召集乡里，请几位年岁长的翁妪入屋，只见宋友康周身赤裸，趴在床上早已死了多时。

询问其间过程，宋嫂支支吾吾不愿多说。乡邻看此情形有了计较，"酒后上马易跑空"，十有八九是宋友康酒后行夫妻之事沾了"马上风"送了性命。

仵作验尸也证明了乡邻推测，可怜好好一个家就这么抽掉了主心骨。

送葬那天，宋友德摔了瓦罐，几次哭昏在哥哥墓前，宋嫂更是寻死觅活，双眼哭出血泪。乡亲们见此情悲切，这才从心里彻底消了"叔嫂私通"的谣言。

三

依着宋朝礼教，宋友德为哥哥守孝三年，敬宋嫂如母，早中晚三次问候。还特地请了丫鬟、小厮侍奉，防止再有谣言发生。

守孝期满，宋家产业越来越大，宋嫂开始张罗着宋友德亲事，希望他早生儿子给宋家续接香火。宋友德拗不过宋嫂意愿，娶了门当户对的女子为妻。

偏生结婚没多久，宋友德生意辛劳，得了重病。宋嫂急在心头，天天一步一跪上宝石山的大石佛院烧香拜佛，祈小叔身体健康，立志修一座长生塔还愿。

这些年宋家乐善好施，口碑甚佳，人心都是肉长的，乡亲们纷纷出工出力出料，建起佛塔，称之为“保叔塔”，寓意为“保佑小叔子的塔”。

也许是佛意感召，宋友德病竟然好了。一家人自然高兴，宋嫂原本就有厨房手艺，向小叔子借钱开个饭馆。宋友德明白嫂子这是不想白吃白喝当家里累赘，虽然不愿意嫂子忙碌，也不好违了心意，出资建了饭馆。

宋嫂将鳜鱼蒸熟剔去皮骨，加上金华火腿丝、香菇、嫩笋，再配以鸡汤、生姜、红椒、绍兴黄酒、镇江香醋烹熬鱼羹，颜色浓白醇厚，味道鲜嫩滑溜。食客们喝了鱼羹，唇齿留香，交口称赞。“宋嫂鱼羹”的名声一传十，十传百，整个临安都知道这味佳肴。

这年端午，全家人早早收了生意，围在园中吃粽子、喝雄黄酒。聊不多时，宋嫂借故回房休息，离开前在宋妻耳边低语几句，宋妻羞得嫩脸透红。

当天夜里，宋友德突然惨叫。宋嫂梦中惊醒，多年前丈夫的死状历历在目，立刻拿了纳鞋底用的锥子，穿着睡衣冲进房内，对准小叔的屁股刺去。宋友德全身抽搐，缩身滚下床，捡回一条性命。

原来自从丈夫死后，宋嫂询问过邻里老妇，得知了治疗“马上风”的土方，如今小叔子又犯了同样毛病，当机立断及时行治。

人是救了，却坏了礼教，当年的种种流言蜚语历历在耳。宋嫂为了家中名声清白，当夜回屋悬梁自尽了！

“义嫂救叔殉身”之事传开，更成了临安一段佳话。保叔塔也成了求子求姻缘的圣地，香客络绎不绝，香火鼎盛。

新任临安知府游西湖来到保叔塔前，听说这个典故，竟认为叔嫂必有私情，便题诗一首：为何保叔不保夫，叔何亲密夫何疏？纵然掬尽钱江水，难洗娇娘一生污！

此诗一出引起民间轩然大波，知府不得已把诗抹去了。临安百姓为了不再被后人误解，糟蹋了宋家声誉，将“叔”字改为“俶”字，改为“保俶塔”。

四

船夫讲这个传说时，其他的船夫没有营生，早早就收工回家了。

我听得心头火大！自古陈俗陋习害死人，尤其南宋朱嘉大力倡导理学，更是有失人伦，多好的哥嫂就这么不明不白死了。难怪杨过就因为喊了小龙女几年“师父”，喊出了败坏伦常的轩然大波，整整熬了十六年才“有情人终成眷侣”，最后还是跑到古墓隐居。

月饼没我这么神展开，支着下巴认真听完：“您是说哥俩都是喝了雄黄酒才犯了病？”

船夫满是茧子的手遥指雷峰塔：“白娘子也是喝了雄黄酒才现出原形啊。想不想听听雷峰塔的传说？”

《新白娘子传奇》演了这么多年，桥段台词我都能背过了，自然没什么兴趣。月饼真是好耐心：“您愿讲，我愿听。”

船夫“哈哈”一乐，右手竖起五根指头：“游湖，五百块，给你们两个小娃子讲讲。”

我心说原来在这儿等着呢，忍不住回了句：“大爷，您这不是敲竹杠吗？”

“言者有意，听者无心。”船夫收着缆绳，“该回家了。”

我有些看不起船夫的市侩气，这老大爷为了五百块钱还玩起禅语了？正准备扭头走人，月饼摸出钱包：“大爷，现钱不太够。”

“微信转账也行啊。”船夫摸出手机调出微信二维码，“扫一下，加个好友。”

月饼有些犹豫，看来是不愿意互加微信。我只好拿出五百块，不情不愿地递过去。

船夫牙花子都笑出来了，大手一挥：“上船！”

我们上了船并肩坐着，船夫船技不错，几桨就摇到湖中央。湖风一吹，抽得我全身透凉，瞅着船桨在湖里卷着浪花，越想越觉得五百块打了水漂。

正想吐槽几句，月饼递给船夫一根烟：“大爷，您说说雷峰塔是怎么回事儿。”

船夫接过烟，别在耳朵上，讲述了一段从未听过的“白蛇传说”——

南宋绍兴年间，临安白姓富户家遭火灾，全家死于非命。唯有女儿白素贞和丫鬟小青去苏州省亲，幸免于难。女儿回到临安后，变卖家产，厚葬了族人，在城郊买了栋宅子相依为命，手里还有积蓄，日子过得倒也不清苦。

这天风和日丽，白素贞带着小青畅游西湖。俗话说“六月天，孩子脸，说变就变”，原本艳阳天，忽然就雷声轰轰，倾盆大雨瓢泼而下，把二女淋得精透，连绸服里的小衣都若隐若现，玲珑身材更是勾勒得凹凸有致。

这在宋朝可是有伤风化的大事。主仆俩羞臊得正没主意，一个名叫许仙的男子从船里上岸送伞遮雨，取两件衣服给她们穿上。

依着宋朝礼教，男子误闯女子闺房，等于占了女子清白，不管男子身份如何鄙陋，必娶女子为妻。更何况白素贞和小青的身子被许仙看了，又穿了他的衣服，相当于同床共褥，只有夫妻才能做这种事情。

白素贞见许仙相貌普通，穿着寒酸，虽然心中不喜，但悖于礼教束缚，无奈之下留了地址，暗示许仙请媒婆上门说亲。倒是小青眨着水汪汪的大眼睛，上下打量许仙不停。

她们走后，许仙对着断桥遥遥三拜。桥上，一个和尚托着紫金钵，微微一笑，单掌回礼。

五

白素贞万万没想到，等了三天，等到了许仙自己上门，连个媒婆都没请。她心里恼火，本想哪怕是坏了礼数也要拒之门外，但架不住小青从旁边怂恿：“生死事小，失节事大。小姐既然和许公子有了肌肤之亲，失了礼数日后也是难嫁。更何况泼皮无赖常在宅外转悠，两个弱女子万一有什么不测……小姐，还是认命吧。”

白素贞思前想后，点头应了许仙这门亲事。

婚后一个月，白素贞正悔之不及。许仙本就是一穷人，机缘巧合娶了美貌妻子，还有个妩媚丫鬟相伴，无异于一步登天。每天好吃懒做，游手好闲，还经常与小青打情骂俏，举止更是不清不白，全然不顾白素贞感受。

白素贞本就身子虚弱，常年手足冰凉，如今更是郁结在心，日渐消瘦，躺在床上一病不起。

许仙这才慌了神，此时他已和小青有了私情，本想过了一年半载，趁着白素贞怀孕，顺理成章纳小青为妾。白素贞如果病重身亡，按照礼教，丫鬟当领一笔差遣费，自寻婆家，坐享“齐人之福”的美梦岂不是落了空?

他连夜赶至金山寺，拜见当日教他如何将白素贞娶到手的法海，央求治病良方。

法海沉吟许久写下几个方子，其中一个可治白素贞，另外几个专治痨疴顽疾，并叮嘱“治愈白素贞，可根据这几个方子开药铺，也算是有了正经营生”。

许仙千恩万谢，回家抓药熬汤，白素贞服药两个多月，竟然痊愈，就连常年手脚冰凉的娘胎病也治好了。

经此一事，许仙再不敢和小青造次，生怕再把白素贞激出病，耐着性子开了药铺，专等白素贞怀孕迎娶小青。

凭着法海给的方子，许仙成了临安远近闻名的神医，求医者络绎不绝。家中有了积蓄，他更是肆无忌惮，夜夜花天酒地，寻花问柳，还经常以进药为名，跑到金陵秦淮画舫胡混，自然把小青也冷落了。

小青这才醒悟，痛骂“男人没有好东西”，无奈身子早已给了许仙，只能和白素贞受着委屈，操持药铺买卖。

六

这年端午，三人喝着雄黄酒，吃些点心。“色是刮骨刀”，许仙多喝了几杯助兴，准备晚上和白素贞行房中之事。一来二去喝大了，白素贞侍奉许仙入睡，想起自己命苦，背着身抹泪。

许仙睡得正香，呼噜声大作，扳过白素贞相拥而睡。白素贞不敢反抗，擦了泪枕着许仙胳膊，迷迷糊糊睡了过去。

雄黄酒劲上来得快退得也快，三更时分，许仙觉得喉咙犹如一把火刀搅来搅去，干渴难耐，喊了几声“素贞”，无人应睬，只得自己起床喝水。

刚睁开眼睛看不清楚周遭，他抽着被白素贞压着的胳膊，觉得分外沉重，胳膊冰凉，不禁又骂了几句。没想到白素贞不但没有醒，反而伸出舌头舔他的耳朵。许仙被舔得耳垂凉滑酥麻，起了兴致，翻身压在白素贞身上。

月光扫进屋内，许仙赫然看清，面前居然是一颗脸盆大小的白色蛇头，细细密密的鳞片微微开合，长长的芯子吞吐不止，时不时扫过他的脸庞。

许仙吓得肝胆俱裂，一声惨叫正要滚下床，白蛇双腿把他缠住，睁开了鸡蛋大小的双眼：“相公，你怎么了？”

他早已说不出话，急着挣脱。没想到白蛇看到许仙，也是一声惊叫，“哧溜”一声缩到墙角。半裸的身子长着一颗蛇头，双手紧紧抱着胸口：“相公！你在哪里？有蛇妖！”

许仙哪顾得许多，刚逃出门去，小青迎面跑来：“公子，出什么事了！”

“啊……蛇妖……”许仙一屁股坐在地上，他明明看到，一个长着青色蛇头的女人吓昏了过去。

他又是一声惨叫，慌乱间目光扫过自己的影子，分明也长了个蛇头。他伸手摸了摸，坚硬的鳞片冰凉黏腻，唇裂一直延伸到耳根，手指触到几根尖牙，一口气没接上来，生生吓死了。

一个僧人推门而入，看到三条大蛇都已吓死，指挥着院外僧人包起人蛇抬走，独自留在院中，咬破中指满墙画着符咒。

“秃驴，你这么做有些缺德吧？”

法海转身一看，院子里多了黄衫、圆脸两个老人。

圆脸老人瞪圆了眼睛继续说道：“你除妖炼气，保得临安财气两通，这是你们金山寺传下来的使命，我没意见。但是你诱使异族之血的人化成妖形加以屠戮，说不过去吧！”

“异族虽是人形，只是未曾觉醒。”法海不以为然地笑着，“前有宋家惨祸，好端端折了几个人性命。我防患于未然难道不应该吗？”

“看不出你这老秃驴还挺能狡辩！”圆脸老人动了肝火，握着拳头就要动手。

黄衫老人拉住圆脸老人，亮出一张字条：“可是你不应该用药诱导她体内的异血，否则也不会异化。”

圆脸老人狠狠啐了一口：“别以为我不知道，临安的妖物让你抓了个干净。眼看金山寺香火绝了，你才想出这个损招。说白了你就是为了钱！”

“金山寺和异徒行者井水不犯河水，”法海双手合十颂着佛号，“犯不着蹚这个浑水。”

“砰砰”两声巨响，两个老人一左一右挥拳击中法海眼眶，登时鲜血迸流。

法海仰面摔倒，哭得鬼哭狼嚎：“大侠饶命！”

圆脸老人正要上去踹几脚，黄衫老人说道：“算了，他诱人变妖炼气聚财，怨气迟早会漫了金山寺。”

“弄死他得了。”圆脸老人拳头握得“咯咯”作响。

“你看他那个德行，弄死他脏了手。”黄衫老人扬扬眉毛，“再说他说的也有道理，宋家哥嫂惨死，确实是无意中酿成大祸。”

“这么说宋嫂也是异族？难怪她要自杀，原来她知道丈夫死的真相不是马上风，而是被她吓死了。”

“别分析了，谁知道后世的传说会变成什么样子？口口相传，几百年后许仙、白素贞、小青的故事也许会很精彩。”

七

听完这段传说，小船已经划回岸边。老大爷喜滋滋地拴着缆绳，满脸“今儿算是赚着了”的猥琐劲。

我隐隐觉得这两段传说和任务有关，正在分析其中的关联，懒得再搭理他。

月饼眯着眼笑道：“大爷，今儿晚上怎么也得喝两盅吧？”

老大爷“嘿嘿”两声干笑，低头忙活收船，没接话茬。

“如果我没有猜错，今天来了个戴着眼镜的中年男子，给你讲了这两个传说，”月饼慢悠悠地踩住缆绳，“然后让你在这里等着我们，保证会挣到钱。对吗？”

“你怎么知道的？”老大爷这才抬起头，手里还拽着半截缆绳。

“讲得挺不错，不过太生疏了，显然死记硬背刚记住不久。”月饼指着老大爷装手机的口袋，“你说可以微信转账的时候，我看了你的微信对话框，最上面一条显示的是你领取了红包。”

老大爷半张着嘴，缆绳“啪啦”脱落，像一条僵死的蛇，半浮半沉在水里。

我心说月饼你还真有耐心，早有这条线索何必坐船在西湖里面喝风，直奔主题不就行了吗？

“大爷，你这么做有些不地道吧？”我哑着嗓子配合了一句，“遇到那个人，你还能活到现在真是运气好。”

老大爷贼眼骨碌碌转着：“小娃子诈我是吧？上船前说好了的钱，要回去没门儿。”

“我们不要钱，只要他的微信号。”月饼掏出一百块钱。

我这下子急了，虽说手头不缺钱，可这钱也不是天上掉下来的。这么一会儿工夫六百大元就出去了，败家也没这么个败法。我再诈他几句，保证乖乖把李文杰的微信号交代了。

老大爷直勾勾地瞪着钱，警惕地捂着口袋，看这意思是生怕我们抢他的手机。

“要么收钱，要么我们就自己动手抢了。”我火上浇油。

老大爷脸色一变，张望着四下无人，哆哆嗦嗦紧握手机，报出一串微信号。

我立刻用微信通信录添加，搜到“李文杰”的微信用户，点击“添加到通信录”，发送了申请信息。安全起见，我还特地点开了“不让他（她）看我的朋友圈”，不出所料，无人应答。

月饼把钱往船上一丢，自顾自地走到湖边椅子，坐着闷头抽烟。老大爷拾起钱，匆匆系牢缆绳，两条腿踩了风火轮似的，一溜儿烟跑了。

“你丫眼神真好，”我挨着月饼坐下，“就那么一眨眼，微信画面都看得清清楚楚。”

月饼扬嘴一笑：“我猜的。”

我脑子里顿时天雷滚滚，一时说不出话。

“故事讲得那么生涩，肯定是刚记住，”月饼仰头吐了个烟圈，“他又引出第二个故事，其他的船夫都回家了，他这么做很奇怪。应该是李文杰提前告诉他咱们的模样，只要见到就开始讲，咱们肯定愿意花钱听下去，他才有信心这么做。”

“微信是怎么回事？”

“他是个精明人，但是满眼都是钱，这是他的弱点。李文杰如果不给他一笔数目可观的钱，他绝对不会做这种无聊的事，也不会相信李文杰的话。我故意说钱不够，他第一反应不是不讲了，而是微信转账，更肯定了我的判断。说明在此之前肯定有人用微信转过钱，并且时间不久给他留下了行为记忆，我随便试探了几句他就露馅了。”月饼食指点着脑门，“智商太高，实在没办法。”

我听得云里雾里：“月公公，你丫什么时候这么冰雪聪明了？”

月饼“哈哈”一乐：“南少侠，和神队友组团探险很重要啊！这是第一条李文杰的实际线索，值得庆祝。”

我心里服气嘴上不输，正要回几句话，微信提示音响起，李文杰居然通过了我的验证，很快回了句话。

我如同被一盆冷水浇了个透凉，把手机递给月饼：“上当了。”

对话框里赫然映着一句话：“我讲的传说还不错吧？线索就在里面，慢慢领悟。记住，时间不多了。”

我向老大爷跑走的方向望去，哪里还有人影？心里更是懊恼，李文杰乔装改扮成船夫提供线索，就在眼皮子底下跑了，而且还诓走六百块钱！

我抢过手机随便回了个表情，对话框立刻显示：“李文杰开启了好友验证。”

他已经把我删除好友了。

月饼眉头皱成疙瘩，神情有些沮丧：“他比咱们聪明，我太想当然了。

好无聊，也许忙活到最后，咱们只是在替他完成任务。”

我胸口堵得喘不过气，一时间不想说话。月饼自尊心很明显受挫，情绪异常低落，手里的烟烧了大半，风一吹，烟灰落地。

月饼这个状态，我不能再丧气，捶了他一拳：“也许他很聪明，但是他一辈子也完成不了只有咱们能完成的任务！”

月饼笑了，伸直双腿打了个哈欠：“南瓜，为什么只有你和我是真正的朋友？”

“我颜值比你高那么一点点。”

“你的颜值？说话要讲良心。”月饼望着雷峰塔，“咱们俩从未同时放弃过任何一件事啊。”

夕阳西下，南屏山的林涛，水光潋滟的西湖，浓妆淡抹着余晖，一抹火红随意散落在雷峰塔尖。天际由蓝泛红，远山轮廓分明，雷峰塔面湖一侧层层泛出白光。霞光映红了半边天，云层如同烈火燃烧出金边，雷峰塔镀了红金两色，闲散游客们举着手机拍着“雷峰夕照”。

渐渐地，天黑了，我们的影子融入夜幕。西湖的古老建筑，华灯初上，璀璨着绚烂的光芒。

人生有许多路，结伴前行不能回头，却在距离终点很近的地方，放弃了。或许，彼此再相互鼓励一次，终点就是新的起点。

八

整整半个小时，我们对着月饼画的西湖简笔图分析，空白处写满了“雄黄、宋嫂、白蛇、异族”这些汉字，有关联的地方用虚线相连。

依着我的意思，根本没必要进行这么多分析，既然李文杰讲了“保俶塔”“雷峰塔”的传说，主要线索就在里面，干脆挨个塔爬一遍，简单省事，完成任务走人。

月饼认为两塔虽然有关联，任务肯定只在一座塔中。贸然闯塔，不被保安当飞贼那才是怪事。分析来分析去，本来觉得雷峰塔最有可能，可是一想自清朝末年民间流传“雷峰塔砖避邪生财”之后，百姓们盖房时窃砖垒入自家地基求个福兆。再结实的塔也扛不住这么糟蹋，1924年9月25日，雷峰塔倒塌，2002年10月25日才重新建成。修建过程中，雷峰塔废墟内发现了神秘地宫，挖掘出大量文物，最有名的当属35厘米高的鎏金塔，据说塔棺里藏有佛螺髻发舍利。

更离奇的说法是，在挖掘过程中，地宫里发现了青白两条僵死的大蛇，更为“白娘子”的故事蒙上了一层传奇色彩。不过这只是传言，不足为信。

由此推论，雷峰塔地宫虽然神秘，却被挖得七七八八，任务肯定不在里面。

西湖有“一湖映双塔，南北相对峙”的说法，雷峰塔与保俶塔南北隔湖相对，又有“雷峰如老衲，保俶如美人”之誉。我们听到的两个传说都和美女有关，或许真正的任务线索就在保俶塔。

我兴奋得手心冒汗。如果真是这样，那么“雷峰塔镇压白娘子”只是迷惑后人的幌子，法海收了化成白蛇的白素贞，其实是压在保俶塔底，炼气辅助整个西湖的大格局！

经过李文杰冒充船夫这件事，月饼显然谨慎了许多，分析起传说中的一个小细节——宋嫂、白素贞是异族，饮了雄黄酒变成妖物，可以得知雄黄酒相当于催化剂。宋嫂吓死宋友康是意外，可是宋友康并没有异化，许仙和小青产生异化？

我画了个人物关系图，许、白二人夫妻，许、青二人有私情，气入体内相互影响异化。难以解释的是，宋友康和宋嫂也是夫妻，怎么没出现这个现象？

月饼又提出一点，白素贞自幼体弱多病，手脚冰凉，异化当夜和许仙面对面睡觉。

月饼这么一说，我倒是想到一件看似无关的事情。

中医里认为脾乃气血生化之源，脾虚则气血运化失常。女子天生体寒，脾虚则血脉不畅，手足冰冷。从“气理”来说，人体分阴阳两气，循环畅通相辅相成。女子阴气重而阳气弱，如果体脉郁结，阳气不通，阴气积于手脚，自然会感到凉。

女子婚后与丈夫相拥而眠，形成了人体构成的“阴阳鱼”。阴阳两气天然相济，分别由男女口鼻呼出吸入，以此平衡体气。“手脚凉，没人疼”这句俗话是指女子未婚，体气不能互补；上了岁数的老人常对手脚冰凉的女人说“结了婚就好了”也是这个原因。

“气驻心经，相由心生”，夫妻相处久了，气质、相貌会越来越相似，俗称“夫妻脸”，其实是阴阳二气互调循环起的作用。

想到这一层，多少能解释我们不明白的地方。

然而分析了半天，对实际任务并没有多少推动作用。我脑浆快转成一坨糨糊了：“月公公，只要思想不滑坡，办法总比困难多，咱们还是直奔保俶塔得了。”

月饼继续写写画画：“我总觉得还有什么东西很熟悉，一时想不起来。”

我在石凳子坐了大半天，冻得肚子都疼了，索性起身活动胳膊腿儿：“守着个像鼎一样的西湖，浪费这精气神儿，何必呢？动手吧！”

月饼“啪”摁断了圆珠笔尖，几步跑到岸边，两只手摆成相机方框形状，遥对西湖景物比画，嘴里不停念着“鼎”。

“南晓楼，我明白了！”月饼打了个响指，“不是雷峰塔，不是保俶塔，是那里！”

九

“靠谱吗？”我提心吊胆解着缆绳，好在冬夜西湖游人寥寥，没人注意。

月饼跳上船，向湖心三座石塔划去：“问题不大。”

三座石塔品字形竖在湖中，塔腹中空，球面体上排列着五个等距离圆洞，顶端雕刻着一个石葫芦。我怎么也想不到，“西湖十景”最著名的“三潭印月”，原本是标示水域界限、测淤泥深浅的三座石塔，居然是炼蛊鼎里的蛊居！

我随口说了句“西湖像鼎”，给了月饼重要提示。蛊族炼蛊需要器皿，大多以木、石打制成鼎，内置三个空心石瓶作为蛊虫居所，蛊鼎首尾各有两根用来收排蛊料的塔管。炼蛊时将蛊虫放入蛊居，根据用途从顶端塔管注入不同的液体（活水、死水、阳水、阴水、尸水、无根水、血液），毛发，各味药材，炼制七天，从尾端塔管排放废弃蛊液和经不住蛊料药力炼制死亡的蛊虫残体，反复循环七七四十九天成蛊。

最高明的炼蛊人不需要蛊虫，而是把蛊虫炼化成蛊气吸入体内，发挥蛊的功效，也就是蛊术中极为罕见的“气蛊”。

蛊鼎的大小决定了蛊效，以“1：49”为计算方式。简单来说，一尺大小的蛊鼎产生的蛊有49天功效。如果西湖真的是一个巨型炼蛊鼎，那么蛊气功效的时间简直就是天文数字，难怪临安千年来一直是财气两通的格局。

更坚定这个判断的原因还有一个，那就是建塔之人的名字也在异徒行者的族谱里。

眼看第一座石塔越来越近，形状极像月饼描述的蛊居，我不由得佩服古人对堪舆格局的精通，居然利用了西湖先天形状，山上立两塔，水中置三塔，制成了如此精妙的天然炼蛊鼎。

“小心点，见机行事。”月饼用缆绳打了个活结套中第一根石塔，“说不准塔里还有什么东西。”

我倒不以为然，临安的蛊气万八千年用不完，估计早就没人往塔里放蛊虫了。

想是这么想，但不敢大意，月饼拽着缆绳慢慢靠近石塔。我握着军刀，手心满是汗水，生怕石塔圆洞里面冷不丁冒出个什么把我拖进水，那就真成了“西湖的水，我的泪”。

靠着石塔停了船，月饼敲着石壁，回声“咚咚”，没什么异状，我多少松了口气。

“南瓜，商量个事儿。”月饼笑得很狡猾。

我一看准没好事：“你丫别想让我跳湖研究塔底有没有阵法布局。”

“这倒不是，”月饼摸出军刀递我手里，“我的血有蛊气，里面有蛊虫可能会产生排斥。你的血纯，蛊虫如果还活着，能把它激醒，然后我做了它。”

“月无华！”我咬咬牙对着食指划了一刀，疼得心颤，“需不需要赶明儿我抽个200CC的血放瓶子里供您随时备用？”

月饼舔了舔嘴唇，活脱脱吸血鬼的模样：“别浪费了，快放血进去。”

十

我刚把手指凑到洞口，忽然觉得一股吸力自塔内传来，牵着身体不由自主靠近石塔，手臂被吸进塔里，整个人贴到塔身。塔里“嘶嘶”几声怪响，有根类似于绳子的玩意儿缠住我的胳膊，手心更是摸到一团毛茸茸的东西。我急忙抽手，整个人却像个铁块被强力磁铁牢牢吸住，根本动不了分毫。

更让我心寒的是，手指似乎是被一张黏滑的嘴吸住，血液“簌簌”向外流着。

“还不快帮忙！”我抵着石塔往外挣，吸力更强，胳膊肘“咯咯”作响，眼看就要脱臼了。

月饼正要顺着圆洞往里甩桃木钉，手腕突然停住，奇怪地“咦”了一声。

“你丫磨叽什么？”我话音刚落，旁边的圆孔里钻出一根长满细细密密红色疙瘩的手腕粗的触手，颤巍巍地探到面前，顶端拳头大小的肉包花瓣状绽开，冒出一只布满血丝、金色瞳孔的眼球。

我和眼球隔着不到五厘米，就那么定定地互相看着，真成了“大眼瞪小眼”，我吓得差点没一口气背过去。这时一股暖意从割破的指尖传回体内，吸力消失了。

我收不住势子跌坐在船里，船身左右摇晃。我控制着身体平衡，挥刀砍向触手。月饼扬手甩出桃木钉，我只觉手腕一麻，军刀掉进水里。

“别动！”

月饼这么做肯定有道理，我一动不动，任由那根触手顶着眼球又往外探了一米多，凑到我面前，眼球上下转动，似乎在打量我。

我起了一身鸡皮疙瘩，闻到触手散发的那种夹杂着草药味的腥臭味，更是恶心得胃里翻腾。我眼看顶不住这种视觉嗅觉双向冲击，正想有所行动，月饼用唇语说道：“不管发生什么事情，冷静。”

我瞪了他一眼，屏住气绷直身子，爱咋的咋的吧！

触手搭到我的肩膀上，湿液浸透了衣服，黏腻湿滑的感觉有种说不出的别扭。我实在受不住了，刚要伸手把这鬼玩意儿扯下来，触手绕过我的脖子轻轻一勒，眼球对着我点了三下，像是在鞠躬。

我心说咱能换个正常点的礼仪方式吗？又不是情侣，见个面还搂脖子秀恩爱。这要是用力过猛还不把我勒死了？看月饼一点不紧张，当下又不知道该怎么做，只好也跟着点头。

谁料那颗眼球停止转动，瞳孔忽大忽小，最终缩成人瞳形状，几缕鲜血从眼球边缘向下汇聚，凝成一滴血泪，滴落。

“多克迭松，环已春噶发，也督。”月饼双手合十，隐约间，一道青气从指缝飘出，在空中停顿片刻，“嗖”地飞入石塔。

石塔里传出和月饼话语类似的音节，那触手由红转白，眼球里的血丝褪去，从我的脖子松开，转向月饼点动着，缓缓缩了回去。

“呜呜”，湖风吹过，贯穿石塔圆洞，宛如女人凄凉的哭声。

仔细一听，真有个女人，在石塔里，哀哭。

十一

我跌坐船里，心有余悸地说：“你丫刚才念的是蛊咒？塔里是什么玩意儿？”

月饼食指摆在唇前让我噤声，侧头听着哭声，眉毛刚扬到一半停住，表情越来越诧异。

我反应再慢也明白月饼和塔里的“女人”有某种联系，虽然满脑子问号，也只能耐着性子不吭气。

女人在塔里哭得更急，尤其是湖风洞穿石塔圆孔，更使得哭声断断续续，无比悲切。月饼如同老僧入定站在船里，拇指飞速地点着其余四根指头，嘴巴微微张开，眼角不停地跳动。

我头一次看到月饼这种诧异的神情，细听哭声，才发现其中蹊跷。

女人的哭声听似杂乱无章，却抑扬顿挫极有节奏感，蕴含着奇特韵律，每隔两三秒会蹦出一个不同于哭声的音节，像是农村送葬时的哭丧，哭几声说两三个字，组合起来就是一个完整的悼念句子。

女人明着在哭，实际却在向我们传达着某种信息。很明显，月饼能听懂她说的话。

冬夜，西湖，我们在石塔外，塔里有个女人在哭，这种气氛异常诡异。我手心直冒冷汗，想到毕业前发生的一件事情——

大四寒假，学校3号女宿舍楼翻修暖气管线，学生返校前施工结束。本来这不是什么大事，没想到417寝室的女生们住了几天，一个女生和男朋友去外面租了房子，另外两个女生干脆住进了学校外的宾馆。问其原因，三个女生说新修的暖气不好用，寝室太冷。

大学时学生校外租房这种事儿司空见惯，倒也不值得大惊小怪，没想到过了几天，隔壁寝室的女生们也搬走了。其中一个嘴快的女生说，每晚睡觉都能听见墙里传出弹珠声和指甲盖挠墙的声音。

事儿经不住传，没几天全校皆知，学校贴吧顿时冒出各种版本的鬼故事。更有几个人像煞有介事地证实半夜有人敲门，开门一看，走廊尽头站着一个白衣女子，慢悠悠拐进楼梯。

不管事情真假，一时间3号宿舍楼成了谈之色变的鬼楼，许多女生都搬出去和男友过二人世界了，到了周末更是无人敢住，好端端的宿舍楼成了空楼。

我和月饼知道了这事儿自然大感兴趣，趁着周末宿舍楼没几个人，顺着楼外的消防梯爬到四楼走廊窗户翻了进去。进了417寝室，确实如女生所说，屋里异常寒冷，暖气片冰凉，看来还真是因为温度原因。估计隔壁女生想找个借口不住寝室，编了这么一段瞎话。

我们大感失望正准备走人，忽然听到“啪啪”的弹珠声，月饼模仿女生睡觉的姿势躺在其中一张床上，隐约能听到墙壁里有类似于指甲划过的声音。

我点了根白蜡，火苗由黄转绿，斜斜偏到暖气方向。月饼敲着暖气片，在暖气管线的位置敲出沉闷的“噗噗”声，显然有什么东西堵住管线。我们费了好半天劲才把管线卸开，从管子里拽出一根半尺多长、两头塞着槐木的人体前臂骨。

接下来的事情着实狼狈，水管通了热水“呼呼”直冒。我们费了半天劲，烫得胳膊通红才把管线拧上，湿淋淋地带着骨头跑了。

回到寝室拔开槐木，骨管里面塞一张红布，绣着一个女孩的乳名和生辰八字。虽说不知道这个女孩是谁，不过我们明白了究竟发生了什么事儿。

这是民间一种极为凶恶的“尸语术”，类似流传于木匠手艺里的“厌胜术”。施术者将横死之人的乳名、八字写于红布，放入死者骨内，置于受诅之人的居所，怨气不散汇凝音声，夜半时怨音响起。受诅人夜闻此声，起初经常说梦话，逐步发展成梦游，模仿死者生前一举一动。历时108天，阳气彻底涣散，形同死人。

“夜半无人尸语时”这句话，也是由此而来。

这种术还曾引起明朝皇宫一起著名悬案，此后再没听闻，没想到出现在学校寝室。

我和月饼分析了许久，找了很多线索也没得出所以然，只好用桃木灰、决明子、夜明砂熬水，把骨头浸泡三天、暴晒一天，和红布一起烧成灰，午时埋在花坛里，就此破了术。女生们也陆陆续续回了寝室，此后相安无事。

隔了有一个多月，我路过校外一家宾馆，看到转租的告示。我心里纳闷，宾馆的生意那么好，怎么说转就转了呢？仔细回想，我和月饼为了看世界杯曾经在这个宾馆开过房间，记得店主是中年夫妻，带着个上高中的女儿。

我突然想起，开房间那天夫妻喊女儿乳名吃宵夜，和红布绣的名字一模一样，再推算生辰八字也和女孩年龄相差无几。

我跑到宾馆隔壁小卖部买烟，扯东扯西聊到正题，才知道了事情的来龙去脉。

圣诞节，许多情侣在校外开房，这种男欢女爱的事儿无可厚非。偏偏有个高富帅男生平安夜带着女生住进宾馆，圣诞这天又带着不同女生开房。

那天夫妻不在家，女孩守着柜台看不过眼，偷偷提醒女生。没想到女生打了她一巴掌，言语间更是污秽不堪，男生更是扬着一摞钞票问“多少钱一晚上”。

女孩在学校里本就因为父母职业经常被同学指指点点，性格很敏感，如今受到这种侮辱，更是一口气郁结在胸，得了急火攻心的病症，住院半个多月没治好，就这么走了。夫妻俩受不得悲痛，前几天和房东结清账目回了老家。

我跟月饼讲了这件事，“尸语术”这件事几个细节一推理，算是弄清楚了。

“术破人不走，必受其反噬”。我们碰巧破了术，夫妻俩如果不走必然遭殃。为此我郁闷了好几天，不知道这事儿做得对不对，月饼心情也不痛快，拉着我喝了几天闷酒。

也是通过这件事，我们明白了这个世界里有很多事情无法分辨正义邪恶，所谓的对错往往只是一线之间。

十二

闲话说了这么多，其实就是一眨眼的工夫。我之所以想到“尸语术”这件事，无非是觉得当下的经历有些相似。

难道有人在石塔里布了类似的术，以此用来“诅”接近石塔之人？

石塔里的哭声弱了，那些晦涩的音节越来越密集，像是急着对我们说些什么，“嗡嗡”声如同捅了窝的马蜂群。

月饼听得入神，我却一句听不懂，知道没什么危险，好奇心上来，抓心挠肝很不是滋味。

突然，声音戛然而止，耳根子瞬间清净了反而很不适应。月饼重重一拳捶中石塔，深吸口气解着衣扣：“南瓜，我接下来要做的事情，可能会有些奇怪。记住，只看，不要说话，否则后果难料！”

我极少听到月饼语气这么严肃：“你丫要干什么？”

“记住我说的话。”月饼脱掉上衣，握着军刀在掌心一划，手指蘸着鲜血在赤裸的上身涂抹着奇怪的符号。

我立刻意识到这是某种蛊术仪式，大气不敢出，眼瞅着月饼把血符涂满身子，张开双臂抱住石塔。

只见石塔泛起一层玉石般的光芒，温润柔和，把月饼笼在其中。血符渗进塔身，光芒忽然由青转红，炽烈刺目，塔身如同烧红的铁鼎，烫得月饼皮肤“嗞嗞”冒着白烟。月饼闷哼一声，周身冒出黄豆大的汗珠，胳膊颤抖着牢牢抱着石塔。

月饼颤抖得更加剧烈，汗珠刚刚冒出就蒸成水汽，烟雾升腾，热气灼人，烘得我脸上毛孔全都张开了。我情急之下顾不得许多，正想把他拉开，月饼狠狠瞪了我一眼，双手伸进圆孔。只听塔里传出一声机关咬合的巨响，湖面冒出无数颗核桃大小的气泡，忽然腾起一股两尺多高的水柱，浪花翻腾，一条巨大的白色蛇尾扬出，重重拍下。

湖面像是被铁鞭抽裂的原木桌，笔直地劈开一条半米多宽的缝隙。隐约能看到一条白色巨蛇在水中纵横翻腾，巴掌大小的鳞片奓开合并，无数水泡从鳞片里挤出，一道浪花由近及远，飞速冲向岸边！

最远处那座石塔，也亮起了同样的红光，一闪而逝。又是一道浪花涌到岸边，白色水沫爆裂，留下一道道环形水纹。

“去中间那座石塔。”月饼撑着船舷，脸色白得骇人，“我没事，赶紧划过去。”

我被方才发生的奇景吸引，一时间没顾及月饼说的话，运足目力望去，湖岸激起两米多高的巨浪，水花“噼里啪啦”落下，隐约有青白两团影子从水中钻出，没入湖边林荫道对面的树林。

“快过去！”月饼跪在船里，捂着胸口咳了口血。

我这才慌了手脚，使出吃奶的劲儿来拼命划船。月饼眼神开始涣散，牙齿深深陷进嘴唇，血丝顺着嘴角涌个不停。

“到底发生了什么？先止血，不差这一会儿！”

我正要放下船桨，月饼闷哼一声：“快点，要来不及了。”

十三

终于把船划到中间石塔，我的胳膊酸疼得肌肉“突突”直跳，月饼勉强起身，身子一晃差点掉进湖里。

“需要做什么？我来。”

我想扶住月饼，却被他一把推开：“这件事，只能我做。记住，只看，别说话。”

月饼深深吸气，用力绷直身体，从背包里摸出在金陵秦淮河找到的那枚古玉钥匙，蘸着嘴角的血在塔身画了几个类似于文字的图案，重复念着几个简单的音节。只见石塔“咯咯”转动，顶端的葫芦越转越快，隐隐卷起一股旋风气流，顺着塔身的圆孔涌入，响起很有节奏的韵律。

眼前的一切让我完全摸不着头脑，圆孔的空气流动声听着异常耳熟，我仔细分辨，冒出了一身冷汗，终于明白月饼要做什么了！

石塔总共有五个洞，气流声正好形成了“宫、商、角、徵、羽”五音。据《山海经》记载，黄帝与蚩尤涿鹿大战，厮杀异常惨烈，蚩尤部擅长驱异兽，重挫黄帝部落。黄帝连夜谱出“宫商角徵羽”五音，暗合“金木水火土”五行，可唤醒天地间的灵物。两部再次交战，黄帝部落吹奏五音，异兽摆脱了蚩尤部的血咒控制，纷纷倒戈，更多异兽听到音律赶来助阵，蚩尤部落大败，残余族人逃至中国西南。此役异兽居功至伟，可是在战场上屠戮人类的场面实在惨不忍睹，黄帝悖不住民意，训练了一支精通音律的军队，把异兽驱赶至九个地方封印，并在当地传播音律繁衍生息，逐渐形成了中国最早的九州。

我明白了月饼为什么不让我说话。五音奏响，不容杂音掺入，否则异兽音乱心神，野性大发，必反噬施音者。正如印度耍蛇人靠音律操纵毒蛇做出各种动作，甚至蛇头探进耍蛇人嘴里也安然无事，一旦有噪声出现，耍蛇人必被毒蛇咬中。

我虽然不懂月饼这么做的原因，但是石塔肯定封印着一只异兽，而月饼正在解除封印唤醒它。我心里暗暗叫苦，万一突然从湖里冒出好大一只异兽，谁敢说饿了好几千年的玩意儿会不会一口把我们活吞了？

这玩笑开大了！

十四

我正胡思乱想着，月饼忽然探手插进塔身其中一个圆孔反向扳动，石塔“噔噔”几声巨响，顶端的石葫芦向上升起五六厘米，露出一台方形石质底座，中间有一个上圆下长的孔洞。

月饼把古玉钥匙插进孔洞，向右转了三圈反着转回一圈，只听湖底一声闷响，湖面鼓出脸盆大小的气泡。

我心说“是福不是祸，是祸躲不过”，看这气泡估计异兽大不到哪里去。虽然这么想，可心里还是直打鼓，我直勾勾盯着水面，面不改色心却跳得厉害。

月饼这才瘫坐在船里，擦着嘴角的血：“等吧。”

我一看能说话了，连忙问道：“你丫没事儿吧？”

“开启石塔放它们出来耗了精气，没受伤。”月饼调匀了呼吸，“时间紧迫，没来得及和你说，不过我知道你懂。”

“这时候哪有工夫说台词，”我活动着手腕，“封印了什么异兽？”

月饼疲惫地摇摇头：“很快就知道了。”

三四分钟过去了，我傻站在船头腿绷得发麻，且不说异兽长什么样没看到，刚刚气泡爆出的水纹都没了。

我索性坐在船舷：“别不是那只异兽早就饿死了？”

月饼调息一会儿恢复些精神，看样子也觉得奇怪，扬扬眉毛：“它不会骗我。”

“你说的它是从那两个石塔里跑出来的东西，到底是……”我话没说完，脚踝像被火钳子夹了一下，火烧火燎钻心剧痛。

我“嗷”了一声抬脚一看，居然是只巴掌大小的螃蟹举着长毛的螯钳夹得正起劲。我一瞅乐了，异兽没等来，湖蟹倒送上门了，小心翼翼地扳开螯钳倒放进船舱。螃蟹对空划拉着爪子，火柴头似的小眼转个不停，嘴里还喷出一堆白沫子。

我揉着脚腕子：“起码一斤半，忙完这件事儿咱就用它下酒了。”

“冬天，怎么会有螃蟹？”月饼摸了摸鼻子，“异兽该出来了。”

就在这时，湖里“咔啦咔啦”地响个不停，湖水像是被煮开了，无数只螃蟹浮出水面，螯爪卡着船舷爬了进来，把船舱挤得满满当当，壳碰壳，爪缠爪，喷着白沫四处横行，反倒把我们挤得没处落脚。

我看得头皮发麻：“月饼，瞅这阵势挺大啊。难不成湖里封着一只龙王，先由虾兵蟹将打头阵？”

月饼踮着脚踩到船舷：“这些螃蟹要是一起攻击，估计也就几分钟的事儿，咱俩就成骨头渣子了。”

话不经念叨，螃蟹越来越多，几乎把小船直径五六米的范围铺成一片实地。我脑补着各种食人蚁、食人鱼之类的恐怖电影，不由得心寒。

“异兽不会就是螃蟹吧？”我随口说出自己都觉得在胡扯。

“没错。”

“啊？”

“你看。”月饼指着湖面。

我顺着看去，漂在湖面的螃蟹群又冒出几个巨型水泡，螃蟹整齐地左右分开，留出一条半米多宽的水道，一只一尺多长的巨型螃蟹从湖里钻出，两排钳足踩着螃蟹群的背，对空举着人手大小的螯钳，两只眼睛一动不动地盯着我们。

我正心算着一军刀下去能不能戳透它的千年老壳，月饼却哼起了“宫商角徵羽”的音律。巨型螃蟹听到音律，螯钳“咔咔”夹合，居然应和着月饼的节奏。

月饼越哼越急，巨型螃蟹试探着前行两步又犹豫不动。月饼见状，放缓了哼唱速度，巨型螃蟹似乎下定了决心，一路踩着螃蟹群爬到船舷。

我这才看到，它的背壳上面凿了一个横条，镶着一根长方形铁匣。月饼摸着螃蟹试着铁匣牢固程度，螃蟹像是非常恐惧，蟹爪盘回体下，老老实实地一动不动。

“对不住了。”月饼用军刀探进铁匣和蟹壳的缝隙，一点点撬着。螃蟹吃痛，周身抖个不停，直到月饼撬出铁匣，居然聚着螯钳点了几下，像是对月饼叩拜，弹身跃进水里。

螃蟹群尾随其后，流沙般退入湖中。眨眼工夫，船舱里只剩我和月饼，还有那只倒放着兀自扒拉蟹爪的螃蟹。

月饼拎起螃蟹放回湖里：“回车里只能吃方便面下酒了。”

我有太多疑问，但是月饼的态度不容置疑，只能回去再问。

十五

回到车里已经是凌晨五点多，我连珠炮似的问了一堆问题，月饼却一言不发，慢条斯理地撬着铁匣。

我憋了一肚子火："月饼，你丫要这个态度那就没劲了！"

"有些事情我也不太明白，需要看到这里面的东西才能想通。"月饼总算把铁匣撬出一条缝，慢慢地打开。

我凑过去一看，是一卷白绸，细细密密绣着数排红色的繁体字，字体娟秀清丽，针脚整齐精致，应该出自女人之手。

第一行字就把我们惊住了："若异徒行者得此卷，览毕即毁，可自行斟酌余下之事。"

读完这段文字，我点了根烟深吸一口，望着窗外沉睡的临安城，一缕曙光悄悄泼染着乌黑的天际。

黑暗，始终有光明替代；谜团，必然有真相揭示。

"上有天堂，下有苏杭。临安，呵呵……天空之城，异族天堂，原来是个……"月饼点着了白绸，不多时烧成一缕清灰。

我怔怔地看着月饼："咱们还要继续吗？"

月饼从未像现在这么茫然，缓慢地摇着头："我不知道。"

我胸口仿佛压着块巨石，血液全都挤到脑部，耳膜鼓荡着血液急速流动的声音。

我闭上眼睛，努力排空大脑什么都不想。那些红色文字却始终清晰地浮现在眼前，宛如一个个鲜活生命残留的血迹。

十六

由于丝帛绣的文字为文言文书信，为了方便阅读，我用现代书信的文字方式进行记录——

异徒行者：

你们好！

不知道你们是第几代异徒行者，也不知道你们的姓名，无法尊敬地称呼，很抱歉！

当你们看到这封信的时候，证明了三件事：一、我们已经死去很多年；二、必有蛊族担任异徒行者，否则不会破解“三阴驻魂阵”；三、青白二人想必重回人间，法海老秃驴的罪也赎完了。

很遗憾！这次任务失败，失去“异徒行者”的资格，我们只能隐藏真正身份，混迹官场，寄情于书画。

虽然可惜，却不遗憾。

下面记录的是失败原因——

我们在古城图书馆研究新任务，有了惊人的发现，那就是，西夏如何能够在短短数十年崛起于中原？为了进一步证实，我们开启了新的任务，到杭州寻找一枚古玉钥匙，打开三阴驻魂阵的机关，找到这个秘密。

然而事不遂人愿，我们查到线索，古玉钥匙由杭州白家历代保管，赶到杭州得知白家早就遭了一把大火，只留孤女白素贞和丫鬟小青，嫁与破落户许仙，开了个药馆维系生计。

我们几次潜入一无所获，却意外发现许仙和小青的私情，这与任务无关，我们便睁一眼闭一眼没当回事儿。我们分析钥匙很有可能遗失在那场大火中，便去了白府旧址。

可是满地废墟早就长满荒草，找一枚小小的钥匙谈何容易？更有可能钥匙在大火中毁掉了，想想无法完成任务，不能由这一代破解异徒行者的终极秘密，心情就异常沮丧。

正当一筹莫展之时，又有了一个奇怪的发现！白家旧址有许多残碎人骨，断口整齐，根本不是火灾导致，更像是被利刃斩断的切口。

难道有人也在寻找这把钥匙，杀了白府全家，纵火毁掉现场证据以掩饰罪行？

然而时隔数年，哪里还能找到线索？我们决定最后再探一次许仙与白素贞的府宅，却碰上法海将青白二人异化收妖，许仙早已吓死的一幕。

（以下这段现场记述和李文杰讲得差不多，就此略过。接下来的事情，却让我和月饼万万没有想到！）

眼睁睁看着许、白、青三人惨死的滋味不好受，虽然痛打了法海，可是还不够出气。我们在酒肆喝了几天酒，正准备起程回古城交卸身份，寻找下一代异徒行者，突然想到一件事情。

法海很明显是有备而来，也就是说他早就知道白素贞体内有异族之血，诱化成妖物送回金山寺旺气助运，那么数年前白家惨案是否也是这个老秃驴干的好事？

想到这一层，我们连夜赶至，终于发现了金山寺真正的秘密！

十七

寺庙后院，十数个僧人穿着苗疆的奇装异服，周身涂着血符，无数虫子在他们身上爬来爬去。院中央立着三个木桩，许、白、青三人居然没死，上身赤裸下身是蛇尾，被手指粗的铁链捆绑在木桩上，铁钩贯穿琵琶骨，蛇尾泡在一大摊鲜血里，眼看活不了多久。

法海拿着火钳从火盆里夹出烧得通红的花瓣形铁块，摁进许仙额头。只听见许仙惨呼一声，额头如蒸笼冒着腾腾白烟，双眼凸出眼眶，血丝瞬间布满眼白，昏了过去。

"相公！"白、青二人同时喊道。

"就快到你们了。"法海又夹出两枚烙铁，烫进许仙胸口、肚脐，"二女一夫，死能同穴，也算是一段佳话。"

许仙早已没了神志，只有肌肉受到强热刺激产生的无意识抽搐。

"你到底要干什么？"白素贞拼命挣着铁链，巨大的蛇尾拍起阵阵尘土，"我们怎么会变成这样？"

"别着急，"法海伸长舌头舔着白素贞脖颈，"如果我心情好，或许会留个全尸，让你死得体面些。"

一条巨大的蛇尾忽然勒住法海脖子，迅速缠了几圈，猛力收缩。法海双手抓着蛇尾向外挣，又被尾梢扫中眼睛，鼻梁骨断裂的声音清脆响起，眼眶里血肉糜烂。

奇怪的是，十多个僧人如同没有看见，依然吟唱着五律。

“咯噔！”法海脖子一歪，如烂泥般瘫倒，仰面扑倒在许仙的蛇尾上面。

“姐姐，我只能帮你到这里了。来生，还做你的丫鬟，给你赎罪。”小青嘴角渗出两行血丝，含糊不清地嘟囔着，“我真的很爱许公子，对不起，原谅我好吗？”

“小青！”白素贞用力挣着上身，铁钩从肩胛骨透出，钩尖挂着裹着人皮的碎肉，断裂的锁骨顶着一层肉膜迸出，如同插在烂泥里的几根木棍。

僧人们吟唱五律的声音越来越细密，许仙蛇尾下面的鲜血冒着泡泡，几只蚂蟥从法海衣服里爬出，吮饱鲜血，挪动着滚圆锃亮的身子爬到法海断颈，吸附在动脉血管位置，一口咬下输送着鲜血。

不可思议的事情发生了！

法海手指动了动，拗断的脖子恢复原位，颤巍巍地站了起来。

“异兽的鲜血，蛊族的圣药。”法海掰开小青的嘴巴，拽出一截断舌，“咬舌自尽？淫娃居然如此义烈，意外意外。”

白素贞大量失血，气若游丝低语着：“你……你到底是什么怪物？”

“怪物？哈哈哈哈哈……”法海仰天长笑，“你还是多看看自己吧？咱们谁是怪物？”

“我……我做鬼也不会放过你！”白素贞狠狠啐了一口血唾沫。

法海陶醉地闭着眼睛，缓缓解开了衣服：“异族的血，一丁点都不能浪费。否则，谁来治疗我们这些被蛊族抛弃的人？”

火光映红了法海没有皮肉的胸口，两排白森森的肋骨满是小孔，无数肉丝从孔洞中长出，粘连纠缠，渐渐形成了完好的皮肉。

十余个僧人不再吟唱，纷纷解开了上衣。每个人赤裸的上半身，或者血肉糜烂，或者血管长在皮肤外面，或者腹部豁开一个血洞，如同一群来自十八层地狱受尽酷刑的恶鬼。

法海冷冷说道：“吃吧，族人们！”

僧人们像一群饥饿的野狼扑了过去，捧着混着泥土的血渣往嘴里塞着。

几个僧人张嘴咬住三条蛇尾，撕扯着鳞片，大口咬着蛇肉。

瞬间，偌大的蛇尾只剩一条细骨组成的骨架。

院子里，只剩僧人们的咀嚼声，还有白素贞微弱的呻吟声。

十八

正当我和月饼看得惊心动魄之时，这段惨绝人寰的描述突然中断了，又转为异徒行者的记录——

当你们看到这里，很奇怪我们为什么不出手营救吧？

每个人都有欲望，有了欲望就会有私心。我们本以为法海也在寻找古玉钥匙，想借助他的手得到线索，再出手相救，可是没想到事情竟然发展成无法挽回的局面！

这群冒充僧人的蛊族遗弃之人，为了治愈反噬的蛊毒，竟然屠杀异兽取血镇蛊。当异兽屠戮干净，他们为了活下去，四处寻找有异族之血的人诱化成异兽，嗜血治疗蛊毒。

我们就这么看着许仙烙死，小青咬舌自尽，白素贞即将被活吃，完全忘记了人性的善良。

呵呵！就算是完成了任务，我们也不配当异徒行者；就算不愿舍弃异徒行者所谓终极秘密的诱惑，我们也不配当人！

当白素贞被啃到腰部的时候，我们终于良心发现，趁着蛊族身体尚未恢复，一举击杀了他们。

这个过程，我们没有颜面记录。

大错，已经酿成！

我们留了法海半条命，他说出了蛊族的秘密。

蛊族，擅驱草木虫兽，以鲜血饲养，借此达到人蛊合一的境界，施展蛊术。

蛊族还有一个禁忌的法门，绝不能以异兽制蛊。法海本是蛊族年青一代最杰出的蛊者，平日目空一切，对这个禁忌不以为然。也是机缘巧合，他在十万大山寻蛊之时，遇到一只穷奇。经过一番搏斗，法海身受重伤才把穷奇降伏，制蛊时他发现穷奇根本不受寻常制蛊术的影响，他回到部落苦苦央求族长，才得知自上古时代，异兽与蛊族有某种神秘联系。具体是什么联系，由于年代久远，族长也只知道这么多。

族长如此一说，法海更想得知蛊族与异兽之间的秘密。他回到偷藏穷奇的山洞，把穷奇活活解剖做进一步研究。也许是穷奇临死前的叫声太过凄厉，他有些慌乱，剜取穷奇眼球的时候，手指割了一条血口。

奇怪的事情发生了！

穷奇的血渗进伤口，竟然迅速愈合，连疤痕都没留下。法海心有所悟，发狠往身上捅了几刀，咬着穷奇的动脉吸血。果然，刀口再次愈合，而且体力异常充沛，视力、听力更是超出平常状态，甚至连眼角的皱纹都淡了许多。

他终于明白了，异兽的血肉对蛊者来说，无异于包治百病的仙药。由此推断，有足够的血肉来源进行研究服用，说不定能长生不老。

法海大喜过望，把这个发现告诉了族长。没想到族长听后勃然大怒，狠狠训斥，如果再打异兽的主意，就把他驱逐出蛊族。法海自然不甘心，暗中集合了十余名少壮派蛊者密谋造反。族长是何等人物，先下手为强制住他们，并降下“誓蛊”逐出蛊族，立誓永不得踏入部落半步，否则蛊虫钻心而亡。

法海一行离开十万大山，一路向北捕杀异兽，研究长生的秘密。没想到可怕的事情发生了！异兽的血和蛊族的关系，相当于毒品与吸毒者。如果不按时服用，不但形若疯癫，精神错乱，身体还会出现各种腐烂症状。

天下虽大，异兽却少。一行人流落到了临安，已经再无异兽可捕杀，眼看就要溃烂而死，法海发现了西湖的秘密——名扬天下的西湖，居然是一个巨型炼蛊炉！

虽然不知道是谁依照西湖天然地势设计出炼蛊格局，但是这个格局对异兽有着致命的吸引力，如同人类对天堂的向往。于是，他们伪装成和尚，打着“降妖除魔”的旗号捕杀被西湖吸引而来的异兽，并靠此积累了大量财富，建了金山寺掩人耳目。

果然，他们的生命得到了延续，但身体的腐烂程度也越来越严重，渐渐形成了无法解开的死循环。当西湖最后一只异兽“肥遗”被吃食干净，死亡也即将到来。

法海对于蛊术的认识远超于其他人。他明白一点，西湖炼蛊格局早已形成，附近居民常年饮用湖水，食用湖鲜，呼吸蛊气，有些人已经受其感染有了异族之血，只需用药诱化，就能使之异化成所谓的怪物。

这样一来，不但能保住性命，更能使“为民除妖”的金字招牌闪闪发光，使得金山寺香火鼎盛，永享生命与财富带来的快感。

我们看到这里，字迹愈发潦草，显然记录者的心情异常激动……

十九

当我们得知了真相，更为方才一时贪念后悔不已。如今许仙已死，白素贞还剩半条命，小青经过检查，居然还留了一口气。虽说“生死有命，富贵在天”，为了弥补过错，说不得也要为二女逆天改命。

我们由法海所说反向推测，既然异兽的血可以治愈蛊族，那么蛊族的血是否可以治愈异兽？我们取了法海的血实验，果然白、青二人的伤口开始愈合，但是极为缓慢。

正所谓“阴阳共济，相生循环”，西湖为炼蛊炉格局，必能用蛊气使异兽恢复常态。

我们把白、青二女带回西湖，分别封于两座石塔之内，又将法海等人尸体剁碎捣成酱，配成蛊药倒入西湖。湖中活物食之，蛊气、蛊药两相影响，称为“活蛊引”，必可重振西湖炼蛊格局。

只不过如此一来，临安百姓受蛊气影响，难免会有异化。可是，我们不说，又有谁会知道呢？

为了警示后人，我们编出了“白娘子镇于雷峰塔”的文本，将异化的禁忌暗藏书中，又掘堤“水漫金山寺”，毁掉这个充满杀戮和恶念的地方，并在西湖筑堤，暗中设下封印之阵，防止蛊气随水外溢，造成不可想象的后果。

做完这一切，我们在此守了几年，“白娘子的传说”在民间口口相传，百姓深信不疑，再无异化。直到我们调任离开的时候，西湖又成了异兽的天堂。

我们这才发现，异兽并无伤人之意，反倒经常暗地把湖鱼驱至渔民网中，使得西湖渔业天下闻名，百姓能够安居乐业。由此可知，所谓异兽乃至世间生灵，对人类并无敌意，可是人类却因为一己之私，甚至仅仅是为了取乐，大肆屠戮。

由此推断，设计西湖蛊炉格局之人，并非为了诱捕异兽，而是在这个世界给生灵保留最后一处天堂。

离开临安之时，我们起誓，无论到了何处，必在湖河修堤。一是感怀前人怜爱生灵的胸怀；二是在堤中布下能保住生灵的阵法，也算是一种补偿。

当你们看到这封书信，我们早已死去多时。不知道你们的年代是什么样子，“异徒行者”却是共同的身份，这是彼此之间割舍不断的纽带。

相信那个时候，青、白二女已被你们解除封印重回人间，快乐生活；相信那个时候，人类与生灵已经打破了种族隔阂，和平共处。

最后还有一点不得不提，法海的蛊术极强，早已把自己炼成蛊人。我们取了他的五脏封于另一石塔内，也就是“三阴驻魂阵”的阵眼，作为西湖蛊气的源头，并在石塔内封了一只巨蟹，将书信安置于背壳。

当你们找到那把古玉钥匙，破了“三阴驻魂阵”，这只巨蟹自然会把书信送于你们手中。或许那时它已受法海蛊气影响，异化成某种怪物，切勿伤它性命！

切记切记！

二十

我默念着落款人的姓名，书信中记录的一切，望着窗外微微泛起晨光的临安。星光渐渐黯淡，几缕晨曦穿透天际夜幕，细细碎碎落向西湖，微风乍起，细浪跳跃，搅起满湖碎金。冬日清晨，空气虽然冷冽，晨练的人们面带微笑，呼吸着清爽的湖风，欢声笑语。安静从容的西湖宛如人间天堂。

可是，真的是天堂吗？

月饼一根接一根抽烟，剧烈地咳嗽，始终一言不发。

我明白他的心情，法海来自蛊族，却做出了这些事情，虽然和月饼无关。但是月饼的性格就是这样，他引以为荣的部族荣誉，他的骄傲和尊严，绝对不可能接受这件事，哪怕已经相隔千年。

有的时候，在别人眼里莫名其妙的骄傲，却是一个人对信仰的执着。

更何况，那一代异徒行者许下的“人类与生灵已经打破了种族隔阂，和平共处”的愿望，最终没有实现。

这种“明知道事情是这样却永远不能实现”的无力感，才是最容易让人丧失信仰的关键。

“月饼，前人做的事情，与你无关。”

“你不懂。”月饼声音空洞，像是在对自己说话，“你以为我是为了蛊族曾经做的事，以及人类和生灵之间的关系沮丧？这只是其中一方面。我在破除石塔封印的时候，她用蛊语告诉了我一件事……”

月饼说到这里，打开车窗散着烟味，摸出手机看着图片。

“来，研究研究下一个任务在什么地方。”

我正等着月饼讲那件事到底是什么，结果他突然唱这么一出反倒没转过劲：“你丫说半吊子话，憋死人不偿命啊。”

“和你们没什么关系，别问了，我不想说。”月饼放大图片看了两眼，“车载导航设到舟岛。”

我心说可能是月饼得知了一些蛊族更不为人知的秘密。虽然心里痒得慌，不过他装作闷头葫芦，我总不能凿个洞看看里面藏了什么事儿吧？

反倒是月饼这么快就根据图片确定了舟岛让我很意外。我接过手机细看图片，一望无际的大海停了一艘巨船，船中央矗立着几座石山，头尾各站着一男一女隔山相望。

这么一看，倒确实能应了“舟岛”这个地方。

“出发吧，我没事了！”月饼深深看了我一眼，坐进驾驶室。

我觉得很不对劲，月饼对舟岛的判断实在太快了。就像早已知道，当着我的面做个样子而已。

“月饼，你很奇怪。”

“我心思有些乱，缓缓劲就好了。”月饼发动了车子，“等我想明白了，肯定会告诉你。”

此时天已透亮，街上的行人渐渐多了，行色匆匆赶着早班车，为了新的一天奔波；流浪猫狗从垃圾箱跑出，躲到城市的阴暗角落，惶恐地等着夜晚到来。

我又想起书信中那句话：“相信那个时候，青、白二女已被你们解除封印重回人间，快乐生活；相信那个时候，人类与生灵已经打破了种族隔阂，和平共处。”

不知道她们重回人间，会接受这个时代吗？

或许，是我们从未认可这个时代。

“他们果然说到做到，每到一个地方任职，就修筑堤坝。”月饼似乎恢复了正常，耸肩打了个响指，“记得李文杰讲的传说吗？许仙经常去秦淮河花天酒地，说不定哪次把古玉钥匙当抵押了。难怪咱们在秦淮河找到了那把钥匙。南瓜，你不觉得有些事情很奇妙？看似没有联系的几件事，无意中交集出惊人的巧合。这就是咱们的命，无法改变。”

我忽然想到一个逻辑悖论——那一代异徒行者是谁我早已知道，其中一人更是历史中赫赫有名的一代文豪。可是他们寻找古玉钥匙，破解“三阴驻魂阵”的任务目标是什么？

他们执行任务的时候，白素贞还没有被封印于石塔，显然是另有任务，可是我们完成的任务是他们留下的使命。由古玉钥匙到西湖石塔，为什么任务不同，线索、过程完全相同？他们的任务是什么？而月饼这番话，很明显在暗示某件事情。

这种时间和逻辑的矛盾让我心烦意乱，无论怎么推理都觉得是个无法解开的死局，索性换换脑子，打开手机百度，搜索着关于舟岛的新闻。

“停靠舟岛东极海域的浙普渔62188号渔船，发生了一起让人震惊的惨案。船上一共6名船员，5人被杀身亡，唯一下落不明的梅志忠，有重大作案嫌疑，被警方悬赏通缉。”

又是“62188”！

我盯着月饼的背影，突然觉得，很陌生！

似乎，有一道隐形的屏障，悄无声息地竖在我们之间……

异闻：

秋高稻熟时节，吴越间所多的是螃蟹，煮到通红之后，无论取哪一只，揭开背壳来，里面就有黄有膏；倘是雌的，就有石榴子一般鲜红的子。先将这些吃完，即一定露出一个圆锥形的薄膜，再用小刀小心地沿着锥底切下，取出，翻转，使里面向外，只要不破，便变成一个罗汉模样的东西，有头脸，身子，是坐着的，我们那里的小孩子都称他“蟹和尚”，就是躲在里面避难的法海。

——摘自鲁迅先生《论雷峰塔的倒掉》

（第二部　完）